ジャッジメント

佐藤青南

祥伝社文庫

目次

序章

サッシ戸を開くと、室内から湿り気を帯びた空気がもわりと流れ出してきた。埃《ほこり》とかびと汗と土、それに革の混じり合う独特の臭気が濃厚なのは、人口密度がいつになく高いせいだ。三畳ほどの狭い部室には、半袖シャツに黒いズボンという夏服姿のいがぐり頭がひしめき合っている。

外で響くけたたましい蟬《せみ》しぐれとは対照的に、室内には笑い声の余韻だけが糸を引いていた。ある者はコンクリートの壁に背をもたせかけ、ある者はあぐらをかいてグラビア雑誌を開き、またある者は杖《つえ》にしたバットの上に顎《あご》を載せたまま動きを止め、来訪者を注視する。いつになく空気が硬い。

中垣拓也《なかがきたくや》は鼻をつまみ、大げさにのけぞってみせた。

「臭っ！　なんやこの臭いは」

どっと笑いが起こる。臭いのはおまえだ、いやおまえが原因だと非難合戦が始まり、いつもの騒々しさが戻った。

中垣は靴を脱いで部室に入り、後ろ手に扉を閉めた。

「しっかし、いつもながらくそ暑かな」

手で自分を扇ぎながら、部屋の奥を見やる。窓は全開だが、すぐ外にそびえる高い石垣のせいで風が流れない。季節を限らず、練習用ユニフォームに着替えるだけで汗だくになる天然のサウナは、どうにかならないものか。端のめくれた絨毯《じゅうたん》が、つねに湿ったような足触りで気持ち悪い。おまけに部室内に入ると、すぐに白い靴下の裏側が茶色くなるほど汚れている。

今日もそうだった。あぐらをかいた足の裏が、すでにうっすらと黒ずんでいる。

自分の足の裏を観察しているうちに、臭いを嗅いでみたい衝動に駆られた。中垣が両手で自分の足を抱え、身体を丸めて鼻を近づけようとしたところで、クラスメイトの松田《まつだ》に声をかけられた。

「なあ、中垣」

膝で絨毯を擦りながら近寄ってくる。元来地黒の松田は、日焼けした部員たちの中にあってもひときわ黒い。光の乏しい部室の中だと、くりっとした大きな眼と白い歯が、闇に浮き上がっているようだ。

「この子かわいかろ」

松田は手にした雑誌の、グラビアページを開いて見せてくる。

ううんと神妙な腕組みでたっぷりともったいつけてから、中垣は厳正な評価を下した。

「五十五点」

「はあっ？　赤点かよ。おまえなに言いよるとや。目がおかしかとか」

松田は眉と唇を歪《ゆが》め、不満げだ。

「だってこの女、顔はそこそこやけど、太っとるやん。ウエスト六十センチていうとは、たぶん嘘《うそ》たい。いいか、ちょうど六十センチて書いてあったら、たいがい六十センチ以上あるとで」

ネットで仕入れた受け売りの情報を採点の根拠に挙げ、惜しいけどな、とかぶりを振る。反論しようとする松田の背後から、今度は古瀬《こせ》の声がした。

「ほら見ろ。その女はデブやって言うたろうが」

もうすぐ体重三桁《けた》という自らの体格を棚上げにして、四角い顔の真ん中に集まったパーツを得意げにほころばせる。

「おかしかおかしか。ちょっと待て。納得いかん……そいなら」

松田は慌ただしくページをめくり、別のグラビアを開いた。さっきとは違うアイドルが、水着姿でポーズをとっている。

「この子と、さっきの子やったら、どっちがかわいいて思う」

「こっち」

中垣が即座に写真を指差すと、松田は足の小指を箪笥《たんす》の角にぶつけたような顔になった。

「なに言いよるとや！　おかしかろうが。こがんかわいい子、うちの学校におるか」

「グラビアアイドルとうちの高校の女は、比べられん」

中垣はかぶりを振った。すると、いつの間にか輪に加わった梅崎《うめざき》も加勢した。

「そうぞ松田。おまえは二人のグラビアアイドルのうち、どっちがかわいいかて訊《き》いたとに、なんでうちの学校の女と比べるとな」

梅崎はようやく口の上に生え始めた薄い髭《ひげ》を、いとおしそうに撫《な》でる。一度剃《そ》ったほうが濃くなるらしいぞと助言してやったのに、剃ってしまうともう生えてこなくなる気がしているらしい。

「でもさ、でもさ、たとえばこの子やったら――」

なおも雑誌をめくる松田を、中垣は撥《は》ねつけた。

「誰がかわいいとか、かわいくないとかは、主観でしかないやろ。ほかのアイドルやら、うちの学校の女やらと比べてどうこうていう相対的評価はできるけど、それが絶対的評価に影響することはなかぞ。五十五点は変わらん」

「さすが弁護士志望。中垣の勝ちたい」

梅崎に手首を高々と持ち上げられた。とりあえず調子を合わせて、「いぇーい」と両手を突き上げながらはしゃいでみせる。しかし落ち込む松田を見るうちに、だんだんかわいそうになった。

「でもまあ、顔はかわいいて思うよ。一回だけならやってもよかね」

フォローすると、ほかの部員と話していた河野《かわの》が振り向いた。

「なに偉そうなこといいよるとや。童貞《どうてい》くんのくせして」

流し目に優越感が滲《にじ》んでいる。河野は商業高校に進学した中学時代の同級生と付き合っている。二年の夏休み明け、ついに童貞を卒業したと発表し、その後一週間は野球部で神とあがめられた男だった。

「おい、みんな静かに。無駄話はそこまでや」

ぱんぱん、と手を叩《たた》く音で視線を集めたのは、キャプテンの矢加部《やかべ》だった。

矢加部はおほん、と芝居がかった咳《せき》払いをすると、全員の顔を見回し、眼鏡のフレームを人差し指で軽く押し上げた。そして確認する。

「中垣、例のものは手に入ったとか」

中垣は学生鞄《かばん》から煙草のパッケージを取り出した。軽いどよめきが起こる。

「よし、じゃあ一人一本ずつたい」

矢加部が煙草を配る。優等生じみた手際のよさと、行動のギャップがおかしい。

全員に煙草が行きわたった。指先で弄《もてあそ》んだり、口に咥《くわ》えてポーズをとってみたりといった各々の行動から、戸惑いと高揚が伝わってくる。

「あ……」

松田がぽかんと口を開け、咥えた煙草を落としそうになる。

「どうした」

質問する矢加部のほうを向いて、呟《つぶや》いた。

「そういや、ライターは……？」

中垣は待ってましたとばかりに、ポケットから鈍色《にびいろ》の直方体を取り出した。またも一同がどよめく。

「ジッポかよ」

「そんなん、どこから持ってきたとや」

古瀬と河野が口々に言う。

「秘密たい」

中垣は見せつけるように蓋を開閉させ、甲高《かんだか》い金属音を響かせた。

煙草もライターも、中学時代の同級生から調達したものだった。いわゆる不良グループに所属していた元クラスメイトで、現在は農業高校に通っている男だ。とくに親しかったわけではないし、中学卒業以来、二年以上も音信不通だったが、煙草を手に入れたいと連絡すると、喫茶店まで飛んできた。そして頼みもしないのに、ご丁寧にジッポライターまで貸してくれた。それもこれも、この夏の野球部の活躍のおかげだ。きっと今ごろ、あいつはおれのマブダチだと仲間に吹聴《ふいちょう》していることだろう。

最近では、練習をすればグラウンドの金網越しに他校の女子生徒から黄色い声援を浴びるし、アーケードを歩けば、見知らぬ大人から「頑張れよ」と声をかけられる。

いまや長崎県立島原北《しまばらきた》高校野球部は、市内ではちょっとしたスター軍団だった。

「早く火、点《つ》けろや」

河野が口に咥えた煙草を、ライターに近づけ、催促する。するとほかの部員たちも、いっせいにそれに倣《なら》った。

「オッケー」

中垣は親指を立て、ジッポの石を擦《こす》った。小さな火花が弾《はじ》けたが、炎にはならない。もう一度やってみたが、結果は同じだった。

「ああもう、貸せよ」

松田がライターを奪おうとする。

「待て待て、焦るなって」

この役だけは、誰にも渡せない。中垣は左右に身をよじって松田の手を避けながら、何度か石を擦った。

しゅぼっ——手の中で紅い炎が立ち上がる。四方からの低い歓声にふらっと揺れた炎は、しかし消えることはなく、取り囲むチームメイトたちの顔を照らしていた。

「もーえろよもえろーよー」

指揮棒を振る真似をしながら、松田が歌い出した。

「アホか。キャンプファイヤーじゃなかとぞ」

たしなめる矢加部は、しかし笑っている。

「炎よもーえーろー」

いくつかの歌声が重なり、やがて全員で肩を組んでの合唱になった。

「火ぃーの粉を巻きあーげぇー、てーんまで焦がせぇー」

最後にはなぜか拍手が沸き起こった。

「誰からいく？」

矢加部が部員たちの顔を見回した。

「そりゃやっぱ、言い出しっぺからやろ」

古瀬の言葉に、全員が頷《うなず》いた。視線が中垣に集中する。

「わかった。それじゃあ……」

中垣は火の点いたジッポライターを頭上に掲げた。

「おれたちの甲子園に！」

「おれたちの甲子園に！」

全員が声を揃《そろ》え、こぶしを突き上げた。

「甲子園、甲子園、甲子園……」

どこからともなく起こった奇妙なコールと手拍子は、すぐに部室全体に伝染した。

中垣は口に咥えた煙草の先を、おそるおそる炎に近づけた。

第一章　転落のエース

1

中原《なかはら》街道を五反田《ごたんだ》方面へと歩くうち、警視庁玉堤《たまづつみ》警察署の署舎が見えてきた。

グレーの外壁をした五階建ての屋上から、交通標語の垂れ幕が三本、おりている。

環状八号線と交わる交差点を向いた正面玄関の周囲には、溢《あふ》れかえる人垣が歩道をはみ出て、車道にまで及んでいた。報道関係者を示す腕章を巻いた群れには、多くのテレビカメラも交じっている。

その人数と醸《かも》し出す雰囲気の物々しさに、中垣の足は止まった。報道陣が待ち伏せる相手が誰なのかは明らかだ。このところ玉堤署管内で発生し、世間を騒がせた事件といえば、一つしかない。

せめてオーバーコートを羽織ってくるべきだった。遅すぎる後悔に唇を噛《か》む。中垣のスーツの左襟《えり》に光る金色のバッジは、昼下がりの柔らかな陽光を反射して、恨めしいほどに輝いていた。まだ真新しいバッジには、ひまわりの花弁の内側に、天秤《てんびん》があしらわれている。ひまわりは自由と正義、天秤は公平と平等の象徴だ。

しばらく遠巻きに様子をうかがってみたが、事態が好転する気配はない。

中垣は意を決して歩き出した。伏し目がちに歩を速め、さりげなく埃を払うような仕草で、左襟が周囲の目に留まらないようにする。マスコミはどこまで情報を摑《つか》んでいるのだろうか。新任弁護人の氏名ぐらいは把握しているだろうが、顔写真などはまだのはずだ。それに、目当ての男が、まさかこれほど頼りない雰囲気の若造だとは予想もしないだろう。

今年で二十五歳になる。だが私服で夜の繁華街を歩くと、いまだに生活安全課の刑事に声をかけられることもしばしばだ。一時期は口髭をたくわえるなどして工夫したものの、同僚からは「とっちゃん坊や」とからかわれ、すぐに剃り落としたほどの童顔だった。「こんな若造に任せて大丈夫なのか」と依頼人を不安がらせるデメリットが、今回に限ってはメリットに転じ、意外とすんなり通過できるかもしれない。

しかし甘い観測だった。

春の日差しにあくびをこらえるような顔をしていた記者の一人が、ぎょっとした顔で隣のカメラマンの袖を引いた。不自然に左襟のバッジを隠すような動きが、余計に注意を引きつけたか。

集団から一人が抜け出すと、とたんに全体が色めきたった。カメラの放列が押し寄せ、壁となって進路を塞《ふさ》ぐ。無数のマイクやボイスレコーダーが突きつけられた。

「宇土《うど》容疑者の新たな弁護人の方ですか」

「被疑者は否認を続けているようですが、あなたはどのような弁護方針を立てられるおつもりですか」

「被害者遺族に、なにか一言お願いします」

手刀を切り、無言で人波をかき分ける。

「おい、黙ってないでなにか言えよ！　国民的スターが殺されたんだ！　説明責任があるだろう！」

その発言にはかちんときた。説明責任などない。裁判で有罪が確定するまでは、被疑者には推定無罪の原則が適用される。にもかかわらず、すでに被疑者を犯人であるかのように報道する、おまえたちのほうが問題だろう。

立ち止まり、周囲を睨《にら》んだ。だが報道陣に怯《ひる》む様子はない。圧力で右に左に、前に後ろにと身体が揺さぶられる。

童顔のせいで迫力が足りなかったのか、それとも、記者たちが無神経なだけなのか。いずれにせよ、ここで声を荒らげてしまえば相手の思うつぼだ。現時点で公に発言することなど一分の得にもならないし、マスコミを刺激すれば袋叩きに遭《あ》うことは、前任の弁護人のマスコミ対応を見て学んでいる。

中垣は懸命に怒りを飲み下し、ひたすら革靴の爪先に意識を集中した。満員電車を抜け出すように隙間《すきま》を見つけては肩を押し込み、ようやく玉堤署の玄関をくぐった。

地下一階の留置管理窓口で、来意を告げた。応対したのは父親ほどの年齢の警察官だった。

「いま取調中だから。しばらくかかるよ」

弁護士の若さを侮《あなど》ったのか、馬鹿にしたような口調だった。

「検察官調べではないのでしょう。即刻中止してください」

だとしたら被疑者は署内にいる。接見に訪れる旨は、あらかじめ電話で伝えていた。

「あ」と鼻から抜けるような声を出した窓口担当員が、あからさまに不愉快そうな表情になった。

「少し待ってって、言ってるでしょうが」

ボールペンを指先で弄びながら、声に威圧を孕《はら》ませる。

「どういう法的根拠があるのか、教えてください」

「はあ？」

「被疑者の意思は確認しているのでしょうか」

「なに言ってんの」

「今は弁護人との接見よりも取調を優先したいという、被疑者の意思表示でもあったのかと訊いているんです。そうでなければ、今すぐに取調を中止し、接見させてください」

相手は答えなかった。黙って中垣を見上げている。

「あなたでは話になりません。留置管理課長を呼んでください」

「ちょっと待ちなって、そんな喧嘩《けんか》腰にならなくてもさ……」

そっちこそなにを言っている。これは紛れもない喧嘩だ。そしていくら若くとも、未熟であっても、外部との接触を断たれた被疑者にとっては、弁護士こそが唯一の味方であり、希望なのだ。

中垣は一歩も退《ひ》かなかった。

「判例があります。弁護人から被疑者との接見の申し出があったときには、原則としていつでも接見の機会を与えるべきである。私にとっての法的根拠は、その判例です。そちらが接見を拒否する法的根拠は、いったいなんですか。うかがわせてください」

「接見拒否ってわけじゃあ……」

「これが接見拒否でなくて、なんなのでしょうか」

「そんな大げさな言い方をしなくても」

「ここで言葉の定義を議論するつもりはありません。私がうかがいたいのは、警察が被疑者の接見を拒否する根拠です」

押し問答をしていると、近づいてくる気配があった。窓口担当員よりさらに年配に見える、総白髪《しらが》の警察官だった。この男が留置管理課長か。

「その判例には例外がありますよ。現に被疑者を取調中であるなど、捜査の中断による支障が顕著《けんちょ》である場合には、弁護人と協議してできる限り速やかな接見のための日時等を指定する……という。彼も言ったと思いますが、今は取調中なんですわ」

「現段階で取調を中断することで、支障が顕著になると」

「ええ、そうです。すいませんね」

接見妨害を訴える面倒な弁護人とのやりとりは慣れっこという雰囲気だった。

「わかりました」

中垣は頷いた。

「できるだけ早く済ませますんで、そこのベンチでお待ちください」

総白髪が頬をかきながら、中垣の背後のベンチを示した。慇懃《いんぎん》さの中に、ほのかな敵愾《てきがい》心を滲ませるような笑顔だった。

が、続く中垣の言葉に、作り笑顔は強張《こわば》った。

「この会話は録音してあります。ですからこうして接見妨害されている間に作成された供述書は、のちのち公判で証拠能力が否定される恐れがあります。さらに判例違反として、国家賠償請求の提起についても検討することになりますが」

「な……なにを……こちらには施設管理権が」

総白髪の顔が、ほのかに上気する。

「接見交通権の妨げになるものではありません」

中垣は語気を強めた。

「一刻も早く取調を中断し、接見させてください」

中垣はジャケットの懐からＩＣレコーダーを取り出した。

「わかった。わかった……急いで手配する」

総白髪は視線で部下を促《うなが》した。立ち上がった窓口担当員が、不服そうに部屋を出ていく。

「ただし接見中は、その機械をこちらで預からせてもらうからな」

「なぜでしょう」

伸びてきた手を避け、中垣はＩＣレコーダーをしまった。

「写真や録音を持ち帰ることは、宅下げと同じ扱いになる」

宅下げとは、被疑者が書いた文書などを弁護人が持ち帰ることだ。つまり総白髪は、接見室内での写真や録音についても検閲が認められるべきだと主張している。

まったくの詭弁《きべん》だった。

「嘘をつかないでください。接見室内でのあらゆる出来事は、当然に秘密交通権の保障を受けるはずです。宅下げと同じ扱いなどということは、ありえません」

若輩の弁護士にやりこめられた総白髪は、顔まで真っ白になった。

五分ほどで接見室に通された。

中垣はパイプ椅子に腰を下ろし、周囲に視線を巡らせた。

どこの警察署でも、接見室の印象は似たようなものだ。灰色の壁に囲まれた圧迫感のある狭い部屋を、真ん中で仕切るアクリル板がさらに狭くしている。アクリル板は二重になっており、板の中央にある円の内側には、会話をするための細かい穴がいくつも穿《うが》たれていた。アクリル板のこちらと向こう、両方へとカウンター状に飛び出したデスクスペースは、こちらのほうが広く取られている。弁護人が書類を広げるためだ。

だが現時点で中垣の手もとには、広げるだけの資料がない。あるのは一枚の勾留状だけだった。すでに一回目の勾留期限が近づいているにしては、あまりに心許《こころもと》ない状況だが、ここから被疑者の無実を証明するための材料を、こつこつと収集するしかない。

〈勾留状〉

氏名　宇土健太郎《けんたろう》
年齢　昭和63年5月8日生
住居　神奈川県川崎《かわさき》市高津《たかつ》区蟹ヶ谷《かにがや》984番地　コーポラス蟹ヶ谷205号室
職業　無職

被疑者に対する殺人・死体遺棄被疑事件について、同人を警視庁玉堤警察署留置施設に勾留する。

すでに繰り返し読んだ書面の内容を反芻《はんすう》していると、奥の扉が開いた。留置係員を伴って、被疑者が入室してくる。

被疑者はスウェットの上下を着ていた。留置施設で貸し出されるものだ。くすんだ生地の色味と同様に、表情にも生気がない。ただし背は留置係員よりも頭一つ大きく、がっしりとした体格だった。服の上からでも、筋肉隆々なのがわかる。

中垣を認めた被疑者の瞳が、かすかに揺れた。しかしすぐに能面のような無表情を取り戻し、椅子に座った。がに股でふんぞり返りながら、無精ひげの浮いた顎をかきむしる。顔はそっぽを向いていたが、ときおり鋭い目つきでちらちらとこちらを気にしていた。

しばらく被疑者の様子を観察していた中垣は、両膝に手を置き、上体を前傾させた。普段ならアクリル板越しに名刺を見せるのだが、今回はその必要はない。被疑者を見つめながら、沈黙を和らげる言葉を探した。

「久しぶりやな……宇土」

結局その言葉しか出てこなかった。それ以上の言葉も、見つからなかった。

宇土は答えなかった。その代わり、逸《そ》らしていた視線を真っ直ぐ弁護人に向けた。垂らした前髪の隙間から、拒絶の上目遣いを注ぎ続ける。細めると飢えた肉食獣のような印象になる一重まぶたの鋭さが、懐かしかった。敵に回すと恐ろしく、味方につけるとこの上なく頼もしい、強い意志を漲《みなぎ》らせた眼差しだ。

この表情に、何度励まされ、救われたかわからない。宇土と視線を結びながら、意識が遡《さかのぼ》っていくのを感じた。

被疑者宇土健太郎と中垣は、高校時代の野球部のチームメイトだった。

2

二度寝三度寝と繰り返すうちに、いつの間にか午後三時を過ぎていた。

「やべっ」

中垣はベッドから跳ね起き、洗面所に向かった。顔を洗い、歯磨きをし、髪の毛を濡《ぬ》らして寝癖を直す。バスタオルで濡れた髪を拭きながら、ふと鏡の中の自分に目を留めた。顔を左右に傾けつつ、顎を触る。

最近とみに肉が付き、顔の輪郭《りんかく》が変わってきたような気がする。原因は考えるまでもない。運動不足だ。高校卒業以来六年間、ほとんど身体を動かしていなかった。脇腹の肉をつまめるようになったと気づいたときには、愕然《がくぜん》としたものだ。

髭を剃り、服を着替え終えたころ、スマートフォンが鳴った。発信者名は『松田』と表示されている。通話ボタンを押すと、耳慣れた訛《なま》りが飛び込んできた。

「おう、起きとったや」

「いま起きた」

わざと寝ぼけた声を出すと、松田は甲高い声で笑った。上京してからも数か月に一度は聞き続けた笑い声は、いつだって一人暮らしの寂しさを紛らわせてくれた。

「日曜やからって寝過ぎやないか」

松田の声は、まだ笑いを残していた。

「そうは言うけどさ、平日はなかなか寝られんけん」

「たしかに大変やろうな。弁護士の仕事は」

「おまえも明日から大変になるぞ。研修医なんて、それこそ何十時間も寝られんとか聞くやないか」

「わかっとる。わかっとる。頼むけん、今日だけはその話はすんな」

憂鬱《ゆううつ》そうに声が落ちる。

「なに言いよるか。自分で医者を目指しとってからに」

都内の医大を卒業した松田は、明日から新宿《しんじゅく》にある大学病院の医局に入る。これから忙しくなるから、最後に会っておこうと誘われたのだった。

「ロゼッタに六時やろ。遅れんごて、ちゃんと行くけん」

「おう」

『ロゼッタ』は、松田のお気に入りのショットバーだ。最初に連れて行かれたときにはずいぶん洒落《しゃれ》た店を知っているものだと驚いた。大学の先輩に教えてもらった店らしい。中垣の住む千葉の津田沼《つだぬま》から、『ロゼッタ』のある東京の飯田橋《いいだばし》までは、電車で四十五分ほどかかる。

「五時ごろには出るけん。それじゃな」

いったん電話から離しかけた耳を、「そういえばさ」と松田の声が引き戻した。

「どげんした」

「榊《さかき》監督の、死んだな」

「はあっ？」

驚きのあまり、素《す》っ頓狂《とんきょう》な声が出た。

「だって……昨日もテレビで観たぞ」

プロ野球チーム『東京アストロズ』のペナントレース開幕三連戦は、テレビ中継されていた。最近では熱心に野球観戦をすることもなくなっていたが、ほかにめぼしい番組もなかったのでチャンネルを合わせた。先発投手が四球を連発して早々に崩れ、苦々しい表情で審判員に投手交代を告げる榊の姿を目にした。

「おれなんか東洋《とうよう》ドームに試合ば観に行っとったぞ。あの後、死んだらしか。人の人生っていうのは、わからんもんやなあ……」

「死んだって、なんで」

「殺されたって」

「殺されたてな?」

思いもよらない展開に、声が裏返った。

「昨日の試合の終わった後、多摩《たま》川河川敷で、バットで殴り殺されたとってって……っていうかさ、おまえ、本当に一日寝とったとやなあ。今朝からずっとテレビでやりよるぞ」

呆《あき》れたような声を聞きながら、中垣はリモコンをテレビに向けた。

いくつかチャンネルを替えていると、野球の試合映像が流れている局を見つけた。粒子の粗い画面の中で、現役時代の榊がサヨナラホームランを放ち、チームメイトから手荒い祝福を受けていた。画面の右下には『永遠のヤングマン　榊龍臣《たつおみ》東京アストロズ監督、死去』というテロップが表示されている。

「本当や……」

「な？　嘘でそがんこと言うても、ぜんぜんおもしろくないやろうが」

そう言う松田の声は、どこか愉快さを押し殺しているふうでもあった。

榊龍臣は東京アストロズの監督だ。現役時代は『ヤングマン』の愛称でアイドル的な人気を誇り、常勝軍団の４番打者として通算三六〇本塁打を記録している。引退後は数年の解説者生活を経て、ヘッドコーチとしてチームに戻った。その後、前任者の退任を受けて監督に昇格してから、九年目のシーズンに入ったばかりだった。

驚いた。だが、しょせんは他人だ。

「そしたら、今後の試合はどうなっとやろうな」

関心はそこだった。昨日が開幕三連戦の二戦目。ということは、今夜も試合を控えている。

すると、テレビ画面に答えが表示された。アストロズヘッドコーチの須黒《すぐろ》が、涙を堪《こら》えながらインタビューに応じている。

「榊監督の遺志を引き継いで、必ずチームを優勝に導きます」

画面の下のほうに『監督代行としてチームを率いることになった須黒氏』というテロッ

プが表示されていた。

「ああ、須黒さんか。そのほうが、強くなるかもしれんな」

同じ番組を見ているらしい。電話口で松田が言った。突き放したような口ぶりだった。

年配のファンからは根強い支持を得ていた榊だが、常人には意図の伝わらない直感的な采配《さいはい》が、非難の的となっていることも事実だった。これまで八年間チームを率いて二度の日本シリーズ制覇という実績は、ほかのチームなら名将と呼ばれるに相応《ふさわ》しいものかもしれない。だが、アストロズは親会社の豊富な資金力をバックに、毎年フリーエージェントで他球団のエースや4番打者をかき集めている。圧倒的な巨大戦力を与えられ、毎年優勝候補の筆頭に挙げられながらの成績としては物足りなかった。

さらに松田が榊の死にたいして冷淡な理由は、もう一つあった。

「宇士もさ、もう一年頑張っとったら、一軍に上がれたかもしれんとに」

プロ入りした高校時代の球友が、榊に干されていたと思っているのだ。

「ちょっと不謹慎ぞ」

中垣がたしなめても、松田は止まらなかった。

「そうかもしれんけどよ、本音の部分ではやっぱりあるさ。だって宇士の去年の二軍での成績は、キャリアハイぞ。勝ち星は四つしか付いとらんけど、防御率は2点台前半で、シーズン通して中継ぎ登板しとる。おいは去年こそ一軍で宇士を見られるかと期待しとったとに、結局一度も昇格せんかった。それどころか、シーズン終わったら戦力外通告やけんな。新聞で知ったときには、本当にびっくりしたって。なんでこのタイミングで戦力外になるとな、って」

「でも……宇土もトライアウトで、どこの球団からも声のかからんかったとやけん」

高卒でプロ入りした宇土は、六年目のシーズンを終えたところでアストロズ球団から戦力外通告を受けた。その後十二球団合同トライアウトに参加したが、どこからも声はかからなかったようだ。

「おまえはさ……！」

気持ちを鎮《しず》めるような息の気配を挟んで、松田は続ける。

「おまえはこのまま宇土が終わってもよかと、思っとるとか」

「そうは言うとらん」

「おいは納得でけん。あれだけのピッチャーが成功でけんとは、上の見る眼のなかったたい。おいは宇土に成功して欲しか。一軍のマウンドに上がって欲しか。いや、それだけじゃなか。おいは一軍で最多勝どん取って、オールスターでん出て、メジャーに挑戦もして欲しか。そがんふうに思わんな、中垣」

「そら、おいだってそうなればよかと思う。でもさ、肝心なのは、宇土自身がどう思っとるとか、じゃないとか」

「宇土はまだやれるって、思うとるさ。あいつが諦めるはずのなか。ぜったい……」

しだいに力を失った声は、「たぶん」と付け加えるときには、消え入るようだった。

「最初に宇土を見たときには、こいつぜったい一年じゃなかって思うたな」

榊の死というニュースが、松田の思い出を呼び覚ましたのだろう。

懐かしそうに遠くを見つめながら、上機嫌でピザを口に運ぶ。とくに運動もしていないのに相変わらずの色黒で、街を歩けば東南アジア系の外国人に母国語で話しかけられることも多いらしい。

「おまえ、たしか最初、宇土に敬語で話しかけよったな」

矢加部は思い出し笑いを堪《こら》えている様子だった。こけた頬の神経質そうな印象は以前と変わらないが、髪を伸ばし、よれよれのネルシャツと穴の開いたジーンズというだらしない格好では、おそらく久しぶりに会う同級生は気づかず素通りするだろう。

「そりゃそうさ、あれが同じ学年に見えるか？　あいつ、高一の時点で一八〇センチあったとぞ」

横にした手刀を上げて身長を示す松田の隣で、河野がグラスを舐《な》めている。河野は高校時代に比べると、立ち居振る舞いがどことなく大人びた。ポロシャツにジャケットを合わせるような、背伸びしたファッションセンスのせいか。あるいは、ほかのチームメイトに比べ、一足先に社会で揉《も》まれたせいか。

日曜日の『ロゼッタ』は、七割程度の客入りだった。間接照明の落ち着いた光の中で、四人はテーブルを囲んでいる。テーブルの上にはピザやパスタ、ジャーマンポテトやソーセージの盛り合わせなどの皿が、所狭しと並べられていた。

中垣が地下にある『ロゼッタ』の扉を開いたのは、待ち合わせ時間の五分ほど前だった。すでに松田と矢加部がテーブルを挟んで談笑していた。三十分ほど遅れて河野も合流し、いつものメンバーが揃ったのだった。

「河野、仕事は忙しいとな」

中垣が訊くと、河野はグラスを持ったまま小首をかしげた。

「まあ、ぼちぼちやな。忙しいって言うたら、おまえだって忙しいやろうが」

「そうやけど、おまえ今日だって仕事してきたとやろう」

「クライアントのサーバーがシステム障害起こしたらしかけんな」

茨城の大学に進学した河野とふたたび会うようになったのは、河野が東京のＩＴ企業に就職した二年前からだ。

「おまえのほうこそどうな」

河野が顎をしゃくると、隣で矢加部が「あっ」と声を上げた。

「そうだ中垣。今度の芝居で、おれ弁護士役をやるったい。どういうふうに仕事しよるとか、取材させてくれ」

「弁護士役？　おまえ、その髪型で弁護士やるとな。犯罪者役なら、似合うやろうけど」

松田に茶化され、矢加部は不服そうに後ろで束ねた髪の毛を撫でた。

「しっかし、おまえがそんなふうになるとはな」

グラスの縁を指先で辿《たど》りながら、河野がしみじみと呟く。

「たしかに。久しぶりに会《お》うたときには、誰かわからんかったわ」

中垣も頷いた。フォークで刺したスモークサーモンを口に運ぶ。

高校時代には優等生然としていた矢加部のルックスは、この六年で激変した。髪の毛を伸ばし、眼鏡もコンタクトに変えた。大学の演劇サークルで、演じる楽しさに目覚めてしまったせいだという。

「このまま大学を辞めるつもりな」

松田の質問に、矢加部は嫌そうな表情をした。二浪した矢加部は現在大学四年生のはずだが、まだ二年生だ。そして明日からは三年生になる予定だったが、またも二年生を繰り返すことになったらしい。

「さあ、どうするかはわからん」

「わからんって……自分のことやろうが。親にはもう言うたとか。プロの役者ば目指すって」

「いや。散々授業料ば払わせて、いまさら役者になるては……なかなか」

「だけん、言うなら早くしろって前から言いよるやっか。このまま黙っとっても、どんどん言いにくくなるだけぞ」

したり顔で説教する同級生に、中垣は笑いを堪えきれなくなった。

「なんな」

松田が怪訝《けげん》そうに、丸い目のまぶたを開け閉めする。

「だってさ、昔とはまるで立場の逆やっか」

「本当にそうで。高校のときは、いつも矢加部から説教されとったもんな。今だけん言えるけど、キャプテンやけんて何様のつもりやって、思うとった」

昔から誰を相手にしても遠慮なしに意見するタイプだと思っていたが、河野なりに我慢することもあったらしい。

「そういやそうやった」

松田がなにかを思い出したように腹を抱える。

「あれ、覚えとるか。中垣とおれで、何日か部活ばサボったときのこと。あんとき、昼休みに矢加部がおれらの教室までやってきて、昼休み中ずっと説教されてさ」

「そがんこと、あったっけ」

忘れているのか、それとも、触れて欲しくなくて忘れたふりをしているのか。虚空《こくう》を見上げた矢加部が自分の頭を撫でる。なんとなく、後者のような雰囲気だった。

だが、松田は思い出させようと必死だった。

「ほら、あんときたい。二年の秋の大会で、宇土が背番号1をもらったとき。中垣がもう野球ば続ける意味はないって、ふてくされたことのあったろうが」

「そがんことも、あったな」

中垣は苦笑した。のちにプロ野球入りするような人間と本気で張り合おうとしていたなんて。考えてみれば無謀だったものだ。

「ああ、あったあった」

矢加部より先に、河野のほうが思い出したらしい。

「あんときはあのまま中垣が辞めるとかて思うとった。おれは、まあそれもしょうがないかなって感じやったけど、矢加部が……」

笑いを飲み込んだのか、肩が小さく跳ねる。

「矢加部がたしか……野球は宇土一人じゃできん、レギュラー九人だけでもできん、補欠も含めた島北野球部全員でやるもんたい、おいが中垣を説得してくるとか、言い出してな」

そこまで言うと、堪えきれずに笑い出した。

「青い！　青い！」

松田もつられて大笑いする。

「あったな、そういえば……」

矢加部は照れ臭そうに頰をかいた。

中垣はグラスを口に運ぶ。

「そもそもおいは、エースになれると思ったけん、高校でも野球ば続けることにしたとやけんな」

「宇土のおらんかったら、間違いなくおまえがエースやったと、おれも思う」

束ねた後ろ髪を払い、矢加部が微笑した。

「おいは中学では控えピッチャーやったけん。どうしても高校でリベンジしたかったとたい。島北が弱小で、高校から野球を始めるようなやつも多いていうとは、先輩から聞いとったし」

「そら間違いなか。おいも中学まで帰宅部やったし」

松田が目もとを拭いながら頷いた。

「やろうが。一年生部員八人のうち、半分が中学まで野球経験がないって知ったときには、こらぜったいイケるて思ったわ。上級生の引退するまで頑張れば、間違いなくおいがエースやって。宇土は最初から別格の存在やったけど、そもそもあいつは最初、外野手やったけん」

「一年の夏から3番センターでレギュラーやったもんな。ほかの一年は、まだ球拾いしよるような時期に」

あらためて感嘆したように、矢加部が口笛を吹く真似をする。

「なんでこんな化け物が、島北なんか受験したとやろうって、おいも思った。それ以前に、なんで中学のときにこいつのことを知らんかったとやろうって」

河野の言葉を、松田が引き継いだ。

「宇土は中学までは、長崎市内に住んどったとやったな。で、高校に入るタイミングで、家族で島原に越してきた」

「長崎京明《けいめい》大付属やら、佐世保《させぼ》学園やらのスカウトも断って」

矢加部が挙げたのは、甲子園常連の強豪私立校の名前だ。

中垣はふっと息を吐いた。

「でもさ、おいはたぶん、どこかでわかっとった。そのうち監督が、宇土にピッチャーをやらせるやろうって、そうなったら、たぶんおれは足もとにも及ばんやろうって……」

「あいつの肩はやばかったけんな。センターからホームへの返球なんて、あれこそ地を這《は》うような軌道って言うんやろうって」

松田はうっとりしたような口調だった。

中垣の脳裏にも、宇土の右腕から放たれる豪速球の記憶が甦《よみがえ》る。

「肩が強いだけじゃなか。コントロールも正確やった。宇土の捕殺で、何度ピッチャーが救われたことか。すごかて思った。でも、ひやひやもした。もしもこいつがマウンドに立ったら、そもそもおいみたいにピンチを作ることもないとじゃないか、そしたらおいは、お払い箱になるとじゃないか……ってな。ずっとわかっとった。わかっとったけん、その通りになって悔しかったとたい」

中垣は自分を納得させるように頷いた。

「でも、いい経験をしたと、今は思うとる。あのとき、努力だけで越えられん壁のあるって思い知らんかったら、おいはいろいろ勘違いしたかもしれん」

「おいは違うぞ」

矢加部がかつてのようなキャプテンの顔つきを取り戻した。

「おいは逆や。最初から努力ば放棄したら、達成できるはずの目標も達成できん。宇土と一緒に野球ばして、そのことば学んだ。だけん役者ば目指してみようて思った」

「わかっとる。たしかにその通りたい。宇土はおれたちにたくさんのことば教えてくれた。普通にしとったら県大会の二回戦やら三回戦で敗退するような弱小野球部に、甲子園ていう夢ば見せてくれた」

水割りを口に含んだ河野が、しゃっくりを飲み込むような顔でグラスを置いた。

「そうやな。宇土がおらんかったら、おれらはあそこまで一生懸命練習せんかった。あそこまで行けんかった」

「なあ、みんな」

松田がテーブルに手をつき、おもむろに全員の顔を見渡す。

「久しぶりに、宇土と会うてみんか」

とたんに空気が硬くなった。

「連絡先を知らん」

かぶりを振る中垣に、松田が人差し指を立てる。

「マネージャーから毎年年賀状をもらいよったろ。あそこに書いてあったとじゃないか」

「塚田《つかだ》か」

矢加部が口にしたのは、高校時代の野球部マネージャーの旧姓だった。

「なら……おまえが連絡しろや」

河野に顎《あご》をしゃくられ、松田の頬が強張った。河野はほら見たことかという感じの、長いため息を吐く。

「おいも塚田とは毎年年賀状のやりとりばしよる。でも、それ以上の繋《つな》がりはいっさいなか。電話で話したことも、メールば送ったこともな。たぶんみんな、そうじゃないとか」

矢加部と中垣が頷いた。

だが松田だけは、諦めきれないようだ。

「でもさ……もう六年も経っとるとやし」

「裏を返せば、六年も音信不通やったていうことじゃないか。宇土が塚田と結婚したとだって、その翌年の年賀状で知ったとぞ。それまでおれらには、なんの連絡もなかった。そのことで、宇土がおれらをどう思っとるかがわかる」

「そいでも、宇土も戦力外通告ば受けて、落ち込んどるけんて、六年も音信不通やった相手にのこのこおれらが会いに行くとか。落ち込んどるやろうし」

おかしかやろうが。おいが宇土やったら、落ちぶれた自分を笑いに来たとかって、むかつくかもしれん」

「宇土はそがん人間じゃなか」

「おまえが宇土のなに知っとるて言うとか」

強い口調で松田を諫《いさ》めると、河野はテーブルの上で左のこぶしを右の手の平で包んだ。

「おいにも、おまえにも、宇土がなにを考えとるとかはわからん。六年もあったら、人は変わるもんやしな。たしかなのは、宇土のおかげで、おれらは普通の高校球児なら見ることのできんかった景色ば、見せてもらったていうことと……」

そこで手の平をこぶしで打つ、乾いた音が響いた。

「最後に宇土が、おれらを友達じゃない……って言うたことだけたい」

3

しばらく宇土と見つめ合っていた中垣は、椅子に座り直した。

「大丈夫か。不当な取調は、受けとらんか」

デスクスペースに手帳を開きながら、問いかける。

宇土は答えなかった。中垣の背後の壁を見透かすような目つきをしている。

「留置管理課のやつら、取調が終わるまで待てとかぬかしよる。接見に行くっていうことは、あらかじめ電話で伝えとったとにぞ。ふざけたやつらや。まあ、接見妨害には慣れとるとけどな。日常茶飯事《さはんじ》たい。接見妨害を受けたらとにかく騒げ、っていうのがうちの所長の教えでな」

あはは、という乾いた笑い声は、すぐに萎《しぼ》んだ。宇土が自分を抱くようにしながら、冷え冷えとした眼差しを投げかける。

「これからは、おれがおまえを弁護する。ここで話した内容については秘密が保たれ、捜査機関に漏れることはない。だけん……なんでも話してくれ。遠慮なく、包み隠さずに。ただし、部屋の外で待っとる留置係が話を盗み聞きしとる可能性のあるけん、わりかし小さな声で頼むぞ」

まったく返事がない。壁に向かってひたすら独り言を呟いているような、虚しい気分になった。

「まずはおまえが逮捕された事件の事実関係について、確認させてくれんか。前任の弁護人にも話したろうから重複するかもしれんが――」

そこでようやく宇土が口を開いた。

「どうしてな」

中垣は眉をひそめた。宇土が繰り返す。

「どうしてな……どうして、おいの弁護をするとな」

ぎしり、とパイプ椅子の軋《きし》む音がして、宇土の顔が近づいた。

「おまえに弁護してもらう筋合いは……なかぞ」

眼差しから猜疑《さいぎ》心が染み出している。

「塚田の頼みたい……」

中垣が視線を落とすと、ふっと嘲《あざけ》るような息が聞こえた。

「まあ……そらそうやろうな。真奈《まな》のやつ、余計なことをしよってから」

「塚田はおまえの無実を信じとるぞ。だけん、おれに――」

「だけん、か」

宇土は強い調子で遮《さえぎ》った。

「真奈がおれのことを信じとるけん、おまえもおれのことを信じてみる……か」

肩を上下させ、片頬だけを吊《つ》り上げる。

「そいは違う。たしかに依頼人は塚田や。だが、おいはおまえのために——」

またも遮られた。

「忘れたわけじゃなかろうな。おまえがしたこと……そしておれが、おまえにしたこと、言うたこと」

「ああ……覚えとる」

「ならなんで、おいの弁護ばする気になった。おいの前に、現われる気になった。あのとき、おいはおまえに……いや、島北野球部の三年生全員に言うたよな。おまえらはもう友達でもなんでもなか。金輪際《こんりんざい》、おれの人生にかかわるな……って」

中垣は構えたボールペンをぎゅっと握り締めた。

4

矢加部からの電話が鳴ったのは、東京地裁地下食堂の食券販売機の行列に並んでいるときだった。

「おう、どうした」

中垣は行列から外れながら、電話を耳にあてた。

「中垣、さっきも電話したとぞ」

「悪い悪い。さっきまで公判中やったけん、電源を切っとったったい」

留守番電話に残されたメッセージは聞いていた。すぐに折り返してくれという内容だったが、矢加部とは数日前に会ったばかりだった。どうせ芝居のチケットを買って欲しいとか、金を貸して欲しいという頼みに違いないと判断し、後回しにしていた。

とは言え、公判中で電話に出られなかったのは事実だ。覚せい剤取締法違反で起訴された被告人の判決宣告が行なわれた。元風俗嬢の妻が、以前に客だった男から勧められ、覚せい剤に手を染めたという事件だ。トラックドライバーの夫が家を空けがちだったため、寂しさから犯行に及んだというストーリーのもと、弁護方針を立てた。情状証人として証言台に立った夫は、検察の尋問にしどろもどろになったが、なんとか予定通りに執行猶予《ゆうよ》がついた。

「テレビ見たか」

矢加部の声は妙な真剣味を帯びていたが、気にも留めなかった。

「あんな、矢加部。公判中やったって、いま言うたろうが。テレビなんて見られるわけがない」

学生は呑気《のんき》な身分だと呆《あき》れたが、続く矢加部の言葉に、中垣は耳を疑った。

「宇土が逮捕されたぞ」

理解できるまで、少し時間がかかった。

「はあ？　宇土のやつ、なにをやらかしたとか」

驚きはしたものの、それでも比較的軽微な犯罪に違いないと決めつけていた。

だが、違った。

「榊監督ば……殺したらしか」

視界がいちだん暗くなった。

「おい……おいっ、中垣！　聞いとるか！」

矢加部の声が鼓膜を素通りする。しばらく呆然《ぼうぜん》と立ち尽くしていたが、やがて我に返った。

「宇土は、容疑を認めとるとか」

「さあ……そこまではわからん。それにしても信じられん……宇土が犯人だなんて」

「犯人じゃなか！」

「えっ。でもテレビで……」

「犯人じゃなかとたい！　裁判で有罪の判決が確定するまでは！」

推定無罪――。

だが世間はそう思わなかったようだ。

それからは連日、マスコミによる実名報道がなされた。当然のように宇土を犯人と断定し、糾弾するような論調だ。弁護士として司法に携わるようになって半年。友人が被疑者となってみて、マスコミによる被疑者の人権蹂躙《じゅうりん》問題の深刻さを、あらためて突きつけられた。

そして宇土の逮捕から十日が過ぎた、ある日のことだった。

中垣が中央区《ちゅうおう》八丁堀《はっちょうぼり》の雑居ビル三階にある『西河内《にしごうち》法律事務所』の扉を開くと、先輩弁護士の柳井光弘《やないみつひろ》が両脚を中垣の椅子に載せ、弁当をパクついていた。ほかの弁護士は出払っているらしく、事務員三人だけが残っていた。

「お疲れさーん。どうだった」

「どうもこうも、泣くわ喚《わめ》くわで大変でしたよ」

家裁で行われた離婚調停からの帰りだった。夫のたび重なる浮気に業《ごう》を煮やした妻が、

離婚を切り出したのだった。中垣は妻の側の弁護人として調停に出席した。

「だから面倒くさいんだよ、女ってやつは」

離婚歴のある柳井が、苦そうに煮物のこんにゃくを咀嚼《そしゃく》する。

「泣き喚いたのは、夫のほうですよ」

「ああ、そうか。じゃあ面倒くさいのは結婚だな。で、どうなんだ」

「中立て取下げです。妻のほうが情にほだされたみたいで」

「ふうん……おれも泣けばよかったのかね」

中垣が目の前に立っても、柳井の脚は椅子の上から動かなかった。

「柳井さん」

「あ？」

柳井がきょとんと視線を上げる。中垣が自分の椅子を指差してようやく、「あ、すまん」と脚を下ろした。揃えた太腿《ふともも》に置いていた弁当をデスクの上に移動したが、顔はテレビ画面を向いたままだ。

「さっきからなにを熱心に見てるんですか」

椅子を引きながらテレビを見ると、昼のニュースワイド番組が放送されていた。

寂しい白髪を後ろに撫でつけた壮年の男が、取材陣に囲まれてもみくちゃになっている。

「あ……この人」

「棚橋《たなはし》先生だよ。宇土の弁護人の……もうすぐ元弁護人ってことになるのか」

「えっ……」

柳井を見ると、説明するのも面倒くさいという感じに顎をしゃくられた。画面に目を戻すと、棚橋弁護士が取材陣を恫喝《どうかつ》している。

「私はもう事件には関係ない！　お話しすることはありません！　通してください！」

「弁護を降りたんですか」

柳井はテレビを見つめたまま、眉だけを上下させた。

「違う。宇土のほうから弁護人の解任を申し出ているらしい」

「どうして……」

「さあな。理由はわからないが、あの爺《じい》さん、受任した直後からマスコミの前でぺらぺら喋《しゃべ》ってたろう。注目を浴びてテンション上がっちゃったんだろうけど、そんなんじゃ被疑者との信頼関係なんてあったもんじゃない。おれなんかが偉そうなこと言える立場じゃあないけどさ、棚橋先生はとても被疑者にきちんと向き合っているようには見えなかったよな。上手くいかなかったのも、当然な気がする」

司法修習で五期上の先輩を、少しだけ見直した。中垣もテレビカメラの前で嬉々《きき》として喋る棚橋を、苦々しく思っていた。おそらく捜査状況すら把握していない段階だ。思い込みで弁護人が不用意に発言した内容が、のちのち被疑者の首を絞める結果になりかねない。

が、そうなると問題は宇土だ。

現在の宇土には、実質、弁護人がいないということか。

報道で伝えられる事件の概要から察するに、宇土には接見禁止命令が出されている。となると、捜査関係者以外に接する人物がいなくなり、厳しい取調に臨《のぞ》む上で心の支えがなくなる。実際に犯罪行為に及んだのかは定かでないが、少なくとも報道で知る限り、宇土は否認を続けている。自分の周囲に敵しか存在しない状況下では、取調官の追及に屈し、自らに不利な供述調書に判を押してしまうという可能性も、十分にありうる。

「宇土のやつ、どうするつもりだ……」

心の呟きが声になった。

「おまえが弁護したらいいんじゃないか」

柳井はいつも通り、冗談なのか本気なのかわからない口ぶりだった。

「だっておまえら、同級生だったんだよな」

「ええ……まあ」

宇土との関係について、職場で積極的に話したことはない。だが履歴書には出身校が記入してあるし、酒の席では、高校時代は野球部だったと話したこともある。弁護士五人、事務員三人の小所帯に情報が行きわたるのに、時間はかからなかった。

「なんだよ、気乗りしてないみたいだな。おまえと宇土って、仲が悪かったのか」

答えに窮した。話したくない空気を察したのか、柳井は肩をすくめた。

「まあ、おまえには荷が重いか。たしか否認事件をやった経験は……」

「ないです」

「じゃあ、駄目だな。最初の否認事件がこんなに大きいやつじゃ、さすがに無茶だ」

柳井はリモコンを手にとり、チャンネルを替えた。

そのとき、事務所の出入り口の扉が開いた。

「いらっしゃいませ」

三人いるうちのもっとも若い女性の事務員が立ち上がり、応対に向かう。

来客は若い女だった。黒髪を肩の下あたりまで伸ばし、白いカットソーに白いカーディガンを羽織っている。膝丈のスカートから伸びた脚は、すらりと細い。

おっ、と嬉《うれ》しそうな顔をした柳井は、女の美しさに見とれたのだろう。だが隣で中垣が勢いよく立ち上がると、びくっと身を震わせた。

「あ、あの……」

中垣は呆然としながら言った。

来客の女と、彼女をパーティションで仕切られた応接スペースに案内しようとしていた事務員が、同時に中垣を向いた。事務員は怪訝そうに眉根を寄せ、来客の女は訴えかけるような眼差しで中垣を見ていた。

急激に記憶が逆流する。中垣は記憶にある少女の面影と、目の前に立つ女の顔を重ね合わせた。以前に比べ、眉が細く整えられている。マスカラで目がぱっちりとしている。頬にチークをのせ、口紅を引いている。頬のあどけない膨らみがすっきりとし、ひと回り顔が小さくなったように見える。

素朴な田舎の少女は、すっかり垢抜《あか》けた大人の女へと成長していた。

胸の奥に甘酸っぱくもほろ苦い炎が灯るのを感じながら、中垣は告げた。

「彼女は僕の、お客さんです」

「はあっ？」

柳井がしかめた顔で後輩弁護士を見上げる。

来客は塚田真奈――いや、現在は宇土の姓を名乗り、宇土真奈となった、かつての野球部マネージャーだった。

5

「真奈は、どうしとっとな」

宇土の口調には、不遜な中にも妻への気遣いがうかがえた。

「すぐにこっちに向こうたけん、あまり話をする時間はなかったが、アルバイトは辞めたという話やった」

中垣の脳裏には、涙を堪える真奈の姿が浮かんでいた。事務所を訪ねてきたかつての野球部マネージャーとの会話は、三十分程度だろうか。刑事弁護は時間との勝負だ。接見が数時間遅れたために、その間の違法な取調によって自白調書が作成されることもある。中垣は受任の意思を伝えると、すぐさま事務所を出て、地下鉄に飛び乗った。

「そらそうやろうな。外は相当な騒ぎになっとるやろうけん、バイトなんか出ておられんやろう」

そのとき初めて、宇士の虚勢が崩れたような気がした。瞳に妻への罪悪感が灯る。

「塚田は、なんの仕事をしよったとか」

「蒲田《かまた》のビジネスホテルのフロント係たい、深夜のな。週に三日はバイトに出とる。おいが戦力外通告を受けてから、翌日には面接を受けに行きよったとたい。生活のことは心配せんでよかけん、やりたいことをやって……とか言いよってな。まったくよかおなごたい。おいにはもったいなかで。おまえもそう思わんか、中垣よ」

宇士は笑顔にこめた卑屈さを強めた。

「よう出来たおなごや。おいが無職になってもアルバイトで生活ば支えて、おいが逮捕されても無実ば信じて、弁護士になった昔の同級生に頭ば下げに行ってな。もったいなかて、本気で思う。真奈は男選びば間違うたとかもしれんな。島北野球部には、弁護士になるような優秀なやつもおったていうとに」

「そうやな……たしかにそう思う。塚田はおれを選ぶべきやった」

虚を衝《つ》かれた宇士から、笑顔が消えた。

中垣はかつてのエースに語りかける。

「塚田はおまえのことを助けてやってくれって、おいに頭ば下げた。おれたちの間になにがあったかは、わかっとる。六年間も音信不通で、いまさらなにを言いよるかと、自分でも思う。だけど、おまえのことを助けてやれるのは、おれしかおらんて言うてな。この際だけん、はっきり言うておく。おいは、おまえのことば憎んどる。昔のことをどうこう言うつもりはなか。いま現在、塚田のことば苦しめとるおまえを、憎んどるとたい」

唾《つば》を飲み込んだのか、宇土の喉仏《のどぼとけ》が上下する。

「宇土のことなんてもう見捨てろ。プロ野球もクビになって、殺人容疑をかけられとる男のことなんて捨てて、おいのところに来い。本音ではそう言いたか。だがな、残念なことに、それじゃ塚田は幸せにならんとたい。塚田はおまえを支えることば……ただそのことだけば、望んどるけんな。おいが弁護士だとか、おまえがプロ野球選手だとか、そういう肩書きになびくような女じゃなか。もしそういう女なら、おまえみたいなのはとっくに捨てられとる。そしてそういう女なら……」

中垣は眼差しを強めた。

「おれは塚田に惚《ほ》れんかった」

勢いに任せて畳みかける。

「おれはおまえにたいして、むかっ腹の立っとる。みっともなかとは思うが、本当のことやけんどうしようもなか。認めるたい。おいは嫉妬《しっと》しとる。塚田のことば振り回しとるくせに、好き放題生きとるくせに、それでも塚田に信じてもらえるおまえにたいしてな。たしかにおまえの言う通り、塚田の頼みやけん、おまえの弁護ば受任した。そして塚田がおまえの無実を信じるなら、おいも信じる。全力でおまえの嫌疑を晴らす。おまえのためじゃなか。塚田のためたい。塚田ば、幸せにするためたい」

言い終えたときには、口の中がからからに渇《かわ》いていた。

「これでよかな。これで満足な。おいはおまえに、肚《はら》の内ばさらけ出したぞ。おまえもおれに全部吐き出さんと、不公平じゃないか」

唇を舐め、唾を飲み込んで、返事を待った。

カウンターに片手をついていた宇土が、椅子ごとアクリル板に近づいた。

「できるか。おまえに……おれに、また野球ばやらせることの」

「相変わらずやな……」

あれほど真奈のためにと力説したにもかかわらず、宇土は野球のことしか考えていない。身勝手な男だと、中垣はつくづく思う。

だが自分のこと、野球のことしか考えない宇土が、弱小の無名校に過ぎなかった県立高校野球部に夢を与えた。そしてそんな宇土に、真奈は惹《ひ》かれた。

「全力ば尽くす。最初から負けるて思うて、試合に臨むわけにはいかんやろうが」

中垣は、かつての球友と真っ直ぐ向き合った。

6

校門を出て右に歩くと、ほどなく島原城の城郭が現われた。

日差しはまだ夏の余韻を強く引きずっている。城郭の向こうにそびえる眉山《まゆやま》の緑を、陽光が鮮やかに燃え立たせていた。

中垣は半袖の開襟シャツの胸もとをぱたぱたとさせ、内側に風を送った。そうしながら、ふと思う。

ただ歩いているだけでこれじゃ、部室は——。

自分にはもう関係のないことだと、かぶりを振った。

お濠《ほり》沿いの道を半周ほど歩いたところで、背後から肩を叩かれた。

「おい、なんで一人で帰るとや」

松田だった。脇に平たく潰した学生鞄を挟み、両膝に手を置いて息を切らしている。

「置いていくなよ」

「別におまえに付き合う必要はないとぞ。背番号もらえたとやろうが」

「中垣だって、もらったやっか」

「おいは11番でおまえは4番やろ。重要度の違う」

「そがんことはない。昼休みに矢加部も言いよったやっか。宇土だけで野球するわけでも、レギュラーだけで野球するわけでもなか。試合は島北野球部全員でするもんやって」

単純な松田は、キャプテンの熱弁に少なからず心を打たれたようだ。なぜか中垣に付き合って部活をサボっているが、本心では練習に出たいに違いない。中学まで帰宅部だった男が、いくら弱小校とはいえ、二年の秋の大会を前にしてセカンドのレギュラーの座を摑んだ。その過程に並々ならぬ努力があったことを、中垣も知っている。

だが中垣のほうは、宇土の手に1番の背番号が渡った瞬間、気持ちがぷつんと切れたような気がしていた。

「なら練習に出たらよか。サボりよったら一年に追い抜かれるぞ」

手をひらひらとさせて、歩き出した。追いかけてきた松田が、隣に並ぶ。

「おまえが出らんなら、おいも出らん」

胸を突き出して、大股でついてくる。

「どういう意地の張り方だよ」

「おまえには恩義のあるけんな。おまえのおらんかったら、おいはレギュラーになれんかった」

野球部に入りたてのころ、個人練習に付き合ってやったことを言っているらしい。進学校である島原北高校では、野球部の全体練習は六時半きっかりに終了する。あとは自主的な個人練習だけだ。中垣は野球経験のない同級生のノッカー役だった。

「おいに恩義なんて感じる必要なか。おまえがレギュラーになれたとは、おまえ自身が頑張ったけんたい」

本心からの言葉だった。最初はキャッチボールすら覚束《おぼつか》なかった松田がここまで上手くなったのは、ひたむきに練習に取り組んだからだ。成長過程をつぶさに見てきたからこそわかる。

「おまえも頑張ったやっか。ただ……相手の悪かっただけたい」

悔しさが甦《よみがえ》り、中垣は唇を歪めた。

投手としての宇土の可能性には、一年のころから気づいていた。いずれこの男と同じポジションで競うことになるかもしれないと感じていた。懸命に自分の投球を磨く日々は、つねに何かに追われているようだった。いや、実際にはすでに追い抜かれ、追いかけていたことにすら気づいていなかったのかもしれない。投げれば投げるほど、見えない壁は高く、大きくなり、存在感を増すような気がした。

二年の夏の大会を前に、監督は宇土に投球練習をするように命じた。思えばあの瞬間に、決着はついていた。ステップが狭く、テイクバックの小さな完全な野手投げにもかかわらず、キャッチャーミットの響きは中垣よりも、当時の三年生エースよりも遥《はる》かに鋭かった。

「なあ、中垣よ……」

「説得するつもりなら話は終わりたい」

ぴしゃりと言って手を払うと、それきり松田は口を開かなかった。

アーケードを数百メートル歩いて、自宅の前で松田と別れた。松田は家に寄りたそうな雰囲気を出していたが、気づかないふりで「じゃあ、明日な」と手を振った。

中垣の両親は、一番街アーケードで女性向けの洋品店を営んでいた。中学二年生の妹を含めた家族四人暮らし。二人の子供が成長するにつれ、二階建ての店舗兼住宅は手狭になっている。

「ただいま」

店舗を抜けて住居部分に入ろうとすると、母に呼び止められた。

「あら拓也、あんた部活は」

「休み」

「休みって、たしか昨日もそんなこと言いよったじゃない」

このところ帰宅の早い息子を、不審がっているようだ。無視して居間を抜け、階段を駆け上がる。

自室の襖《ふすま》を開くと、ベッドに腰かけてひと息ついた。正面の洋服箪笥のトロフィーが目に入る。小学校のとき、地域のソフトボール大会で獲得したものだった。中垣がこれまでの人生で獲得した、唯一の勲章だった。

中垣は小学三年生で町内会のソフトボールチームに入った。五年生になったころからピッチャーの練習を始め、六年生のときには、チーム内での絶対的エースという地位を築き上げた。ウインドミルから投げ込むストレートが、おもしろいように相手バッターをきりきり舞いさせた。小学校の卒業文集に、プロ野球選手になるという夢を書くのにも迷いはなかった。

ところが中学で軟式野球部に入って以後、雲行きが変わる。身長順に整列するといつも最後尾だったのが、だんだん前のほうになった。体格のアドバンテージを失ってからは、育ち盛りのライバルたちに野球の実力でも追い抜かれた。中学最後の大会を迎えるころには、中垣は三番手ピッチャーとしてベンチを温めるようになっていた。

しばらくベッドに寝転んでぼんやりと天井の木目を眺めていたが、弾かれたように起き上がった。机に向かい、教科書を開く。

志望大学の偏差値に遠く及ばない現実は、十分に理解している。だがこれから一年間勉強に集中できればわからない。かたや野球では、どうあがいても宇土に勝てない。受験勉強と野球、どちらに労力を注ぐべきか、答えは明白だった。

二時間ほど机に向かっていると、階段をのぼる足音が聞こえた。

「拓也」

夕飯ができたと、母が呼びに来たらしい。

「後で行く」

問題集にひと区切りつけるまで、席を立つつもりはなかった。しかし廊下を歩く足音は止まることなく、襖の向こう側まで到達した。

「後で行くけんて」

声に険を含ませて追い払おうとしたが、襖は開いた。

むっとしながら椅子を回転させ、背後を振り返る。ところがそこで、中垣の動きは止まった。

「野球部のお友達の来とらすよ」

廊下に立つ母の背後には、制服姿の宇土がいた。

灯りの消えた無人の校庭は、いつもより広く感じられた。昼間はあれほど暑かったのに、空気はしんとして、吹き抜ける風が冷たい。

「寒っ……」

中垣は身震いしながら、鳥肌の立つ二の腕をさする。

少し前を歩いていた宇土が、立ち止まった。斜めがけにした巨大なショルダーバッグを地面に下ろし、グラブを二つ取り出す。そのうちの一つを、中垣に放り投げた。

「どういうつもりな」

「寒いとやろう。おれも寒か。少し身体ば、暖めようや」

「ふざけんな。おいはもう、野球はやめるとぞ」

「まだ籍は置いとるやろうが。親にも、まだ言うとらんはずやな……あの様子やと」

宇土が左手に嵌《は》めたグラブをこぶしで叩く。

「おまえ、脅す気か。ズルかな」

「人聞きの悪かな。頭脳プレーて言うてくれんか」

暗闇の中、白球がふわりと飛んでくる。反射的に素手でキャッチした。宇土に投げ返しながら、グラブを嵌める。二人の間で緩やかな弧を描きながら、少しずつ距離をとっていった。

「なんで練習に顔出さんとや」

およそ一八メートル、ちょうどピッチャーマウンドからホームベースの距離ほど離れたところで、宇土が言った。同時に空を切り裂く音がして、スピンの利いたボールが向かってくる。まだ山なりの投球で、おそらくは五割程度の力しかこめていないようだが、それでもいい回転をしている。マメを潰すことを繰り返して固くなった指先が、しっかりと縫い目にかかっているようだ。

「わかっとるやろうが」

中垣はボールを投げ返した。比較的力を入れたにもかかわらず、宇土の球筋との違いに悲しくなる。選ばれた者と、そうでない者の違いを、まざまざと見せつけられるようだ。

互いに言葉を発すると同時に、ボールを投げ合った。

「おいに背番号1番を奪われたけん、嫌になったって言うとるらしいな」

「誰がそがんことを言うた」

即座に松田の顔が頭に浮かんだ。

「さあ、誰かは知らんけど、そういう話になっとるらしか」

「まあ、誰でもよかけどな。その通りやし」

「違うやろう」

すぱん、とグラブが気持ちのいい音を立てる。

中垣はボールを収めたまま、グラブを下ろした。

「違うって、なんな」

「おいの知っとる中垣は、その程度で腐る男じゃなか。なんかほかに、理由のある」

宇土が早くボールをよこせという感じに、大きく手招きする。腰を落として、キャッチャーのようにグラブを構えた。本気で投げてこい、ということらしい。

中垣はワインドアップから左脚を高く上げた。

「決めつけるな。おまえにおいのなにがわかるとかっ」

全力投球が、宇土のグラブに吸い込まれる。

「ストライク！」

宇土は立ち上がり、右こぶしを突き上げた。そしてグラブから抜いた左手を、痛そうに振る。

「よか球や。外角低め、ストライクともボールとも取れるコース。並のバッターなら見送ってしまうところやな」

「おまえなら、簡単に真っ芯で捉《とら》えるやろう」

「わからん。配球次第やろ。その前に内角ばえぐられとったら、見送ってしまうかもしれんし、緩い変化球ば見せられとったら、タイミングの外れてしまうかもしれん」

「持ち上げても、おいの気持ちは変わらんぞ」

「おいの気持ちも変わらん」

ふたたびグラブを嵌めた宇土が、座れという仕草をする。ノーワインドアップから左脚を上げ、右手を振り抜いた。唸《うな》るような豪速球が迫ってくる。地面から浮き上がるような軌道。現実には、浮き上がる変化などありえない。そう見えるのは、初速と終速に差がないからだ。

抜けのいい捕球音が響いた。

「おいは甲子園に行きたたか！」

いったん身体に巻きつけた右腕を高々と上げ、宇土が高らかに宣言した。

「本当に行けるかもしれんな。おまえさえおれば！」

グラブから引き抜いた中垣の左手が、電気を帯びたようにしびれている。

これまでの宇土は、いち野手に過ぎなかった。一人の野手がどれほどすぐれていたところで、試合に勝利することは難しい。事実、宇土が入学してからも、島原北高校野球部はとくにめぼしい戦績を収めていなかった。ＮＨＫ杯長崎県大会ベスト16というのが最高だ。例年でもくじ運にさえ恵まれれば、それぐらいまでは勝ち進んでいる。

ところがすぐれた投手が一人いるだけで、甲子園という目標がとたんに現実味を帯びてくる。投手が点を与えなければ、少なくとも負けることはない。このところチームメイトたちの守備練習に熱が入っているのは、誰もがそのことを理解しているからだろう。守備が宇土の足を引っ張らなければ、試合に勝てる。

「おれだけじゃ行けん！　おまえが要《い》る！」

グラブをひと叩きした宇土が、腰を落とした。

「チェンジアップ！」

中垣のもっとも得意とする変化球を要求する。

「なんでチェンジアップな！」

「よかけん、投げてこい！」

グラブを上下に振って催促された。

中垣は両腕を上げ、投球動作に入った。左足を踏み込み、身体をひねりながら右腕を振る。リリースの直前まではストレートとまったく同じフォームだった。しかしボールを手放す瞬間にふっと息を吸い込み、指先に力が伝わらないようにする。

ふわりと浮き上がったボールが、宇土のグラブ目前ですとんと落ちる。

捕球し損ねた宇土が、転々とするボールを追いかけた。金網の付近でようやく追い付き、投げ返す。

「これたいこれ！　おまえには変化球がある！　経験で養った勝負勘がある！　9イニングを投げ切るスタミナがある！　まだまだおれには足りんものを、おまえはたくさん持っとるとたい！」

膝を折った宇土が、ふたたび「チェンジアップ！」とグラブを構えた。

中垣がチェンジアップを投じると、またもボールは宇土のグラブをかすめて転がった。ボールを追いかけ、中垣に返球する。そして再度チェンジアップを要求してきた。何度後ろに逸らしても、宇土は執拗《しつよう》に同じことを繰り返した。

二十球ほど投げたところで、中垣は両手を広げた。

「そろそろよかろうが！　いい加減疲れた」

すっかり身体が暖まっていた。そして悔しいことに、楽しかった。

宇土がボールを投げ返そうとする動作を止め、土で白く染まった膝を払いながら、歩み寄ってくる。

「おまえに出番があるとは言わん。おまえにマウンドを譲らんように、おれも努力するけんな。ただ、甲子園に行くために、おまえのその技術を盗ませろ。そのために、おまえが要る。いま辞められたら困る」

「なんな、その勝手な言い分は……」

苦笑した。マウンドを譲る気はない。試合では必要としない。だが、野球部に残れ。そんな理屈で説得できると思っているのか。

しかし憎めない。そして、もしかしたらこのある種の傲慢《ごうまん》さこそが、エースと呼ばれるべき人間の資質なのかもしれないとも思う。

中垣は胸の裡《うち》で、頑《かたく》なな鎖がほどけるのを感じた。

「野球どころじゃなかとたい……」

言葉がするりと滑り出た。

「どういうことな」

「うちの店のあるアーケード、シャッターの閉まっとる店の多かったろうが」

「ああ……たしかに」

「最近は北門のほうにいろいろ新しい店のできとるやろうが。ただでさえ過疎化で人口の減っとる上に、あっちにすっかり客足の流れてしもうた。中学まで長崎市のほうに住んどったおまえにはわからんかもしれんけど、昔は島原で買い物するといったら、うちの一番街アーケードやったとで」

憐《あわれ》みの視線を避けるように、中垣は顔を逸らした。同情が欲しいのではない。

「うちの店の経営の苦しかとには、気づいとった……ほら、野球ってなんだかんだで金のかかるやっか」

「だけん、野球ばやめるて言うとな。親に金ば遣わせんために」

「まあ……そがんところたい」

中垣はぎこちなく笑った。だが気を緩めると、すぐに吐息が漏れる。

「この前……練習から帰ったら、うちにやくざみたいな男たちが来とった」

湧き上がる無力感に、唇を噛んだ。

「うちの隣の店も、シャッターの下りとったとに、気づいたか」

「いや……そこまでは。なにせシャッターの下りとる店の多すぎる」

軽口を微笑で受け流して、中垣は話を続ける。

「あそこ、前は喫茶店やったとたい。子供のころから家族で行きよったけん、おいもマスターのことはよう知っとる。ところが、ある日その店はシャッターば閉めて、以来ずっと店を開けんようになった……夜逃げしとったとって。そいで、そこのマスターの借金ば返せって、借金取りのうちに来たらしか」

　宇土が眉根を寄せた。

「なんで隣の店の借金ば、おまえの親父さんが返さないかんとな。親戚かなにかな」

「いや、違う。連帯保証人のところに、親父の名前の書いてあったらしか」

「保証人になっとったとな」

　中垣は否定した。

「親父にはサインした記憶はなからしか。頼まれたことはあるけど、断ったって」

「なら、他人の借金を返す必要はないとじゃないか」

「おいも……そう思った」

　だが、違った。現実の重みに肩が落ちる。

「宇土、おまえ、追認《ついにん》……ていう言葉ば、知っとるか」

「なんな、それは」

「法律用語たい。連帯保証人になった覚えはなくても、一回でも肩代わりしてしもうたら、自分でサインしたことと同じになるとって」

「それじゃ、親父さんは……」

「最初に借金取りが来たときには、店にはおふくろしかおらんかったらしい。ちょっとだけでも返してくれたら帰るって言われて、金ば払ったらしか……それで、身に覚えのない借金でも、払わないかんようになったとて。弁護士にも相談してみたらしかけど、追認してしもうた以上はどうしようもないとさ」

それでも救済の余地があるはずだと思い、ほかの弁護士にも相談してみるべきだと提案したが、父は首を縦に振らなかった。「ほかに言うても同じやろ。相談するだけで、お金も馬鹿にならんけん」と、母も諦めたようだった。二人とも、弁護士は報酬の多寡《たか》に関わらずつねに誠実に職務にあたる存在であり、例外はありえないとでも思い込んでいるようだった。生来のお人好しな性格もあるだろうが、突如として降りかかった災難に、思考が停止した部分もあったかもしれない。

「無茶苦茶やな」

宇士が地面を蹴《け》る。舞い上がった砂が、夜風に流されて霧散した。

「わかったろうが。おいは今、呑気に野球なんかしとる場合じゃないとたい。そがん時間のあったら、少しでも勉強したほうがよか。そいでよか大学に入って、司法試験ば受けて、弁護士になる」

間違っている。

無知につけこまれた善良な市民が、泣き寝入りするしかない法律など。

救いを求める弱者に、寄り添うことができない弁護士など。

「なら、早う、そのことを親父さんに言え。野球ばやめて、勉強に集中して、弁護士目指すって」

「言えるわけない」

「なんでな。決意は固いとやろうが」

「言うたところで、反対されるに決まっとる」

「おまえの人生たい。反対されても意志ば貫き通さんで、どうするとや」

「簡単に言うな。おまえも知っとるやろうが。うちの親父……」

宇土の頬が緩んだ。

「よう試合ば観に来とらすな」

父は時間を作っては、島原北高校の試合に駆け付けた。中垣が試合に出場すると、いつもスタンドから大きな声援を送っていた。野球部員の間では、ちょっとした有名人だ。

「おいは小学校の卒業文集に、将来の夢はプロ野球選手て書いたったい。親父はあの夢が、まだ続いとるて思うとる……おかしかやろうが」

中垣が笑っても、宇土は笑わなかった。

「おかしくなか」

「おかしか。そがん夢、中学の時点でとっくに諦めとる。野球は……惰性《だせい》で続けとったようなもんたい。終わった夢に、親をいつまでも付き合わせられん」

「おまえ……どこまで逃げ回る気な」

顔を上げると、宇土は一瞬だけ、眉間《みけん》に縦皺《たてじわ》を刻んだ。右手のボールを、左手のグラブに投げ入れる。

「おいには結局、おまえが言い訳しとるようにしか聞こえん。背番号1ばもらえんかったけん、逃げ出そうとしとるだけやとに、わざわざ親の話ば持ち出して、それを口実にしとるだけたい」

「違う。どうしてそうなるとな。ちゃんとおいの話を聞いとったか」

「しっかり聞いとった。ぜんぶ聞いた上で言いよる。よっぽどプライドの高いとやな。残念や……ちょっとおまえのことば、買いかぶり過ぎとったかもしれん」

冷笑されて、全身がかっと熱くなった。

「なんでそうなるとな」

「おまえが誰にも向き合おうとしとらんけんたい。偉そうなことばごちゃごちゃ言うてから自分を正当化しようとしとるけど、野球部の練習も黙って休みよるし、親にも野球ばやめるて言いきらんでおる。本当に自分が正しかて思うとるなら、堂々と胸を張って説明すればよかやっか。相手がわかってくれるまで、話をすればよかやっか。それのできんていうことは、おまえ自身が後ろめたいて思うとるけんたい」

宇土の声が熱を帯びていく。

「なんで後ろめたいて思うか。それは、おまえが野球をやめようとする理由が、今おまえの話した大層な理由とは違うけんたい。三年生が引退して、本当ならおまえがエースになるはずやった。そう思っとったとやろう。でも今度の大会で、背番号1ば背負うとはおまえじゃなか。おれたい。おまえはエース争いで負けたって、認めたくなかとたい。新チームになっても二桁の背番号をつけとるところば、親父さんに見せたくないとたい。負けたわけじゃなか、自分から勝負ば降りただけやって、自分に言い訳したいとたい」

容赦《ようしゃ》ない剝《む》き出しの言葉が、胸を深く鋭く抉《えぐ》った。

「野球ばやりよったら、弁護士にはなれんとか。勉強そっちのけで野球ばっかりやらされるような私立校じゃないとぞ。練習は早めに切り上げるし、試験前の一週間は部活が休みになるような学校やっか」

「さっきも言うたろうが。野球はなんやかんやで金のかかる」

「ユニフォームも道具も、たいがい揃えとる。私立みたいに土日のたびに遠征するわけでもなか。月々の部費もせいぜい何千円たい。金のかかるて言うても、知れとる」

「もうよか。話は終わりたい」

一刻も早く、この場を立ち去りたかった。背を向けようとすると、宇土に肩を摑まれた。

「なんすっとや！　離せ！」

振り払おうとして、揉み合いになる。胸ぐらを摑まれ、胸ぐらを摑み返した。

「辞めさせん」

「なんでおまえは、そう勝手かとや」

「甲子園に行くためたい」

「行きたきゃ勝手に行け。だいたいなんで、そがん甲子園に執着するとか」

「約束したけんたい」

「なんなそら、わけわからん。なんな約束って。誰と、どんな約束をしたていうとな」

宇土は答えなかった。引けば押し、押せば引くという膠着《こうちゃく》状態が続く。このままでは埒《らち》が明かない。中垣は握ったこぶしを、力任せに前後に揺さぶった。

そのときだった。

「おいのおふくろは、腎臓がんたい」

時間が止まった。

ふたたび時間が流れ出したとき、中垣の心臓は遅れを取り戻そうとするかのように早鐘を打っていた。

「どういうことな……」

初耳だった。そういえば宇土の家族が、球場に顔を見せたことはない。それどころか、宇土の口から家庭の話を聞いたこともなかった。

「宣告された時点で余命半年ていうことやったけん、もういつ死んでもおかしくなか。家族で島原に越してきたとは、母親の実家で在宅療養するためたい」

宇土は淡々と話した。

「母親には環境のよか学校で野球をして欲しかって言われた。ばってん、そうなると寮に入ることになる。長崎京明大付属やら佐世保学園やら、私立の強豪はどこも遠いけんな。だけんおいは、島北ば選んだ。野球はどこでもできる。島北でも十分や。島北で必ず甲子園に行くけんって、母親に約束してな」

中垣の腕が、だらりと垂れた。

「なんでそのことば、黙っとったとか」

「話す必要のなかったけんたい。でん、おまえが親の事情を口実に野球ばやめるて言うなら、おいも親の事情を口実におまえを引き留める。おいは甲子園に行く。そのためにおまえが必要なんたい。野球部に残れ」

校庭の外を、軽トラックのヘッドライトが横切っていた。車体側面にペイントされているのは、小学校の同級生の両親が営む畳店の名前だった。互いの家を行き来するほど仲が良かったのに、中学に入ったころから疎遠になった。今はどこの高校に通っているのかも知らない。

中垣は無言で背を向け、歩き出した。

「おい、中垣。どこ行くとや！」

「息ば吸うイメージたい」

「はあ?」

「チェンジアップ。ストレートば投げるときは、息ば吐き出すやろうが。逆に吸い込むイメージで、身体の力ば抜くとたい。縫い目は意識せず、適当に握る。表面を撫でる感じでリリースするとけど、そのときに指先が偶然、縫い目にかかって、カーブしたり、シュートしたりする。変化自体は小さかけど、投げる本人すら予想できん変化やけん、打者の意表ば突ける」

およそ一八メートル離れた位置まで歩くと、中垣は振り向き、腰を落としてグラブを構えた。

「球の速かだけじゃ、強豪は抑えられんぞ！　目の慣れてきたら捉えられる！　緩急ば身につけろ！」

遠くで宇土が微笑む。

「よかとな！　企業秘密ばばらしても！」

「おいから盗むとやろうが！　盗んでみろ！　おいもおまえから盗むけん！　そのうち背番号1ば奪うけん！」

グラブをこぶしで叩いた。

「やれるもんなら、やってみろ！」

宇土が左足を引き、投球動作に入った。

7

「まずは事実関係を確認させてくれんか。事件当日に起こったことば、教えてくれ」

中垣はボールペンを構えた。

「あの日、榊さんから電話があった」

宇土は記憶の足場をたしかめるような口ぶりで、ゆっくりと話した。

「被害者のほうから呼び出されたとか?」

「ああ、話がしたいって言われてな。田園調布駅《でんえんちょうふ》前で、待ち合わせた」

東急《とうきゅう》田園調布駅は、榊龍臣の自宅の最寄り駅になる。周辺は都内でも指折りの高級住宅街だ。

「アストロズを辞めた後も、被害者とは親しくしとったとか?」

「そういうわけじゃない。ただ、あの人からはようしてもらっとったけんな。おれのことを気にかけてくれとったとやろう」

「それじゃあ、プロ野球を辞めた後で、被害者に会《お》うたとは、それが初めてやったていうことやな」

「そうたい」

「それで、被害者と会うたとは何時ごろな」

「夜の十一時や」

中垣は右手を止め、顔を上げた。

「夜の十一時に待ち合わせたとか？」

「それが、どうかしたか」

「人と会うにしては、随分遅い時間やと思うが」

「ナイターのあったけんな。試合の後で人と会うとなれば、それぐらいにはなる。最初は十時ごろという話やったけど、おれが家を出る直前になって、十一時にしてくれって榊さんから連絡の入った。試合が終わるとの思ったより遅くなったけん、これからタクシーで向かっても十一時ぐらいになるて言うてな。おれももともと十時じゃ早過ぎるとやないかて思うとったけん、おかしかとは思わんかった。プロ野球選手は宵《よい》っ張《ぱ》りの多かとたい」

かすかな引っかかりを覚えたが、話を進めることにした。

「十一時に被害者と会うて、その後は」

「近くの飲み屋で一時間ほど話して、十二時ごろに店を出た」

「店の名前は」

「たしか『ピエロ』とかいう名前やった。五十くらいのおばさんが一人でやっとるような、小さなスナックたい」

「店を出たとが十二時……って、たったの一時間しか飲んどらんやないか」

「ちょっと、揉めてしもうたけんな」

宇土が顔をしかめ、髪の毛をかく。

「揉めたって、どういうことな」

「あの人が言うとたい。もうプロ野球復帰は諦めろ。たとえおまえが今年のトライアウトを受けても、かりに独立リーグやら、台湾や韓国に渡って活躍したとしても、うちのチームがおまえを取ることはない。もし編成がおまえを推薦しても、おれが止める。おまえはもう無理や、通用せん……ってな」

「喧嘩別れしたということか」

「ああ、おれは話の途中で席ば立って、そのまま店を出た。それが十二時ごろたい。そのまま自転車で家に帰った」

「移動手段は自転車やったとやな」

「そうだ」

「日ごろから、自転車を使《つこ》うとるとか」

「金がないけんな。有酸素運動にもなる」

宇土の住む川崎市高津区蟹ヶ谷から田園調布までは、自転車だと四、五十分ほどかかるだろうか。もっとも、公共交通機関を利用するとしても、乗り換えの待ち時間を考えれば、同じくらいの所要時間かもしれない。

「……そしたら」

中垣は宇土の供述を書き留めてから、頬杖をついた。

「おまえは何時ごろ家に着いたとか？」

「さあ……はっきりとした時間はようわからんが」

「帰宅したとき、塚田は」

「真奈はバイトに出とったけん、その日は家におらんかった。顔を合わせたとは、翌朝になってからたい」

「被害者と別れた後、誰かと会うたり、連絡を取ったりはしなかったか。たとえばどこかのコンビニに立ち寄ったとか、もしくは、近所の住人にばったり会うて、挨拶《あいさつ》を交わしたとか……」

話の途中から、宇土はかぶりを振っていた。

「ない。誰とも会わんかった」

つまりアリバイは存在しない。中垣は唇を歪めた。

「取調で、刑事はどがんことを言いよった」

「バットの写真ば見せられた。それで、このバットはおまえのものやなって、訊かれた」

たしか報道では、被害者はバットで殴り殺されたということだった。写真のバットは、犯行に使用された凶器だろう。

だが不可解だった。プロ選手が使用するバットは、それぞれグリップの太さや重心の位置などが異なる特注品が多いのかもしれない。だが、写真だけを見せられてそれが誰の物か、すぐにわかるものだろうか。

「おまえはどう答えたとな」

「たしかにそれは、以前おれが持っとったものに間違いないが、アストロズを辞めるときに、榊さんに返したと答えた」

ペン先の紙を擦る音が止まった。

「まさか、そのバットていうとは……」

視界が暗くなった気がして、天井の照明を見上げた。だが蛍光灯は消えても、切れてもいなかった。

ゆっくりと視線を落とし、宇土と目が合ったところで止める。

「そうたい。おいの入団交渉のときに榊さんがプレゼントしてくれた、三〇〇号ホームラン記念のサイン入りバットたい」

宇土は頬を歪めた。どんな意味合いの表情なのか、わからなかった。

8

食器を流しの洗い桶に浸けたとき、居間のほうから声がした。

「お兄ちゃん！　宇土くんのテレビに出とるよ！」

妹の麻美《まみ》だった。卓袱台《ちゃぶ》に手をつき、膝立ちになりながらこちらを振り向いている。卓袱台には食べかけの夕食が並んでいた。

「やかましかな。メシ食っとるときぐらい静かにしろや」

中垣は伸ばしかけの髪の毛をかいた。ちょうどぼさぼさで格好がつかない時期だった。床屋に行くたびに、いっそ丸刈りに戻してしまおうかという衝動に駆られる。

「だって宇土くんの……」

「わかっとる。今日、うちの学校に榊監督の来とったけん」

その日は島原北高校で、宇土の四度目の入団交渉が行われた。宇土の説得のため、いよいよあの榊龍臣が直接出馬するらしいという噂に、学校全体が朝からそわそわと落ち着かなかった。三時間目の途中で、校門から乗り入れるハイヤーを発見した男子生徒が騒ぎ出し、それからしばらくは授業が中断される騒ぎとなった。

「榊監督って、どういう人やったと」

「知らん。おいが話したわけじゃないけんな」

「宇土くんはなんて言いよったと。プロ入りすると?」

「知らんって言いよるやろうが」

矢継ぎ早の質問を、渋面《じゅうめん》で弾き飛ばす。

「なんで知らないとね。お兄ちゃん、チームメイトでしょうもん」

「そうばってんか……それどころじゃないとたい。人の心配なんてしとる場合じゃなか。受験のあるけん」

「でも話ぐらい……」

「やかましか」

一方的に会話を打ち切り、二階の自室に戻った。

襖を閉めるとすぐに携帯電話を手にとり、ワンセグモードを起動する。廊下に漏《も》れないよう、音声を絞った。いくつかチャンネルを切り替えていると、画面に榊の顔が映った。ローカルニュースのようだ。ドラフト指名された地元選手の交渉の模様を、追いかけているらしい。

島原北高校の校舎を出て、ハイヤーに乗り込もうとする榊に、並んで歩く記者がマイクを向けていた。画面の下のほうには、『交渉の手応えは――』と、質問内容のテロップが横書きで表示されている。

「不安を感じるのは当然です。宇土くんには、安心してプロの世界に飛び込んできて欲しいとお話ししました。一緒に日本一を目指そう。それだけです。あとは私たちの誠意が伝わることを願っています」

七三に分けた豊かな髪の毛がふわふわと風に揺れ、朗々《ろうろう》とした話しぶりが若々しい印象だ。とても自分の父親より年上には見えない。誰もが知る有名人の背景に、退屈な日常の象徴である校舎が映っている。不思議を通り越して、違和感があった。合成処理された映像のようだ。

榊はいったんハイヤーに乗り込もうとしたものの、翻意《ほんい》したように記者の方を向き、高そうなスーツの襟を直した。

テロップが切り替わり、『バットをプレゼントしたようですが――』と表示された。

「私が三〇〇号本塁打を打ったときのバットです。私としては、宇土くんに打者としても可能性を感じています。その期待もこめて、贈らせていただきました。ドラフトでは五位指名になりましたが、それはあくまで現状の中央球界での知名度も含めた結果であり、宇土くんの実力にたいする評価ではありません。いずれは球界を背負って立つ存在になって欲しいと期待しています」

全身の血流が速まった。

その後、榊がハイヤーに乗り込んだところで、映像はスタジオに切り替わった。

「宇土くんがどのような決断を下すのか、注目されるところです」

アナウンサーが告げたところで、携帯電話が振動した。

松田からだった。

「テレビ見たか、中垣」

よほど興奮しているらしい。ふんふんという鼻息の雑音が混じっている。

「ああ、見た」

「すごかやっか、宇土のやつ。あの榊監督に、球界を背負って立つ存在になって欲しいとか言われてさ」

「そらおまえ、誰にでも言いよるとやろうが。リップサービスたい」

冷静を装ったが、中垣の腕にも鳥肌が立っている。

「でもさ、長崎京明大付属の大矢《おおや》も、佐世保学園の辛島《からしま》も指名されんかったとぞ」

松田が挙げたのは、長崎県内でドラフト候補と噂されていた高校生の名前だった。

「たしかに。それを考えたら、すごかことや」

「宇土、どがんすっとかな……」

急に松田の声が勢いを失う。

「さあな。どがんすっとかは、わからん」

入団交渉が四度にも及んでいるのは、宇土がプロ入りに不安を示しているせいだった。

「宇土がプロ入りせんかったら、どうしよう……」

「どうしようもなにも、宇土の人生たい。おまえがどうこうすることじゃないやろうが」

中垣は机の上に開いたままの問題集を見やる。野球では、一蓮托生《いちれんたくしょう》だった。だが、これからは孤独な戦いが始まる。各々が自分で選択した道を歩むのだ。

「でもさ、中垣。せっかくおれたちが……」

「関係ないやろう、おれたちは。島北じゃなくても、宇土はたぶんドラフトにかかった。違うか」

諭《さと》す口調になった。

「違わんさ。その通りやと思う。でも……」

「でもなにもなかぞ。後は宇土の気持ち次第たい」

「うん……」

抗議を滲ませた沈黙の後で、「でもさあ」と未練がましく語尾をうねらせる。

「松田」

「なんや」

「わかっとるやろ」

答えるまでに間があった。

「わかっとるさ」

わかっとるわかっとると、自らに言い聞かすように繰り返した。

その後しばらく雑談をして、電話を切った。

椅子を引き、問題集に向かう。何問か解き進めたところで、ふたたび携帯電話を手にした。

メモリーから宇土の電話番号を呼び出す。通話ボタンを押そうとして、やめた。メール画面を開き、親指を動かして文章を作成する。

――榊監督からバットもらったとやな。

――おまえ結局どうするとな？　プロに入るとか？

――最近どうな？　いろいろ悩んどるらしかけど、相談に乗ろうか。

書いては消し、書いては消しを繰り返した。

――ごめん。おれが悪かった。

それも結局消去し、携帯電話を閉じた。

夏の大会以来、宇土とほかの三年生部員の間には、深い溝ができていた。中垣だけでなく、ほかの部員たちも宇土と言葉を交わしてはいない。休み時間にすれ違っても、赤の他人のように無視される。宇土がプロ入りに不安を示しているという情報も、宇土と交際中の真奈から聞かされたものだった。

ドラフト指名された直後、野球部員たちは学校の体育館に集められた。そこでカメラマンから、ほかの部員たちが宇土を胴上げする様子を撮影したいと要求された。だが、宇土は頑なに拒否した。おかげで野球部の不協和音が顕《あら》わになり、歓喜の瞬間が、気まずい雰囲気に塗り変えられた。学校関係者やマスコミの人間のほうが困惑していた。

中垣は両手で顔を覆い、顔を洗うような動きをした。

気持ちを切り換えて勉強に戻ろうとする。しかしざわざわとしたかすかな波立ちが、集中力を削《そ》いだ。

おれとおまえらは、友達でもなんでもなか。金輪際、おれの人生にかかわってくるな――。

鼓膜の奥には、三か月前に宇土の発した言葉が反響し続けていた。

9

宇土との接見翌日、中垣は裁判所と検察庁に足を運んだ。事件を担当する裁判官と検察官に、勾留延長しないよう働きかけ、意見書を提出するためだった。

予想はしていたが、裁判官も、検察官も、反応は芳《かんば》しくなかった。おそらく十日間の勾留延長が申請され、許可される。

中垣は検察庁を出ると、その足で川崎市にある宇土の自宅に向かった。

ＪＲ南武《なんぶ》線武蔵中原《むさしなかはら》駅前から十五分ほど走ったバス停で下車し、地図を頼りに歩く。『コーポラス蟹ヶ谷』は、水色に塗られた三階建てのマンションだった。二〇五号室の前に立ち、インターフォンを鳴らす。反応がないので、もう一度押した。しばらくすると、スピーカーから「はい」と真奈の声が聞こえた。少し怯えたような声だった。

「おれや、中垣や」

通話が切れ、奥で鍵の外れる音がする。

扉が開き、真奈が現われた。スウェットシャツにジーンズという、リラックスした格好だ。扉の前に立つ旧友の顔を確認して、頬に安堵《あんど》の色が差す。

「元気そうやな、安心した」

中垣は嘘を微笑みでくるんだ。メイクを薄くしているせいもあるだろうが、真奈の顔色は悪かった。目の下にうっすらと隈《くま》が浮いている。眠れていないのかもしれない。

リビングに通された。

「わざわざこんなところまでごめんなさい」

「気にすることはなか。仕事やけんな」

中垣に座布団を勧めると、真奈は「お茶でいい？」と立ち上がった。

「いや、お構いなく」

「そがん気遣いのできるようになったとね」

薄く笑って、真奈はキッチンへと消えた。

一人リビングに残された中垣は、所在なさげに部屋の中を見回した。よく片付けられているが、思った以上に質素な印象だ。間取りは2DKぐらいか。建物の古さや最寄り駅からの距離を考えると、月々の家賃はせいぜい七、八万といったところだろう。庶民的な物件だ。一つひとつの家具や家電を見ても、とりわけ贅沢《ぜいたく》している様子もない。壁に鋲《びょう》で留められたカレンダーには、地元の信用金庫の名前が印刷されていた。高校時代に想像したプロ野球選手の生活とは、かけ離れている。

中垣は部屋の隅に置かれたくずかごに目を留めた。筒状の、バケツ型をしたプラスチック製のくずかごだ。室内は整理整頓された印象なのに、そこからはごみの山が溢れそうになっていた。ほとんどが封書のようだ。

覗き込もうとすると、背後から声がした。

「毎日たくさん届くとよ」

戻ってきた真奈が、盆に載せた湯呑《ゆの》みをローテーブルに並べる。わざとくずかごのほうを見ないようにするような動きだった。

「毎日毎日何十通も……北海道から沖縄まで。健太郎さんが現役のころには、そんなにファンレターもらったことなんてないのに」

微笑で肩をすくめる。無理に冗談めかそうとする態度が痛々しい。真奈が最初、インターフォンの呼び出しに反応しなかったのと、インターフォン越しに応じる声が怯えている様子だった理由がわかった気がした。社会と隔絶された空間で勾留される宇土は、まだ楽なのかもしれない。警察による逮捕・勾留は、被疑者だけでなく、その家族の人生までも破壊するのだ。

「昨日、宇土に会《お》うてきた」

中垣は湯呑みを持ち上げ、ひと啜《すす》りした。

「どうだった」

「多少疲れているようだが、まあ元気そうだ。あいつはたいていのことじゃ、堪えんけんな。塚田のことを心配しとったぞ」

「着替えは」

「ちゃんと差し入れてきたけん。大丈夫たい」

弁護依頼をするために事務所を訪れた際、真奈は衣類の入った紙袋を持参していた。逮捕直後から、宇土には接見禁止命令が出されており、妻である真奈でも接見が叶《かな》わなかったという。

「中立書は、受理してもらえたと？」

「ああ……だが、駄目だった。すまない」

中垣はうつむき、こぶしを握り締めた。

今日、裁判所を訪れたのは、裁判官に接見禁止の一部解除を申し立てるためでもあった。

接見禁止解除申請書には、事件が冤罪《えんざい》であること、よって被疑者には罪証隠滅の意思も余地もないこと、身体拘束に加え、接見を禁じる必要性がないこと等の訴えを記載した。それに真奈に書かせた陳述書と、住民票を添えて裁判官に提出した。接見対象を近親者等に限定することで、接見禁止が一部解除される可能性は高くなる。しかし事件の与える社会的影響を鑑《かんが》みた裁判官は、接見禁止の解除に難色を示した。

「ううん。よかよ。前の弁護士さんは、そんなことができるというのも、教えてくれんかったし……どうもありがとう」

気丈な微笑みに、胸が苦しくなった。

裁判官と検察官に面会したところによると、前任者である弁護人の棚橋は、接見禁止解除の申立てどころか、担当裁判官や検察官への接触も、勾留決定にたいする準抗告すらも行なっていないらしかった。そして宇土の話によれば、早く罪を認めてしまえばいいという主旨の発言すらしたらしい。妻との接見も許されず、身体の自由を制限された中で、唯一の拠《よ》りどころとなるべき弁護人にそういう言動を取られたら、宇土でなくても解任したくなるだろう。

「今後のことについてやが」

中垣が切り出すと、真奈は背筋を伸ばした。

「どうなると？」

「たぶん宇土は、勾留延長になる。もしそうなったら、こちらとしては即座に勾留延長の決定にたいする準抗告を申し立てる。宇土の身柄を拘束する理由はない、勾留延長は不当であると、抗議するということたい。接見禁止の解除すら通らないところを見ると、おそらく棄却されるだろうが、棄却されたら、今度は勾留理由開示請求を起こす」

「勾留理由開示請求……」

「ああ。なぜ宇土の身柄を拘束しなければならないか、理由を教えてくれと申し立てるとたい。かりに棄却されたとしても、回答書の文言から検察側がどがん証拠ば握っとるか推測することのできる。現時点では、宇土との接見でしか事件の概要ば掴むことはできんけんな。どうにも動きようのないとたい。それに、開示請求の求釈明と意見陳述は公開法廷で行なわれるけん、塚田も宇土の顔を見ることができるぞ」

一瞬だけ明るくなった真奈の表情は、しかしすぐに曇った。

「でも……そのときだけしか会うことのできんとやろう」

「それはそうだが……」

言葉を濁《にご》すと、真奈がにじり寄ってきた。

「どうしてなにもしとらんとに、こういうことになると。おかしいやろ。なんでなにもしとらんとに警察に捕まって、ちょっとだけ会えたけんて喜ばないといけんと。そがんとぜんぜん嬉しくなかよ！」

「落ち着け、塚田。まだ不起訴の可能性も残されとる。そうなれば、あと十数日で釈放たい」

宇土は否認を続けており、自分に不利なように内容のねじ曲げられた供述調書には、サインをしていないということだった。中垣はかつての球友の精神力に驚嘆《きようたん》しながら、これからも信念を持って耐え抜けと助言した。捜査機関がどのような証拠を握っているのか想像もつかないが、自供による証拠の補強ができない場合には、勾留延長満期を待って、証拠不十分で不起訴、釈放という可能性も考えられる。

「でも、もし起訴されたら？」

中垣は答えることができなかった。

起訴された場合の被告人の有罪率は、99・9％にものぼる。被告人を有罪に導くよほどの自信がない限り、検察は起訴しない。裏を返せば、起訴された時点でほぼ有罪が確定するということだ。

「ごめん。中垣くんに文句言うてもしょうがないね。頑張ってくれとるとに」

真奈が肩を落とした。

「いや。謝る必要はなか」

中垣は鞄を開いた。手帳を取り出し、ボールペンを構える。

「事件のことについて、いくつか確認したいとだが……」

「よかよ。なんでも訊いて」

目もとを親指で軽く拭った真奈が、肩に力をこめて頷く。

「事件の起きた夜、宇土が被害者に会うということは、聞いとったか」

「うん、聞いとった。たしかお昼ごろじゃなかったかな、榊さんから健太郎さんに電話がかかってきたとは。私、もしかしたら、アストロズで再契約してもらえるかもしれんって期待したと。でも、そういうのは顔に出さないようにした。だって、もし違ったらがっかりするだけやん」

「宇土は、夜十一時に田園調布駅前で待ち合わせ、被害者行きつけの飲み屋に行ったものの、被害者と口論になり、十二時には店を出たと言うとる。被害者の死亡推定時刻は深夜一時半から二時半の一時間やから、宇土が店を出た後、真っ直ぐ自宅に帰ったことが証明できれば、宇土の犯行が不可能だったことの証明になる」

「ごめん。その日、私、深夜のアルバイトに出とったけん。健太郎さんと顔を合わせたのは、翌朝になってからやったと。だけん、榊さんと会うてくるという話は聞いとったけど、何時に帰ってきたとかまでは……」

真奈は申し訳なさそうにかぶりを振った。

「被害者を殺害した凶器は、宇土の入団交渉時に被害者から贈られたバットらしい。バットのヘッドには被害者のサインが入っとって、凶器の写真を見せられた宇土自身も、かつて自分が所有していたものだと認めとる」

「ああ……あれね」と、真奈が指先で唇に触れた。

「知っとるとか」

「たしか前に、見せてもらったことのあるけん」

「宇土はそのバットを、球団から戦力外通告を受けた時点で、被害者に返したと言うとる。期待に応えられんかったけん、もう自分が持っとる理由はないと言うてな」

「健太郎さんらしかね」

「宇土がバットを被害者に返したことを……」

言い終える前に、真奈は顔を左右に揺らした。

「知らなかった。たぶん押入れの奥にしまっていたとば持ち出したとやろうけど、健太郎さんからはなにも聞いとらんし。ああいう人やけん……中垣くんもわかるやろう」

寂しげに微笑んで、視線を落とす。

「宇土が警察に連行されたときの状況を、教えてくれんか」

「四月四日の木曜日、朝十時ごろやった。私はバイト明けで家に帰ってきて、朝食ば作ったと。それを二人で食べて、健太郎さんが練習に出かける準備ば始めたけん、私はシャワーば浴びようとお風呂場に入った。いつも仮眠ばとる前には、シャワーば浴びることにしとるけん。お風呂場に入ってからすぐ、インターフォンの鳴った。だけんお風呂場から顔ば出して、健太郎さんに出てって言うたと。健太郎さんがわかったって答えたけん、またお風呂場に戻ってシャワーば浴びよった。そしたら玄関で言い争う声の聞こえて、慌てて出てみたら、健太郎さんが何人かの男の人に連れて行かれようとするところやった。追いかけようか迷ったけど、バスタオルば身体《からだ》に巻いとるだけやったけん……健太郎さんは私のほうば見て、ぜったいやっとらんけん、すぐ帰ってくるけんて……」

当時の状況が甦ったのか、話すうちに真奈の声は湿った。

「その後、警察の家宅捜索の入ったとやな」

声を出すと感情が溢れてしまうという感じに、真奈は無言で顎を引いた。

「家宅捜索の際、警察が押収品目録を交付したはずだが」

「ああ。ちょっと待ってて」

立ち上がった真奈が、キッチンのほうへと消える。抽斗《ひきだし》を開け閉めする音がして、戻ってきた。手には一枚の書類が握られている。

「これだけか……」

受け取った押収品目録を確認して、薄い落胆を覚えた。内訳の欄には、『段ボール箱一式』と書かれているだけだった。

「これではなにを持って行かれたか、わからんな。警察がなにを押収したのか、覚えとらんか」

「たしか健太郎さんの手帳が、段ボール箱に入れられよった気がする」

「ほかには？」

「ごめん。あまりよく覚えてないと。動転しとったけん……」

突然夫が連れ去られ、令状を手にした警察官たちが部屋に踏み入ってきたのだから、無理もない。

「わかった。段ボール箱の内容がわからない状態では難しいが、いちおう押収品の還付請求もしてみよう。なにかしら、手がかりになるようなことがあるかもしれん」

中垣は書類を返した。

「ところで塚田。任意同行時、宇土は練習に出かけようとしとったという話だが、宇土はいつも、一人で練習しとったとか」

「走り込みやらシャドーやら、一人でできることは一人でしよったけど、投げ込みは大浦《おおうら》さんが相手してくれよったみたい」

「大浦さん……というのは？」

「アストロズの先輩で、キャッチャーばしよらした人」

「大浦敬吾《けいご》か」

驚く中垣を、真奈がきょとんとした顔で見つめる。

「知っとると？」

「もちろんたい。たしか千葉ドジャースからトレードでアストロズに入って、一時期は一軍におったろうが」

「そうそう。健太郎さんも言いよった。大浦さんは生え抜きじゃないけん、アストロズで冷遇されたんだ……って」

「大浦氏と宇士は、アストロズに在籍した時期が被っとったとか」

「一年だけね。健太郎さんがルーキーの年が、大浦さんの現役最後の年やったと。二軍戦では、何回かバッテリーば組んだこともあるって。健太郎さんのことば買《こ》うてくれとって、健太郎さんが戦力外通告ば受けてからは、練習相手ばしてくれよったと。今は町田《まちだ》のほうで居酒屋ば経営しながら、少年野球のコーチみたいなことばしよらすらしか」

「大浦氏の連絡先はわかるか」

「私が直接連絡取りよったわけじゃないけん」

真奈の眉が落ちた。

「そうか。なら、今度宇士と接見するときにでも、確認してみる」

中垣は大浦の名前を書き留めた。

「最後に、宇士と被害者の関係について訊いておきたいんだが」

「うん」

「捜査状況がわからんのでこれはあくまで報道された内容に過ぎんのだが、宇土は戦力外通告を受けたことで、被害者を恨んどったということになっとるが」

「たしかに、榊さんにたいする、健太郎さんの気持ちは複雑やったて思う。入団交渉のときには熱心に口説《くど》いてくれたとに、その後はずっと二軍暮らしで、ほとんど顔を合わせる機会もなかったらしいけん」

「宇土が二軍戦で成績を残しとったにもかかわらず、被害者が一軍に上げんかったという話も聞いたが」

「なに、中垣くん、健太郎さんを疑っとると?」

真奈が不審げに眉根を寄せた。

「そうじゃない。警察検察がどういう根拠のもとに宇土を犯人と断定したのか、検討せんといかんけんな。公判にならんと、向こうの手の内は見えてこん。こちらでも独自に情報を収集して、対策を練っておく必要がある」

真奈は唇を曲げて考える間を置き、自らを納得させるように頷いた。

「健太郎さんがどう考えとったかはわからんよ。でも、たしかに私にも、榊さんが健太郎さんを冷遇しとるように見えたこともあった」

「どういうことな。具体的に教えてくれんか」

「私、何度か二軍の試合を観に行ったことのあると。健太郎さんは二軍戦なんか観ないでいいって言うて、私が行くとを嫌がりよったけど、私は健太郎さんが頑張っとるところを観たかったけん、こっそり行きよった。あるとき、バックネット裏に榊さんが来とったことのあった。何人かコーチば引き連れとらした。私は気になったけん、榊さんたちの少し後ろの席に座ったと。その試合では、健太郎さんが途中から中継ぎで登板した。1回を2三振、三者凡退に打ち取るパーフェクトリリーフやった。健太郎さんがベンチに引き揚げるとき、榊監督の隣に座っていた一軍の投手コーチが、二軍監督から推薦されていますけど、って言うたと。私は、健太郎さんのことを話しよるとやろうと思って、聞き耳ば立てた。そしたら、榊さんはこう言うた。あれは無理だ、二軍では抑えられても、一軍では通用しないだろう……って。翌日一軍に上がったとは、健太郎さんの後に登板した別のピッチャーやった。そのピッチャーは、健太郎さんと同じ1イニングを投げて、1点取られたとに……」

「そのことを、宇土に話したか」

「まさか。話せるはずがないやろうもん。その日の試合を観に行ったていうとも、話しとらんし。でも健太郎さん、雰囲気でなんとなくわかっとったとじゃないかな。榊さんに嫌われとる……って。いや、嫌われとるというより、興味ば持たれとらんっていう感じかな。いくらいいピッチングをしても、無視され続けるっていうか……」

「被害者と宇土の間に、なにか感情的なもつれでもあったとか？」

中垣は不思議に思った。入団交渉の際に、榊がいかに熱心だったかは、入団交渉の経緯から明らかだ。榊は宇土のことを、打者としても高く評価していた。だからこそ自身が三〇〇号本塁打を放った記念のバットを贈ったのだ。

「もつれるもなにも、それほど接しておらんけん」

真奈はぶんぶんとかぶりを振った。

「個人的に飲んだりするようなことは」

「ないと思うよ。たぶん、二人っきりとかは、一度も」

「それなのに、どうして事件の日に限って、被害者は宇土を呼び出したとな。現役時代ですら、ほとんど接点がなかったというのに。クビにした男に、いったいなんの用があったて言うとか……」

宇土の話では、榊はなんとしてもプロ野球復帰を阻止するという旨の発言をして、宇土と口論になっている。真奈の話からも、榊が宇土を目の敵《かたき》にしていたことがわかる。なのに榊は、自分から宇土を呼び出した。呼び出しておきながら、わざわざ喧嘩を吹っ掛けるような発言をしている。

そのとき、ふいに閃《ひらめ》きがよぎった。

そういうことか――。

視界が揺れた。おそらく……いや十中八九、間違いない。

「どうしたと？」

真奈に覗き込まれ、我に返った。

「いや、なんでもない」

中垣は笑顔で取り繕《つくろ》おうとしたが、上手く笑えたかは自信がなかった。

「頼んでおいてなんだけど、あまり無理はせんでね」

「大丈夫たい。おいに、任せとけ」

中垣は冷めた湯呑みの茶を、いっきに飲み干した。

「ごめんね、本当に。でも、頼れるとは、中垣くんしかおらんけん」

真奈が悲しげに目を伏せる。

「あのときのことも、私は感謝しとるとよ。健太郎さんも……たぶん今は感謝しとると思う」

中垣の口の中に、かつての苦い記憶の味が広がった。

10

鉄の味に混じって、口の中にじゃりじゃりと砂の感触がした。熱をもった左の頬が疼《うず》いている。

中垣は地面に手をつき、上体を起こした。舞い上がる砂煙に目を細める。数メートル前方では、宇土が眉を吊り上げていた。なおも殴りかかろうとするのを、松田と矢加部、古瀬の三人に押し留められている。その周囲ではほかの部員たちが、おろおろと立ち尽くしていた。

立ち上がり、唾を吐くと、砂地に赤黒い染みが広がった。

八月に入ったばかりの、夏の暑い日だった。ひりつくような強烈な日差しが、部室の前に集った一同の額に汗の玉を作っていた。

「やめろって、宇土！」

振り上げた腕にぶら下がるようにしながら、松田が叫んだ。

「離せ！　離さんかっ」

宇土は右に左に身体をひねり、抵抗する。

「離してやれ」

中垣の言葉に、古瀬が振り向いた。古瀬は宇土に抱きつくようにしながら、その進路を阻んでいる。

「でも、中垣……」

「よかけん」

中垣が頷くと、一人、二人と宇土から離れた。

自由になった宇土が、肩をいからせながら歩み寄ってくる。ずさり、ずさり、という足音の一つひとつが、怒りの大きさを表明するようだった。

「宇土……」

心配そうな顔をする梅崎に、中垣は大丈夫だと目顔で告げた。その直後、宇土に胸ぐらを摑まれて、踵《かかと》が浮き上がる。

「なんてことをしてくれたとや」

息がかかるほどに、顔が近づいた。

「すまんかった」

「すまんかったで済まされるか！」

「宇土、中垣だけを責めるとは筋違いぞ」

矢加部が諫《いさ》めても、宇土は反応しなかった。

「落ち着けよ、宇土。ちゃんと話をしようやっか」

河野が肩に置こうとした手を、乱暴に払い落とす。

「触るな、役立たずどもが！　おまえらしょせん、おれがおらんかったら一回戦も突破できんようなチームやろうが」

「なんだところ……」

いきり立つ河野を、梅崎が「待て待て」と背後から抱き留めた。

怒りにぎらついた瞳を、中垣は見つめ返した。

「悪かったて、思うとる。全部おいのせいたい。気の済むまで殴れ」

「そいでおれの気が済むとでも思うとるとか」

「わからん。でも、おいにたいしてむかついとるとやろうが。おいもおまえに悪いて思うとる。殴られてもしょうのなか」

しばらく頬を痙攣《けいれん》させていた宇土は、やがて手を離した。浮き上がっていた踵が、地面に落ちる。

宇土は冷えた微笑で、周囲に拒絶の壁を築き上げた。

「負け犬が。そがんことやけん、塚田にふられるとやろうが」

「宇土くん！」

真奈の声がした。真奈は怯える後輩女子マネージャーの肩を抱きながら、咎《とが》めるような視線を向けている。宇土はわずかに顎を動かして反応したものの、無視して続けた。

「おまえ、この前、塚田にコクったらしかな。塚田がおいのことば好いとるとも知らんで。塚田、笑いよったぞ。マネージャーやけん優しくしたとに、勘違いされたみたいやって。エースと控えなら、どう考えてもエースを選ぶに決まっとるやろうって」

「言ってないやろうもん！　そんなこと！」

対峙《たいじ》する二人の間に割って入った真奈が、両手で宇土の胸を押した。だが宇土は止まらなかった。

「どがん気持ちな。エースの座も、好きな女もおいに奪われたとは。さぞ悔しかとやろうな。もっとも、おいにはおまえの気持ちなんてわからんけどな。負け犬の気持ちなんて、わかりたくもなか」

「やめて、宇土くん」

宇土は取り巻くチームメイトを見回した。

「中垣だけじゃなか。おまえら全員、負け犬たい。どいつもこいつもぽろぽろエラーしておれの足を引っ張るくせに、ヒットを打ってミスを挽回《ばんかい》することもできん。ほかのチームやったらよっぽど楽やろうて、どれほど思ったか――」

「やめなさいっ！」

真奈が宇土の頬を平手打ちした。宇土は一瞬、瞳に動揺を浮かべたものの、すぐに酷薄な笑みを取り戻した。

「謝って！　どうしてそんなことを言うと！　宇土くんだけの力じゃないでしょうもん。島北野球部みんなで、頑張ってきたでしょうもん！」

涙声の訴えを、宇土は仏頂面《ぶっちょうづら》で聞いていた。

するとふいに、松田が呟いた。

「最低や……おまえがそんなふうに思っとったなんて。なんか、この二年半、無駄にした気分たい」

視線を落とし、靴の爪先で地面をいじる。

「いくらなんでもそういう言い方は、ないとじゃないか」

宇土に詰め寄る河野の声は、震えていた。

「じゃあどう言えばいいとか。この三年間、仲良しこよしで楽しかったとでも、慰めてやればいいとか」

「おまえな、中垣がどんな気持ちで――」

言い終える前に、中垣は口を挟んだ。

「河野、もうよか」

「でも中垣……こいつ――」

「よかって言いよるやろうが」

まだ納得していない様子ながらも、河野は顔を逸らした。

矢加部がとりなそうとする。

「とにかく宇土。おまえの怒りはわからんでもないが、落ち着いて話をしようやないか。たしかに島北はおまえのチームやけど、それでもこれまで、一緒に頑張ってきた仲たい。このまま終わるのは寂しいやろう」

「話すことなんてなか」

宇土は蝿《はえ》を追い払うように手を振り、会話を遮断した。

「しかしな、宇土」

「もう終わりたい。なんべんも言わすんな。おれとおまえらは、友達でもなんでもなか。金輪際、おれの人生にかかわってくるな」

吐き捨てるように言って、チームメイトに背を向ける。

「行くぞ、塚田」

「行くって、どこに」

真奈は戸惑った様子で、何人かの顔を見た。

「そこに残るなら、おまえもそいつらの仲間とみなすけんな」

宇土の背中が遠ざかっていく。

「行け、塚田」

中垣が顎をしゃくっても、真奈はまだ決心がつかないようだ。

「でも……」

「宇土を一人にすんな」

しばらく躊躇《ちゆうちよ》していた真奈だったが、やがて「みんな、ごめん」と言い残し、宇土を追いかけた。

矢加部が中垣に歩み寄る。

「よかとな、中垣。こんな終わり方で」

「よかとたい。これで」

こうなるのは覚悟の上だった。

中垣は校門のほうへと歩く二人の背中を見つめた。

11

地下一階で乗り込んだエレベーターが、八階で停止した。

真っ直ぐに伸びた廊下の左右に、扉が並んでいる。日本の中枢《ちゆうすう》ともいえる霞《かすみ》が関《せき》に位置する東京地方裁判所だが、八階までのぼるとその立地を忘れてしまいそうなほどの静《せい》寂《じやく》が下りていた。耳を澄ますと、かすかに法廷から弁論の声が聞き取れる程度だ。

８１１号法廷の扉を開き、入廷する。

ほどなく、宇土と留置管理課員が入廷してきた。宇土の手錠に通された腰縄は、留置管理課員の手もとへと続いている。

宇土の足音が一瞬止まったのは、傍聴席に真奈の姿を認めたからだろう。久しぶりに妻の顔を見た喜びと、手錠姿の自分を見られてしまうことの惨《みじ》めさ。複雑な心境を慮《おもんぱか》って、中垣はさりげなく立ち上がって歩み寄りながら、真奈の視界から宇土を隠した。

「意見陳述はおれがおまえに質問するかたちでやるけん、おまえはありのままを答えろ」

宇土は軽く頷いた。

勾留理由開示公判の日だった。宇土の勾留延長決定にたいする準抗告が棄却されたのを受けて、中垣はすぐさま勾留理由開示請求書を提出した。勾留理由開示請求にたいする公判は、請求から五日以内に開かなければならない。担当裁判官の鶴見義直《つるみよしなお》と打ち合わせた結果、請求から三日後の開廷が決定した。

手錠を外した留置管理課員が、宇土を弁護人席前のベンチへ誘導しようとする。

「被疑者は私の隣の席に、お願いします」

弁護人の言葉に、留置管理課員は眉根を寄せた。

「しかし……」

「裁判官には、あらかじめ話をしてあります」

留置管理課員は不服そうだったが、宇土に顎をしゃくり、中垣の左側の椅子を示した。

裁判官席の奥の扉が開き、書記官が顔を上げる。

「ご起立ください」

法廷内にいた全員が立ち上がり、頭を下げた。

黒い法服をまとった裁判官の鶴見が席につき、目顔で着席を促した。

「それではこれから、勾留理由開示公判を始めます。被疑者は証言台に立ってください」

証言台の前に立った宇士に、鶴見が訊いた。

「確認します。氏名は」

「宇士健太郎です」

「生年月日は……」

人定質問《じんてい》が終わると、鶴見は手もとの資料に目を落とした。

「勾留理由を開示します。被疑者取調未了、罪証隠滅の恐れあり、逃亡の恐れありということです」

想定の範囲内だった。勾留延長の理由として挙げられるのは、ほとんどが「被疑者取調未了」「関係者取調未了」「引き当たり捜査未了」の三つのうちのどれかだ。犯行を自供していない宇士が、「被疑者取調未了」を勾留延長の理由とされるのは、いわば当然だった。

「それでは、弁護人による求釈明に移ります」

鶴見の宣言を受けて、中垣は立ち上がった。

「求釈明の内容については、先に提出しました求釈明書の通りです。第一に被疑事実についてですが、被疑者である宇士さんは、事件当夜、被害者の榊さんと会ったことは認めていますが、殺人・死体遺棄の事実については否認しています。被害者とは深夜零時ごろに別れており、犯行時刻とされる翌午前一時半から午前二時半の間には、被害者と一緒にいなかったのです。にもかかわらず、警察・検察が宇土さんの身柄を拘束し続ける理由はなんでしょうか」

鶴見が資料を読み上げる。

「たしかに被疑者はそのように主張していますが、午前一時ごろに被疑者と被害者が一緒に歩いているところを見たという目撃者が存在します。目撃者には被疑者、被害者となんら利害関係がなく、虚偽の証言をする理由がありません。さらにその直後、近所のコンビニエンスストアの防犯カメラに、外を歩く被害者の姿が映っていました。被害者の隣には、自転車を押して一緒に歩く人影も映っており、被害者と歩く男は自転車を押していた、という目撃者の証言と合致します。よって被疑者の供述は不合理であり、取調の余地があると判断しました」

目撃者がいたのか。中垣は驚いて宇土を見た。無表情な顔の向こうで、傍聴席の真奈が口を半開きにしている。

中垣は気を取り直し、求釈明を続けた。

「次に、罪証隠滅を疑う相当な理由につきまして、ですが、具体的にどのような罪証が隠滅されるというのでしょうか」

「被疑者と被害者はプロ野球チームの監督と元選手という関係であり、人間関係においても重なる部分が多々あります。今後、公判になった場合、被疑者が強迫等の手段を用いて、証人に虚偽の証言をさせるという可能性も捨てきれません。そして、これは求釈明書に記された第三、逃亡を疑う理由について、にも通じるところですが――」

鶴見が書類をめくった。

「被疑者には妻がいますが、子供はいません。またプロ野球球団を解雇されており、現在は無職の状態です。逃亡の可能性や、自暴自棄になっての自死の可能性も、考慮せざるをえない状況です」

「それでは求釈明書の第四について、ですが……今後、誰にたいする、どのような取調が残っているのでしょうか。宇土さんは逮捕時から一貫して容疑を否認しており、そのような内容で調書も作成済みのはずです。にもかかわらず、勾留を続けるのは、宇土さんに精神的苦痛を与え、自白を引き出そうとする目的以外のなにものでもないように思われます」

「それについては、第一で説明した内容に関係します。被疑者は午前零時には被害者と別れたと供述していますが、午前一時ごろに被害者と一緒に歩いているところを、利害関係のない第三者に目撃されています。供述の不合理を解消できないうちは、被疑者の勾留を続けるべきだという検察の言い分は、裁判所としても十分に頷けるものでした」

「はたしてそうでしょうか。検察の主張は、推定無罪の原則に反するものと思われます。罪証の立証責任は検察側にあり、被疑者にはないのです」

「検察側の立証責任を、まっとうさせるための判断です。以上の理由から、被疑者の勾留延長は相当とします」

詭弁だ。思ったが、中垣は言葉を飲み込んだ。どのみち、この場は勾留理由開示のために設けられたものであり、勾留が不当であるなどの判断がなされることはない。

「それでは、被疑者による意見陳述に移りたいと思います。意見陳述は弁護人からの質問形式で行なうということで、よろしいですか」

「はい」

「刑訴規則八五条の三、第一項により、意見陳述は十分以内と定められています。よろしいですね」

「はい」

「それでは始めてください」

鶴見が手を差し向けると、書記官が手もとの時計に視線を落とした。中垣は宇土のほうへと顔を向けた。

「宇土さん、事件当夜のあなたの行動を、教えてください」

「榊さんから電話で呼び出され、田園調布駅前で待ち合わせました。夜の十一時です。榊さんの行きつけの飲み屋に行きましたが、一時間ほどで店を出て、自宅に帰りました」

宇土は裁判官のほうに顔を向けたまま答えた。

「あなたは日ごろから、榊さんと連絡を取り合っていたのですか」

「いいえ。私が所属していたプロ野球チームを退団して以来、久しぶりに連絡が来ました」

「ということは、榊さんと会ったのも久しぶりということですね」

「はい」

「具体的には、どれぐらい間が空いていたのでしょうか」

「私が戦力外通告を受けたのが、昨年の十月半ばでした。それから一度も連絡を取っていなかったので、五か月半ぶりです」

「およそ半年、会っていなかったということですね。半年ぶりに会うのに一時間というのは、短く感じます。どうしてそんなに早く、店を出たのですか」

「榊さんが私に、プロ野球復帰を諦めるように言ってきたからです。それで口論になって、怒った私は店を出ました」

「それが深夜零時ごろだったんですね」

「はい」

「店を出た後は、どうしたんですか」

「自転車で真っ直ぐ、自宅に帰りました」

「すると、榊さんの死亡推定時刻である午前一時半から二時半の間には、榊さんと一緒にはいなかったということになりますね」

「そうです」

「榊さんが亡くなったことを知ったのは、いつですか」

「翌日の昼ごろだったと思います。テレビのニュース番組で報道されているのを見て、知りました」

「そのとき、あなたはどう思いましたか」

「驚きました。心にぽっかりと穴が開いたようでした」

「悲しかったのですか」

「はい……ただ、実感が湧かない部分もありました。前の晩に元気な姿を見ていますから」

「榊さんは、あなたにプロ野球復帰を諦めるように言ったのですよね。具体的には、どのように言ったのでしょう」

「もうプロ野球復帰は諦めろ。たとえおまえが今年のトライアウトを受けても、かりに独立リーグや、台湾や韓国に渡って活躍したとしても、うちのチームがおまえを取ることはない。もし編成がおまえを推薦しても、おれが止める。おまえはもう無理だ、通用しない……そう言われました」

「随分と酷《ひど》い言われようですね。にもかかわらず、あなたは悲しんだ」

「当然です。榊さんにたいして複雑な感情はありましたが、だからと言って死んで欲しいなどとは思いません。結果として戦力外通告を受けましたが、入団交渉のときには、私の母校まで直接足を運んでくださいました。恩を感じてもいます」

「榊さん殺害に使用されたとされる凶器は、あなたとのその入団交渉の際に、榊さんがあなたに贈ったバットでした」

「そのようですね」

「あなたは榊さんと会うとき、バットを持って自宅を出たのですか」

「いいえ。当時私の自宅には、そのバットはありませんでした」

「どうしてですか」

「榊さんに返していたからです」

「なぜ返したのですか」

「戦力外通告を受けたこと自体は納得いきませんでしたが、プロ入りしてからの六年間で、私が榊さんの期待に応えられなかったのは事実です。ですから、私が持っているべきではないと思い、退団する際に榊さんに返しました」

「なるほど。ならば犯行当夜、あなたは凶器であるバットを所持していなかった」

「はい」

「バットがどこに保管されていたのかはわかりませんが、元々あなたに贈られたものであったから、あなたの指紋が検出されるのは当然ですよね」

「はい。そう思います」

「あなたは榊さんにたいして複雑な感情を抱く部分はあるけれども、恩を感じてもいるし、榊さんを殺したいなどと思うこともなかった」

「はい」

「犯行当夜に榊さんと会ったことは事実だが、深夜零時には榊さんと別れており、死亡推定時刻の午前一時半から二時半の間に榊さんと一緒にはいなかった」

「そうです」

「物理的に、あなたが榊さんを殺害することは不可能です」

「はい」

「最後に確認させてください。あなたは、榊さんを殺害しましたか」

「いいえ。ぜったいにそのような事実はありません」

宇土は毅然《きぜん》と言い放った。だが中垣の胸の内には、不穏なざわめきが起こっていた。検察は、午前零時に被害者と別れたという宇土の証言を覆すような目撃証言を握っている。その証拠を補強する、コンビニエンスストアの防犯カメラ映像もあるらしい。

裁判官が閉廷を告げ、留置管理課員が宇土に手錠をかける。

「宇土……おまえ……」

「なんだ……」

本当に、やっていないんだろうな――。

思いを言葉にすることはできなかった。腰縄を打たれた宇土が、退廷していく。

ふいに傍聴席に目をやると、不安げな表情をした真奈と目が合った。

中垣は直視することができずに目を逸らした。

第二章　スターの条件

1

新藤孝之《しんどうたかゆき》がスタンドに出たときには、すでに試合が始まっていた。スコアボードの電光掲示板に表示されたスターティングメンバーを確認しながら、階段を下る。

バックネット裏スタンドには、すでに何球団かのスカウトが手帳にペンを走らせたり、スピードガンを構えたりしていた。新藤はそのうちの一人に近づいた。

「おう、調子はどうだ」

背後から声をかけられた男が、ポロシャツの両肩を跳ね上げた。振り向いた顔は、腫れぼったいまぶたを限界まで見開いている。しかし声の主が顔馴染みのベテランスカウトだと気づくや、短髪をかきながら相好《そうごう》を崩した。

「なんだ、新藤さんか。脅かさないでくださいよ」

埼玉レッドソックスのスカウト、水上《みずかみ》だった。三十歳で現役を引退し、スカウトに転身して三年目になる男だ。

「なにも脅かしてるつもりなんてないさ。おまえが勝手にびびったんだろう」

いい球持ってたのに、この気の小ささが災いしたんだよなと、内心で残念に思いながら、新藤は半分ほど白い毛の混じった太い眉を上下させた。

新藤が現役を退き、球団職員を経てスカウトに転じてから、十二年になる。全国各地を飛び回り、年間四〇〇試合を観戦する生活にも、すっかり慣れた。今では狛江《こまえ》の自宅よりも、ビジネスホテルの固いマットレスのほうが安眠できるほどだ。

「えらい点差が開いてるな」

水上の隣に腰を下ろしながら、スコアボードを眺めた。窮屈そうに脚を組もうとすると、腰に鈍い痛みが走る。同時に、革靴の底がめくれそうになっているのに気づいた。半年前に買い替えたばかりなのに、もうこれだ。身体にも靴にもガタがきている。靴は買い替えれば済むが、身体のほうは、あと何年もつだろう。

「まあ、仕方がないですね。大人と子供が試合しているみたいなものですから」

その日の川崎市等々力《とどろき》球場では、都市対抗野球大会神奈川県一次予選の一回戦三試合が組まれていた。現在は第二試合の最中だ。昨年の全国大会で準優勝を果たしたマルカワ製鉄と、茅ケ崎《ちがさき》のクラブチームが対戦している。

まだ2回表だというのに、8対0という得点差だった。マルカワ製鉄はなおも攻撃の手を緩めず、ノーアウト満塁と相手投手を攻めたてている。この調子では5回コールドで試合が終わっても、二時間近くかかるのではないか。

「さすが社会人最強チームだな。今日の面子《メンツ》、ほとんど控えだろう」

マルカワ製鉄の選手なら、全員の顔と名前が一致する。ほとんどが高校大学時代にドラフト候補リストに挙がり、指名を検討されたプロ予備軍だからだ。

「ええ。先発ピッチャーも今年入ったばかりの新入社員だとか」

「新入社員って、石貫《いしぬき》だよな」

「ご存じなんですか」

水上が目を丸くした。

「全中の優勝投手だよ。高校時代は甲子園に縁がなかったようだが」

「さすが新藤さん、中学生までチェック入れてるんですね」

「当たり前だ。高卒での指名も検討したが、一時期肘をやっていたみたいだからな。マルカワに内定もらったっていうから、とりあえず様子を見てみることにしたんだ。今日投げてるってことは、もう肘は大丈夫なのか。おれが最初に唾つけたんだからな。三年後には、うちがもらうぞ」

「勘弁してくださいよ。ここんところ、目玉は軒並《のきな》みアストロズがかっさらってるじゃないですか。まさか石貫のことも、すでに囲い込んでるなんてことはないでしょうね」

わざと笑顔に含みを持たせると、「どうかな」とグラウンドに目を向けた。

「栗林《くりばやし》……今日は出てないのか。怪我の回復が、遅れているのかもしれないな」

「またまた新藤さん、ハメようったって、そうはいかないっすからね。去年の千葉協栄《きようえい》高の坂口《さかぐち》。新藤さんから腰をやっているって聞いたからうちは指名回避したのに、しれっとアストロズが三位指名してましたよね。あの件でおれ、上からかなり絞られたんですから。それに去年そちらが三球団競合の末に引き当てたドラ一の松岡《まつおか》。彼は手首に故障を抱えているから指名回避する予定だって、新藤さん、言ってませんでしたっけ」

水上が口を尖らせる。

「そのつもりだったさ。松岡の一位指名は本意じゃない」

「本当ですか」

疑わしげな横目を向けられた。

「本当さ。うちのオーナーの強権が発動したら逆らえる人間なんていない。そのことはおまえだって知っているだろう」

「もちろんです。アストロズのオーナーは球界の天皇ですからね。だけど納得いかないな。松岡は栗林と同じサードじゃないですか。同じポジションのスラッガーをコレクションしても、球界の損失にしかならないと思うんですけど」

もっともだと、新藤は思った。左腕不足解消を目指し、全日本大学野球選手権大会で活躍した近畿の大学生投手を一位指名しようというフロントの方針を覆したのは、球団オーナーだった。社会人ナンバー1スラッガーの呼び声も高い松岡を一位指名するというオーナーの意向を球団首脳陣が知ったのは、テレビのニュース番組を通じてだったという。松岡はオーナーと同じ大学の出身だった。

このまま今年、アストロズが予定通りに栗林を指名すれば、松岡と栗林がレギュラー争いをすることになり、どちらか一人にしか出場機会が与えられない。場当たり的な補強で球界全体に損失を与えていると、批判の声が上がるのは当然だ。

新藤は手刀を立てた。

「まあ、恨むな。その代わり、耳寄りな情報を教えてやる」

「マジですか」

一瞬輝いた水上の瞳に、すぐさま疑念が宿る。

「また偽情報を摑ませようっていうんじゃないでしょうね」

「疑り深いな」

「誰のせいですか。おれだって学習しますよ」

水上は疑いながらも、ライバル球団のベテランスカウトが隠したカードの内訳に、興味は隠せないようだった。

「いちおう聞いておきますよ。なんですか」

腕組みしながら、耳を寄せてくる。

「浦和中央高《うらわちゅうおう》の本宮《もとみや》、おまえんとこでフルマークしているだろう」

「ええ、地元選手ですからね。サイドハンドのサウスポーで一四〇キロ投げるのは貴重ですよ。シンカーの切れも、高校生レベルでは図抜けていますし。ワンポイントのリリーフでなら、もしかしたら一年目から一軍で使えるかもしれません」

「あいつ、肩をやってるぞ」

「嘘でしょう」

水上が目を丸くする。

「嘘なもんか。今はまだ騙《だま》し騙し投げているみたいだが、この夏を一人で投げ切れば、たぶんプロ入り直後に手術することになる。リハビリに三年はかかるだろうな。もっとも、肘ならばともかく、肩にメスを入れてしまえば、復活したところで手術前の球威は戻らないだろうが」

真偽を疑うような、低い唸り声が上がった。

「信じられないか」

「正直、裏を取ってみないとなんとも言えません。センバツのときの投球を見る限り、とても肩を痛めているようには思えなかったし」

「なら、たしかめてみることだ」

「浦和中央の監督に確認してみますよ」

「馬鹿。監督に訊いて本当のことを言うと思っているのか。あそこの高校の学力は高くない。何人プロ野球に送り込んだと喧伝《けんでん》することで、生徒を集めているような学校だ。それにあそこの高校からプロ入りした選手には、契約金の一部を謝礼金として監督に支払うならわしがある。おまえ、あそこの監督がどんな車に乗ってるか、知ってるのか」

「いいえ」

「ポルシェだよ、ポルシェ。真っ黄色の派手なやつ。私立とはいえ、とてもじゃないが高校野球の監督レベルの収入で乗り回せるような代物じゃない。あれはな、あそこからプロ入りした選手たちの謝礼金で買ったもんだ。ドラフト候補の選手ってのは、あの監督にとって文字通りの金脈なんだよ。高校球児の血と汗を、金に換《か》えてるのさ。だからたとえ故障していたとしても、スカウトにそんな情報を漏らすはずがない」

「じゃあ……どうすればいいんですか」

新藤はセカンドバッグから手帳を取り出し、「メモしろ」と病院の名前を読み上げた。

言われた通りにした水上が、不思議そうに首をひねる。

「なんですか、これ……」

「本宮がかかっている整形外科の名前だ。そこの看護師に一人、口の軽いのがいる。万巻何枚か握らせてやれば、本宮の肩の状態をぺらぺら喋ってくれるだろうよ」

水上は啞然《あぜん》とした様子だった。

「すごいっすね、新藤さん。そこまで調べ上げているなんて。さすがアストロズのスカウトは違うなあ」

「これで去年の坂口の件は、チャラだぞ」

「わかりました。それじゃ、おれ、早速浦和に行ってみます」

水上がそそくさと荷物をまとめ始めた。

「もう行くのか。試合は」

「今日は栗林を観に来たんですよ。出場しないんじゃ意味がありません」

「そうか」

「上からはいちおう栗林のマークを外さないように言われていますけど、おれとしては乗り気じゃなかったんですよね。どう考えてもアストロズさん以外は指名回避になりますもん。指名枠を無駄遣いしたくはないですから」

皮肉っぽい笑いを残して、水上はスタンドを後にした。

新藤はグラウンドに視線を戻した。水上の言う通り、目当ての栗林の姿はない。

栗林龍之介《りゅうのすけ》は、間違いなく今年のドラフトでも目玉になる。

神奈川県の強豪・桐京《とうきょう》学園高校時代から俊足巧打の内野手としてプロ注目の存在では

あった栗林だが、スラッガーとしての才能が本格的に開花したのは、大学に入ってからだった。二年秋から三塁手のレギュラーを勝ち取り、東都《とうと》大学リーグで首位打者三回、本塁打王四回を記録。四年時の全国大学野球選手権ではトーナメント四試合で3本塁打を放ち、大学日本一の原動力ともなっている。

大学四年時のドラフトでも、将来のプロ野球界を背負って立つスター候補として、当然のように目玉となった。栗林の出場する試合のスタンドにはプロ十二球団のスカウトが顔を揃え、そのプレーに熱視線を送った。事前情報では七、八球団が一位指名し、くじ引き抽選になると予想された。

ところが早くからアストロズ入団を希望していた栗林は、ドラフト会議を前にして記者会見を開いた。そこで「アストロズ以外が交渉権を獲得した場合には、マルカワ製鉄に入社する」と明言した。その時点でアストロズを除くほとんどの球団は、栗林の指名回避を決定したようだ。栗林はアストロズの単独指名になるとみられた。

だがドラフト会議当日、アストロズ以外にも栗林の一位指名を強行した球団があった。北海道フィリーズだ。交渉権は二球団による抽選となり、その結果、交渉権を獲得したのはフィリーズだった。

フィリーズ側としては、栗林を翻意させる勝算があったようだ。たしかに、もしも入団拒否して社会人入りした場合、二十四歳とプロ入りするには比較的高齢になってしまう上に、社会人で実績を残せなかったら、二年後のドラフトではどこからも指名されない恐れもある。だが栗林は頑としてフィリーズ関係者との接触を拒んだ。そして社会人でも十分な成績を叩き出し、今年のアストロズ上位指名候補リストの筆頭に名を連ねたのだから大したものだ。栗林は今回も、アストロズ以外に指名されたら社会人残留を早くから公言している。

水上がアストロズによる囲い込み——つまりは裏金や栄養費の供与を疑うのも当然だった。まだ各球団のマルカワ製鉄詣では続いているが、おそらく今回は、アストロズ以外の十一球団が栗林指名を強行することもないだろう。二年前のフィリーズとの交渉の経緯を見て、なおも指名に踏み切る愚行を冒すはずがない。

問題は、栗林の回復具合だった。

栗林は先月行なわれた大学との練習試合で、顔面にデッドボールを受けて途中退場した。新藤は栗林の搬送された病院を突き止め、例のごとく看護師に探りを入れた。その結果、怪我自体はたいしたことがないものの、右目の視力が極端に低下しているらしいことがわかった。すぐに退院したため、それが一時的なものなのかはわからない。今日はその後の回復具合を、たしかめに来たのだった。

結局試合終了まで観戦してみたものの、栗林の出場はなかった。

栗林目当てだったスカウトたちが、ぞろぞろと帰り始める。しかし新藤だけは、その場を動かなかった。次の試合は無名のクラブチーム同士の対戦だ。プロ注目の選手はいない。

だが、『今は』いないだけなのかもしれない。

たんにまだプロのスカウトが発見していないだけで、無限の可能性を秘めた原石が眠っている可能性はある。

あのときと同じように——。

それは新藤にとっての儀式だった。そして儀式は九分九厘の確率で、落胆に終わる。

今日もそうだった。

「……いないか」

2回裏が終了したところで、新藤はセカンドバッグを抱えた。そして立ち上がり、身体をひねったところで、ちょうどスタンドに入ってきた男と目が合った。

水上だった。

あっ、という顔をした水上は、おろおろと虚空に手を彷徨《さまよ》わせる意味不明の動きをした後、観念したように歩み寄ってきた。

「新藤さん、どうしてまだいらっしゃるんですか」

かわいそうなほど目が泳いでいる。

「おまえこそどうした。浦和に行くんじゃなかったのか」

「えっと、それはですね、その……」

しどろもどろになる水上の様子に、笑いを堪えきれなくなった。

「そんな焦るなって。わかるぜ。おまえの気持ち」

「はあ……」

「スカウトやってるからには、誰も見つけてない素材を、一から発掘してみたい。そう思うもんさ。だからおまえは間違っちゃいない。スカウトとしては当然の行動だ」

栗林のようなスターなら、なにもしなくともプロのスカウトの目に留まる。そういうスターの、プロへの適性を見極めることも、スカウトの重要な仕事には違いない。

だがやはりスカウトの醍醐《だいご》味は、誰の目にも留まらない逸材を発掘することだ。自分の推薦で下位指名した選手が、プロで大きく羽ばたいていくのを見届けるほど、スカウト冥利《みょうり》に尽きることはない。

顔を真っ赤にして恐縮していた水上が、やがて顔を上げた。

「新藤さん……新藤さんには、ありますか。誰も見つけていない素材の、まったく注目されていなかった原石の、最初の発見者になった経験が。おれ、選手としてはぜんぜん駄目だったけど、スカウトでそういう経験をしてみたいんです。自分が見つけた選手に、果たせなかった自分の夢を託してみたいんです」

「なかなか難しいことを言うな。プロ入りするようなやつは、たとえ中央球界では無名でも、地方では名を馳《は》せてる。だから、たいがい誰かが先に唾つけてる。宝くじに当たるより難しいんじゃねえかな」

「でも……一度は当たったことがあるんでしょう？　宝くじ」

水上の声が真剣味を帯びた。

「あるんですよね。だから、マルカワ製鉄の試合が終わった後も、無名のクラブチーム同士の対戦を見るために、居残っていたんですよね」

視線に宿る真摯《しんし》な光が、新藤には微笑ましかった。

「ああ、ある。一度ああいう経験をしてしまうと、忘れられなくなる。また同じ快感を味わいたくて、たまらなくなる。残念ながら、そいつはプロでは成功しなかったけどな。それどころか……」

目を細めた視界に、浮き上がるようなストレートの軌道が甦った。思い出すと、今でも鳥肌が立つ。それほどの衝撃だった。あれは麻薬だ。あの瞬間をふたたび体感したいがために、スカウトを続けていると言っても過言ではない。

新藤は、宇土健太郎を発見した日のことを思い出していた。

主審が右手を上げてゲームセットを告げる。ホームベースを挟んで整列する選手たちが一礼した。

バックネット裏に陣取っていた新藤は、セカンドバッグを抱えて立ち上がった。

2

その日の諫早《いさはや》市営野球場では、秋季高校野球長崎県大会の二回戦三試合が組まれていた。新藤が観戦したのは、第一試合の佐世保学園対長崎実業戦だ。新チームでエースになった佐世保学園の辛島という投手の評判を聞き付け、朝一番の電車で博多《はかた》駅を発ったのだった。

たしかに良い投手だった。だが球速のわりに、相手打者に芯で捉えられることが多かった。おそらくは素直すぎるフォームのせいで、球の出どころが見やすいのだろう。それに、セットポジションにも相当な苦手意識があるようだ。走者を背負うとたんに球速が落ちるし、制球もばらつく。

新藤がスカウトメモに記した評価は『Cマイナス』だった。肉体的にも精神的にもまだ未熟だ。大学か社会人を経て化ける可能性は残されているが、高卒でプロ入りする必要はない。

腕時計で時刻を確認した。長崎県営野球場には、午後三時から長崎京明大付属が登場する予定だった。昨夏の甲子園に出場した長崎京明大には、プロ注目キャッチャーの大矢という選手がいる。二年の夏からレギュラーに定着し、強肩、強打、俊足の三拍子揃った選手だった。

間に合うだろうか。諫早から長崎までは電車で四十五分ほど。駅からタクシーを飛ばせば大丈夫かもしれない。昼食を摂《と》る時間はあるだろうか。

新藤が階段をのぼり始めたそのとき、ジャケットの内ポケットで携帯電話が震えた。発信者名を確認して、気持ちが沈む。妻の美代子《みよこ》からだった。

スカウトになってから、選手時代よりも家を空けることが多くなった。そのせいか、妻との喧嘩も増えた。三日前にも娘の進路を巡って口論になり、気まずいまま狛江の自宅を出たのだった。

「あなた、今はどこにいるの」

「長崎だ」

「呑気なものね。自分の娘を放っておいて、他人《ひと》様の子供のことばっかり」

やはり三日前の続きか。最初から喧嘩腰だ。新藤は電話口にかからないように顔を逸らし、薄いため息をついた。

「いつ帰ってくるの」

「明後日《あさって》には帰る」

「恵《めぐみ》には、帰ったらきちんと話してくれるんでしょうね」

「おれの考えは伝えたはずだ。恵がそうしたいと言うなら、やらせてやればいい」

「なに無責任なこと言ってるの。あの子はまだ十七歳なのよ。世の中がまだわかってないの」

高校生の娘はダンサーを目指していた。高校を卒業したら、アメリカに渡りたいと言い出したらしい。新藤としては、若いうちにいろんなことに挑戦してみればいいという考えだが、妻は違った。娘には安定した道を歩んで欲しいようだ。父親と同じ轍《てつ》を踏んで欲しくないとでも、考えているのだろう。

新藤は少年時代から、野球エリートの道を歩んできた。小学校三年生で野球を始め、シニアリーグでも活躍し、たくさんの高校からスカウトを受けた。その中から選んだのは、学費をすべて免除してくれるという大阪の私立高だった。甲子園の常連校として全国的に知られ、プロ球界にも多くの人材を送り出している。

新藤は3番センターとして、甲子園に二度出場した。最後の夏はベスト4まで進出し、試合ではホームランも放った。その後は進学し、東京六大学リーグでも三冠王を獲得するなど活躍した。そして大学四年生のとき、ドラフトでアストロズから単独一位指名を受けて入団した。子供のころから夢に見た、アストロズのユニフォームに袖を通すことができて、夢が叶ったと天にも昇る気持ちだった。

ところが夢の実現は、挫折の始まりでもあった。

選手層の厚いアストロズでは、試合に出ることすらままならない。たまに主力選手の不調や故障などで一軍に上がることはあっても、気負い過ぎて結果を残すことができない。一軍と二軍を行ったり来たりする生活が続いた。そのうち自分よりも後に入団した選手たちが頭角を現わし、一軍に呼ばれる機会も減っていった。途中で患ったヘルニアにも悩まされた。

引退を決めたのは三十二歳のとき、プロ入りしてから十年目のシーズンを終えた時点だった。任意引退というかたちをとってはいるが、実質は戦力外通告だ。球団職員にとの打診があったのは、かりにも相思相愛で入団したドラフト一位選手への恩情だろう。下位指名入団選手なら、こうはいかない。

アストロズの広報課に勤務すること五年間。デスクワークにようやく慣れてきたころ、新人選手のスカウトをやってみないかという誘いがあった。妻がスカウトの仕事に理解を示さないのは、新藤が妻に相談することもせず即答したせいもあるのかもしれない。

現役に未練はない。指導者として声がかかるほどの実績もない。だが、身体が土の匂いを求めて疼いていた。少しでも現場に近い環境で、仕事がしたかった。

恵まれた野球人生だと、新藤は満足している。だが妻は違う。新藤がもっと選手として大成すると思っていたのか。それとも、実力勝負の世界で敗残者となった夫の苦労を、つぶさに見てきたせいか。

思いのほか電話が長引いた。感極まった妻が、泣き出してしまったせいだ。新藤はベンチに腰を下ろして妻をなだめながら、どうやって電話を切ろうかと考えていた。すでにグラウンドでは、第二試合に出場する選手たちが守備練習を行なっている。どちらの高校も、聞いたことのない名前だった。甲子園には無縁の、弱小校同士の対戦だ。

と、そのとき、一塁側のブルペンで投球練習をする選手が目に入った。そのまま視線が釘《くぎ》付けになった。

白いユニフォームの胸もとには、えんじ色で『島原北』という校名が刺繡《ししゅう》されている。聞いたことのない学校名だ。

いい体格だと、新藤は思った。身長は一八五センチぐらいか。それに、肩幅がしっかりしている。だが、下半身の安定感が足りない。投手が本業ではないのか。

ノーワインドアップ、スリークォーター気味のフォームからも、投手経験の浅さがよくわかった。まだまだ野手の投げ方だ。ステップ幅も投手なら六歩半は欲しいところだが、四歩程度と狭い。上半身の力だけに頼っているため、全身の筋肉を使い切れていない。抑えが利かずに、ときおり球が上ずっている。キャッチャーが立ち上がって捕球することもしばしばだ。

欠点は多い。だが、それらを補って余りある輝きを感じた。

長身の右腕から放たれる直球は鋭く伸び、浮き上がるような軌道を描いていた。腕の振りがしなやかで、球持ちがいい。フォーム自体は無駄な動きが多く、ぎこちないものの、関節の柔らかさと手首の強さを感じた。どちらも天性に拠る部分が大きい素質だ。

「ちょっと、あなた……聞いてるの」

妻の声は、もはや鼓膜を素通りしていた。

新藤はスコアボードに視線を移し、選手の名前を確認した。

島原北高校、背番号『1』、4番ピッチャー、宇土――。

ついに見つけたと、新藤は思った。

3

「はい、西河内法律事務所です」

受話器を取ったとたん、男の怒声が鼓膜に突き刺さる。

「なんで人殺しの味方をするんだ！　あんなやつ、死刑になればいい！」

「どのようなご用件でしょうか」

とぼけてみせたが、中垣には相手がなんのことを言っているのか、すぐにわかった。宇土の弁護を受任して以来、事務所にはたびたび匿名《とくめい》の脅迫電話がかかってくる。

「だから言ってるだろうが！　人殺しの弁護なんてするな！　死刑にしろ！」

「失礼ですが、あなた様のお名前は」

訊きながら、電話機のディスプレイに表示された番号を素早くメモした。

「名前なんてどうでもいい！　いいな、人殺しの弁護を降りろ！」

「具体的にどの事件のことをおっしゃっているのかわかりかねますが、弁護人を要求することは、法律で当然に保障された被疑者の権利です」

「法律なんて関係ない！　言う通りにしないと、おまえも外を歩けなくなるぞ！」

「これまでにも何度か電話してこられた方ですね」

訛りに聞き覚えがある。これまでは番号非通知だったが、今回はうっかり設定を忘れてしまったのだろう。

「あなたの電話は傷害罪、業務妨害罪、脅迫罪にあたる恐れがありますよ」

メモした番号の市外局番を、パソコンに打ち込んで検索する。秋田県の市町村名が表示された。さすがアストロズ、日本一の人気球団だ。全国に熱狂的なファンがいるらしい。

「ごちゃごちゃ小難しいこと言ってないで——」

「この会話は録音していますが……」

そこで電話は切れた。

録音しているというのは嘘だった。やれやれと自分の肩を揉みながら、受話器を置く。

「またイタ電か」

隣の席で訴訟資料を読んでいた先輩弁護士の柳井が、ペンを持つ手でかりかりとこめかみをかいた。

「ええ。番号通知だったんで、油断してました」

「世の中、とんでもないアホがいるもんだ。どうする、警察に届けるか」

「いちいちそんなことしてたら、逮捕者の山ですよ」

「どうやらおまえは、国民全員を敵にまわしちまったみたいだな」

「全員は大袈裟《おおげさ》じゃないですか。アンチアストロズの野球ファンもいるでしょう」

「アンチアストロズでも榊監督だけは好きっていうのも、けっこういるぞ」

「そうなんですか」

「そうだ。おれもその一人だ」

アストロズの元4番打者にして現役監督というスターの威光は、中垣が考える以上に強かった。とくに榊と年齢の近い世代にとっては、いちプロ野球監督という肩書き以上の影響力を持っているようだ。田舎の父までもが珍しく電話をかけてきて、宇土の弁護を降りるように懇々と諭してきた。

女性事務員の高木《たかぎ》が事務所に入ってきた。山のような封書を抱えている。

「あ、高木さん。開封なら僕がやります」

中垣は立ち上がった。いつもなら断られるところだが、高木は素直に封書の束を手渡してきた。その人差し指の先には、絆創膏《ばんそうこう》が巻かれている。数日前に差出人不明の封書を開封した際、滑り出た剃刀《かみそり》の刃で指先を切ったのだ。理不尽な悪意に晒《さら》されて、事務員たちは電話に出るのも躊躇するようになっていた。中垣は率先して電話応対をしたり、郵便物の開封を行なうよう心がけた。

差出人の名前が書かれていない封書は、やはりそのほとんどが殺人容疑をかけられた容疑者の弁護人を中傷する内容だった。ワープロや手書き、便箋にレポート用紙、さまざまなかたちをとっているが、すべてが憎悪に満ちている。なぜ当事者でもない事件を、おそらくは報道の範囲内でしか事情を知らない状態で、こうも迷いなく断罪することができるのか。当初は卑劣な行為に憤ったが、最近では慣れてきて、すごい熱意だと、どこか他人事のように感心してしまう。

とはいえ、一般市民より先に裁きを下しているのはマスコミだ。

プロ野球チームの現役監督がシーズン開幕直後に殺害されたというだけでも衝撃的なのに、逮捕されたのが元所属選手だと判明すると、報道はさらに過熱した。一般紙の報道はやや沈静化してきたものの、いまだに週刊誌などでは、連日のように宇土に関する記事が誌面を賑わせている。

たび重なる遅刻、サイン無視、判定に納得がいかず、審判に食ってかかる。マウンド上ではほどけた靴ひもを延々結んでいたために遅延行為と注意され、審判に暴言を吐いて退場を宣告されたこともある。

どの報道も、いかに宇土の素行が悪かったかを強調するような内容だった。だから殺人を犯したのだと、誘導するような論調だ。

中垣も当初は情報収集のために週刊誌などをチェックしていたが、ある時点から意図的に報道を排除した。記事の内容を鵜呑《うの》みにし、宇土に疑念を抱きかけた自分に気づいたからだ。元チームメイトで弁護人という立場の自分ですらこうなのだから、宇土を知らない一般市民が犯人だと決めつけてしまうのは、ある意味仕方がないことなのかもしれない。

すべての郵便物の開封を終えると、中垣は受話器を手にした。

東京地裁刑事第六部の短縮ダイヤルを押す。

宇土の勾留延長期限の満期日だった。もし起訴されていたとしても、起訴状は被告人に送達されるのみだ。検察が起訴状を提出し、裁判所が受理したかを確認するための電話だった。

「はい、本日付で起訴状を受理しました」

担当書記官の答えは想定内のものだった。

宇土は被疑者から、被告人となった。

不起訴処分に一縷《いちる》の望みを抱いていたものの、それが叶わないだろうことも十分に覚悟していた。事件の与える社会的影響を考えても、検察の面子にかけて被告人を有罪にしようと躍起になるだろう。

それが、真犯人ではなかったとしても。

次の一手は決まっている。中垣は通話を続けながら、デスクの上の書類をめくった。

保釈請求書だった。真奈に記入させた身元引受書と制限住居の住民票、保釈金を用意する資力を証明するための、預金通帳の写しなどの必要書類一式も、すでに用意してある。

保釈請求は被疑者が起訴された段階から可能になる。宇土の場合は被疑事実を否認しており、勾留時に接見許可ですら下りなかった。その経緯を考えると、保釈許可が下りる可能性は限りなく低い。しかし可能性が低いからといって、与えられた権利を放棄するようでは、弁護人として失格だ。被告人の精神的肉体的苦痛を取り除くために、ありとあらゆる手段を講じなければならない。それが検察にたいするプレッシャーにもなる。

電話を切ると、とりまとめた書類を鞄に詰め、席を立った。

「地裁に行ってきます」

事務所を出て、階段をおりる。

路地を抜けて新大橋《しんおおはし》通りに出ると、地下鉄の階段を下った。事務所のある八丁堀から東京地裁のある霞ケ関までは、東京メトロ日比谷《ひびや》線で五駅、電車で十分の距離だ。

気温はそれほどでもないが、地下鉄特有の湿った空気が不快だった。電光掲示板を確認すると、電車は前の停車駅である茅場町《かやばちょう》を出たところらしい。反対側のホームに滑り込んだ電車が、埃っぽい空気を舞い上げる。

そのときふいに、携帯電話が振動した。事務所になにか忘れ物でもしたのだろうかと思いながら、発信者名を確認した。

違った。

呼吸が止まり、全身の産毛《うぶげ》が逆立った。

「はい……もしもし」

電話に出ながら、鼓動が速まるのを感じた。

「中垣くん、久しぶりだね」

男にしてはやや高い、ハスキーな声だった。法廷でよく響くその声が、隙のない論理展開で被告人と、被告人を弁護する弁護人を追い詰めていくさまを、中垣は何度も見ていた。

「覚えているかな……私だ、吉川《よしかわ》だ」

吉川潤一《じゅんいち》。

眼鏡のレンズの奥で切れ長の目を細め、薄い唇の片端だけを吊り上げる、どこか爬虫《はちゅう》類のような印象の笑顔が脳裏に浮かんだ。

「ええ、もちろん覚えています、吉川検事。番号も登録していますので」

「そうか、嬉しいね。弁護士になってからのきみの評判は聞いている。うちの人間を、なかなか手こずらせているようじゃないか」

「お陰様で。吉川検事の薫陶《くんとう》の賜物です」

「おもしろいことを言うね。きみにとって、私は反面教師にしかならなかったんじゃないのかな」

冷笑の息遣いを感じた。

「今回の公判、私が担当することになったよ。師弟対決……と言えるのかな。早くも法廷できみとまみえることができるとは、しかもそれが世間を騒がせる否認事件だとは、感慨深いものだ」

やはりそうだったか。用もなしに電話をかけてくるような男でもないし、それほどの仲でもない。電話がかかってきた瞬間に、直感した。

電車がホームに滑り込んでくる。

「いま出先なので、お話はまたあらためて」

送話口を手で覆いながら、大声で告げた。

「――ない」

騒音にかき消され、吉川の声が聞き取れなかった。

「はい。なんでしょう。すみません、いま出先なので……」

「電車に乗る必要はない」

全身が硬直した。どこからか見られているのだろうかと、思わず周囲を見回した。

「これから地裁に向かうつもりなんだろう。きみのことだ。教科書通り、起訴当日に保釈請求を行なうだろうと予測はつく」

「おっしゃる通りです」

「私の回答は『不相当』だ。被告人宇土健太郎の保釈は『不相当』。罪証隠滅の恐れも、逃亡の恐れも十分にある。保釈請求の実務においては、裁判官は検察官の意見をそのまま受け入れることが多いというのは、きみもわかっているね。地裁に行っても無駄足だ」

「結果がどうであれ、与えられた権利は行使します」

ふっ、と息の気配がした。中垣の答えは予想していたという感じだった。

「まあいい。私の答えは伝えた。詳しくは、裁判官面接前に私の意見書を閲覧してくれ。楽しみにしているよ。きみお得意の人情が、法廷でどこまで通用するのか」

電話が切れると同時に、目の前の扉が閉まり、電車が走り出した。

4

「主文、被告人を懲役一年六月、執行猶予三年の刑に処す」

静謐《せいひつ》な空間に判決が響き渡り、証言台に立つ中年の男ががっくりとうなだれた。傍聴席で被告人の妻が、両手で顔を覆う。そのまま声を殺して、すすり泣きを始めた。

「マジかよ……」

ひそひそ声で呟いたのは、司法修習生の西《にし》だった。中垣と同じ六十期生だが、年齢はひと回り上だ。中野《なかの》区役所に勤めながら勉強を続け、旧司法試験制度、実質最後の実施となる二〇一〇年にようやく合格を勝ち取った苦労人だった。

中垣は裁判長の判決文朗読を、検察官席の後ろで西と並んで聞いた。

判決に不服がある場合は二週間以内に控訴することができる旨を、裁判長が被告人に伝え、閉廷となった。

裁判資料を風呂敷で包み終えた吉川が、検察官席を立つ。もう一人の若手検事に続いて、中垣と西は法廷を出た。

傍聴人の群れと合流し、エレベーターへ向かう。判決にたいする感想が漏れ聞こえてきた。

「まさか有罪になるとはな」

「ちょっと被告人がかわいそうじゃなかったか」

「そうだよな。こういう事件って、これまでほとんど不起訴処分になってたんだろ」

「そうそう。あれで有罪食らうんだったら、医者になんてなりたくないよな」

中垣も同感だった。

被告人は医師だった。重度のぜん息で植物状態に陥った患者に、筋弛緩《きんしかん》剤を投与して死に至らしめたとして、殺人容疑で起訴されていた。被告人が被害者となった人物に筋弛緩剤を投与した背景には、被害者の家族による強い要請があったという。「早く楽にしてあげて欲しい」と何度も涙ながらに懇願され、被告人は犯行に至った。そういう事例はけっして珍しくないが、起訴に至るケースは多くない。

ところが今回の事件では、被害者の家族が「早く楽にしてあげて欲しい」というのは「殺して欲しい」という意味ではなかったとして、医師を刑事民事両方で告訴した。争点は被害者の家族による発言が、医師への安楽死の依頼であったかどうかに絞られた。当然ながら、弁護側は安楽死の依頼であったとして、検察側は植物状態に陥った家族を見たことによる感情の吐露《とろ》に過ぎなかったとして、それぞれの弁論を展開した。

中垣には、検察側に不利なように思えた。個人的な感情としても、家族の意思を汲《く》んだに過ぎない被告人を罰するべきではないと感じた。

家族を失い、やるせない遺族の気持ちは理解できなくもないが、それをぶつける相手は医師ではない。家族は医師にたいして一か月にわたり、再三延命措置を中止するように要請している。一時的な感情に過ぎず、本心でないという主張には無理がある。医師のほうでも、情状証人として証言台に立った妻によると、延命をやめるかどうかについて、不眠に陥るほどの葛藤《かっとう》があったようだ。遺族は民事で病院側と医師を相手どり、多額の賠償請求訴訟を起こしてもいる。

植物状態となった家族を厄介払いした上で、医療過誤として多額の金銭を手に入れようとしたのではないか。穿った見方かもしれないが、そうすれば筋も通る。少なくとも自分が弁護人ならば、被害者遺族の経済状況を徹底的に洗う。

だが実際の弁護人は、そこまで思い至らなかったのか、あるいは調査が及ばなかったのか、公判では裁判員の情に訴える戦術に終始した。

やはり間違っている。被告人は……罰せられるべきではなかった。

「どうして被害者遺族の負債の件を伏せたんですか」

地裁を出て検察庁舎に向かう途中で、中垣は我慢できなくなった。

検察は、被害者遺族が多額の負債を抱えている事実を把握していた。把握していながら、開示しなかった。

前を歩く検事二人が、ぴたりと足を止める。

「被告人は医師です。殺人鬼ではない」

「おまえ、なにを言い出すんだ」

振り向いたのは若手検事の志田《しだ》だった。吉川のほうは、背を向けたままだ。

「勝つことがそんなに大事なんですか。検事であれ、弁護士であれ、司法に携わる者の使命は、正義を希求することではないんですか。真実をつまびらかにすることではないんですか。どうして被害者遺族に負債があるという事実を、伏せたんですか」

「馬鹿か。なんでわざわざこっちの不利になるような証拠を開示する必要がある」

「有利も不利もない。あるのは真実だけです。すべての真実を明らかにして、判事と裁判員に量刑を委《ゆだ》ねるべきだ」

「おい、中垣……」

諌めようとする西の手を払い、志田と睨み合った。

「青臭いこと言いやがって。おまえ、修習生のくせに――」

途中で強い調子の声がかぶさった。

「正義とはなんだ」

吉川が振り向き、歩み寄ってくる。

「中垣くん……だったな。正義とはなんだ」

眼鏡の奥で瞳が冷徹な輝きを放った。

「罪のない人に、理不尽な罰を与えないことです」

「違うな。罪を犯した人間を、けっして野放しにしないことだ。罪を犯した人間には必ず相応の罰を与える。それによって、法治国家の治安を保つことができる。罪人が罰せられることもなく、のうのうと社会を闊歩《かっぽ》するようでは、国民は安心して生活を送ることができない」

「被害者遺族には借金がありました。民事で病院に賠償請求をしています」

「それがどうした」

「被告人の医師にたいし、被害者の安楽死を依頼するに足る理由があります」

「だが弁護側は、証拠開示請求をしていない。法廷に挙がらない証拠は、存在しないのと同じだ」

「こちらから開示し、証拠調べ請求することもできたはずです」

「なぜそんなことをする必要がある」

「真実を明らかにするためです」

「被告人が被害者を殺《あや》めた。それこそが真実だ。筋弛緩剤を注射し、被害者の命を奪う行為に至ったのは、借金を抱える被害者遺族ではない」

「ですから、それには事情が――」

「どんな犯罪者にも、理はある」

中垣を遮り、吉川は続ける。

「きみは、被告人は殺人鬼ではないと言ったな。だがどんな凶悪な殺人鬼にだって、犯行に至るのに相当の理由が存在する。たとえそれが、客観的に見れば歪んでいて、常人には到底理解の及ばないものだとしてもだ。すべての犯罪者の理を汲み取っていたら、有罪になる被告など存在しなくなる。検察にあるのは、罪証の立証責任だ。どんな事情があれ、あの医師が殺人を犯したことには違いない。だから罪に相当する罰を与える」

「どんな卑怯《ひきょう》な手を、使ってもですか」

「中垣。きさま、いい加減にしろよ」

摑みかかろうとする志田の動きを、吉川は視線で止めた。

「きみは、弁護士志望だったな」

「そうです」

頷くと、唇の片端を吊り上げた微笑が返ってくる。

「よかったよ。きみのような人間は、検察庁には不要だ。修習期間を終えたら、せいぜい犯罪者のために頑張ってくれ」

冷たく言い放つと、吉川は踵《きびす》を返し、歩き去った。

5

マルカワ製鉄野球部専用グラウンドは、横浜《よこはま》市の外れにある。数キロ先は横須賀《よこすか》市という、京急《けいきゅう》線の駅から二十分ほど歩いた場所だ。これまで何度も通ったせいで、すっかり道順も覚えてしまった。

バットの打撃音と、野球部員たちの掛け声が聞こえてきた。あと一本通りを越えたらグラウンドの外周を囲むネットという位置で、新藤は足を止めた。一軒家の塀に身体を寄せ、腕組みで練習風景を見つめる。

栗林の姿は見当たらない。シートバッティングを行なっているグラウンドはもちろんのこと、一塁側、三塁側の各ベンチにも、バッティングケージの中にも、その姿はなかった。となれば室内練習場でウェイトトレーニングをしているか、外にランニングに出ているか。

もしくは、練習できるような状態ではないのか——。

グラウンドを凝視していると、背後から肩を叩かれ、跳び上がりそうになった。

振り向くと、四角い顔をした壮年の男が立っていた。自分よりも頭一つ背が低いが、一般人なら平均的な身長だろう。歳は自分より少し年上か。いや、角刈り頭と無精髭にまぶしたような白髪と、くたびれたスーツのせいで年嵩《としかさ》に見えるだけかもしれない。

「なんでしょう」

訊ねると、男は申し訳なさそうにこめかみをかいた。

「新藤さんでいらっしゃいますか。新藤、孝之さん？」

間延びした口調で問いかけてくる。

なぜ自分の名前を知っているのか。

その答えはすぐに明らかになった。男は胸ポケットから手帳を取り出し、開いて見せた。

警察手帳だった。

「警視庁の井戸川《いどがわ》と申します。すみません、お仕事中に」

「警察……いったい、なんの用で」

井戸川と名乗った刑事は質問に答えることなく、興味深そうにグラウンドを覗き込んだ。

「プロ野球スカウトというのは、こうやって有望選手を視察するものなんですね」

「いつもはもっと堂々と行きますよ」

「そうなんですか。では、なぜ今日は隠れて？」

そんなことを説明する必要があるのか。

不機嫌に眉根を寄せると、井戸川は目尻に何本かの深い皺《しわ》を作った。

「球団事務所に問い合わせたら、今日はこちらだということでしたもので。スカウトさんというのは、本当に毎日、全国各地を飛び回っているものなんですね」

「だからなんの用ですか」

だんだん苛立ってきた。

「宇土健太郎の担当スカウトは、あなただったと聞いたものですから」

あっ、と口を開いたまま硬直した。

「違いましたか」

「いえ、たしかに私です。まだあの事件について、調べてらっしゃるんですか」

「調べている……ええ、まあ。宇土は起訴されて捜査本部は解散になったので、警察としては手を離れたんですが。ですから個人的に、ということになりますかね。警察手帳なんかを見せておいてあれですが……」

井戸川が恐縮したように背を丸める。

「どういうことですか。やっぱり宇土は、無実なんですか」

その瞬間、井戸川の目の奥がぎらりと光った気がした。

「やっぱり……と、おっしゃいましたね。新藤さんは、宇土が無実だと思っていらっしゃるんですか」

「いや。正直、よくわかりませんが」

「よければ少し、お話をお聞かせ願えませんか」

「わかりました。こんなところではなんですから、移動しませんか。駅前に喫茶店があります。そこで……」

来た道を引き返しながら、グラウンドを振り返る。栗林の姿は見当たらなかった。

喫茶店には、学生服がちらほらと見えた。近所にある高校の生徒だろう。新藤はほかの客に会話が届かないよう、奥のテーブルへ井戸川を案内した。

ブレンドコーヒー二つを注文すると、新藤はテーブルの上で手を重ねた。

「それで……私になにを訊きたいのですか」

「まずは、宇土の人となりですかね」

「人となり……ですか」

「ええ。週刊誌やワイドショーなんかでは、宇土がまるで社会不適合者のように報道されています。アストロズの選手への聞き込みでも、無口で内向的で、人付き合いが苦手で、なのに瞬間湯沸かし器のようにキレやすい……などという悪評ばかりでした。いつかやると思っていた、なんてことを言う選手までいました」

「違うんですか」

「違わないんですか」

奇妙な切り返しに面食らった。井戸川は目尻に皺を寄せる。

「スカウトは選手の身体能力だけでなく、性格的な面でもプロ向きかどうかを見極めて、編成に推薦するかどうかを判断すると、うかがいました」

「そういうスカウトもいるし、そうでないスカウトもいます」

「あなたはそういうスカウトですね。でなければ、あんな場所から隠れて視察したりはしないはずです」

「買いかぶりですよ。あれは違います。マークしている選手が本当に故障しているのかどうかを……」

しまったと思い、口を手で覆った。アイドルの話題で盛り上がる学生服の集団は、こちらの会話に聞き耳を立てていないようだ。

「栗林が、怪我しているんですか」

井戸川が身を乗り出してきた。

「やめてください、個人名を出すのは」

人差し指を唇の前に立てると、井戸川がまずいことを言った、という顔をした。

「すみません」

「しかし私が視察に来た選手の名前まで、よくご存じですね」

「栗林の――」

そこまで言ってから、慌てて言い直す。

「あの選手の名前ぐらいは、私も知っていますよ。今年のドラフトの目玉だと、テレビで盛んに報道されていますからね。それにうちの課にも、高校時代に野球をやっていたのがけっこういましてね。春夏の甲子園の時期には、野球の話題で盛り上がるんです。私はもっぱら、観る方専門ですが」

そこまで言ってから、声をひそめる。

「で……今の話は本当ですか」

「あくまで噂の段階です。一位指名選手となると、億単位の金が動きます。失敗はしたくないでしょう」

そういう自分も一位指名の失敗例だと気づき、胸がちくりと痛んだ。

「なるほど。裏取りが基本というのは、私たちの仕事と同じですね。しかしもしそれが本当だとしたら、なんとも皮肉ですな。他球団の指名を断りながら、意中の球団からの指名を待つうちに故障するなんて……」

「うちもボランティアでやっているわけじゃありません。活躍の見込みがない選手を指名するわけにもいかない」

「プロの世界の厳しさですか……」

「恩情と言えるかもしれません。選手を獲るのがスカウトの仕事、というのが世間一般の認識でしょうが、選手を獲らない、というのもスカウトの重要な仕事だと、私は考えています。球団のためにも、選手自身のためにも。一時的に多額の契約金を手にしても、その後才能が開花しなければ、いたずらに人生を狂わせるだけです」

「宇土のように……ですか」

皮肉なのかと思い、新藤は顔をしかめた。だが、井戸川は穏やかに微笑んでいる。なにを考えているのかわからない。

注文したコーヒーがテーブルの上に並べられた。

「宇土の人となりを聞きたいということは、刑事さんは世評と違う印象を、宇土に抱いたということですか」

新藤はカップを持ち上げ、ひと啜りした。

「それは難しいところですね」

「と、言いますと」

「私も何度か宇土の取調を担当したんですが、たしかにぶっきらぼうな受け答えで、人付き合いが得意な印象はありませんでした。黙り込んでいたかと思うと、突然大声で怒鳴り始めて驚かされたこともあります。それだけを見ると、たしかに報道されている宇土の人物像は間違っていないでしょう。ですが……同時に、非常に真っ直ぐな男という印象も受けたんです」

「真っ直ぐ……」

「ええ。直情的なところを見れば、勢いで人を殺しかねないとも思える。ですが、不器用ながら非常に真っ直ぐな男というところを見れば、自分をクビにした球団の監督を逆恨みするような人間とは、とても思えない」

神妙に頷き、井戸川は顔を上げた。

「週刊誌などでも報道されていますが、宇土の弁護人になった男が、宇土の高校時代のチームメイトだというのは、ご存じですか」

「初耳です。そうなんですか」

「はい。かりに宇土が報道されているようなトラブルメーカーだとして、はたして高校時代のチームメイトが、宇土に手を差し伸べるでしょうか。かかわり合いになりたくないと思うのが、普通ではないですか。ですから宇土の担当スカウトであったあなたに、宇土の人となりをうかがいたいと思ったんです」

「なるほど……」

新藤は顎を触り、言葉を探した。

「正直なところ、宇土については私もよくわからないことが多いんです」

「プロ入りしてからの宇土は、変わりました。私は担当した選手については、できる限り球場に足を運んで声をかけるように心がけています。いつも気にかけていると伝えることで選手の励みになりますし、壁にぶち当たって伸び悩んでいる選手の声を、聞いてやることができる。コーチには活躍する選手こそがかわいいでしょうけど、スカウトにとっては、自分がスカウトした選手にこそ、活躍して欲しいものです」

「そうでしょうね。自分の子供みたいなものでしょう」

「実際に、高卒入団ならまだ子供の年齢で、プロの世界に飛び込むわけですしね。親御さんから、大事な息子さんを預かるという責任もある。ですから、ときには伸び悩む選手を食事に誘って、話を聞いたりすることもあります」

「それならば、宇土のことも食事に誘ったりしたんですか」

「ええ」

一度上下させたかぶりを、新藤は横に振った。

「ですが宇土は、一度も私の誘いに応じてくれませんでした。二軍の球場で声をかけても、仏頂面で話を聞いているのかいないのか、わからないような感じでしたし。たまに私のことを無視して素通りすることも、ありましたね」

「先ほど宇土は変わったと、おっしゃいましたね。ということは、少なくとも高校時代はそうではなかったと」

深い吐息をつき、新藤は口を開いた。

「基本的にスカウトが選手に直接接触することは禁じられているので、会話して人となりを把握することなどはできませんが、足繁く視察に通ううちに、どんな人間なのかは推測できます。監督さんからも、普段の生活についての話を聞くことはできますしね。私の印象では、宇土は積極的に声を出し、プレーでもチームを鼓舞《こぶ》する、リーダータイプの性格でした」

「それはまた……報道されている内容と、随分な違いですね」

井戸川は狐《きつね》につままれたような表情だ。

「そうなんです。たぶん、私の印象は間違っていなかったと思います。その印象が強く残っているから、私も宇土が榊監督を殺したと聞いたときには、まさか、と思ったし、宇土の元チームメイトの弁護士も、宇土を弁護しようと考えたんでしょう」

「よく、わかりました」

コーヒーカップを持ち上げた井戸川が、「印象が違うといえば」と話を変えた。

「殺害された榊監督も、事件前と事件後では大きく世評が変わっていませんか」

眉根を寄せた新藤だったが、すぐにぴんときた。

昨年の十月半ば、榊監督についてのスキャンダルが週刊誌で報じられた。アストロズがクライマックスシリーズを勝ち抜き、日本シリーズ開幕を控えた時期だった。

「私は週刊誌で読んだ程度なのですが、なんでも不倫をネタに強請《ゆす》られた榊監督が、暴力団関係者に一億円を支払ったとか」

「まさか、あのスキャンダルが今回の事件に関係あるとでも」

「そうは言っていません。プロ野球関係者の方に直接お話をうかがえる機会なんて、そうあるものではありませんから。たんなるいちプロ野球ファンとしての、興味本位の下世話な雑談です」

そんなはずがないと思ったが、警戒する必要もなかった。新藤も、井戸川以上の情報を持っていなかったからだ。

「私に訊いたってなにも出ませんよ。現役時代に一緒にプレーしたことはありますが、榊さんは私にとって雲の上の存在でしたから。声をかけられただけで舞い上がってしまうような相手です」

「そうですか」

「そうですよ。それにあのスキャンダルは、穂積《ほづみ》さんがマスコミにリークしたものでしょう。私なんかより、穂積さんを直接訪ねて行けば、いくらでも話してくれるんじゃないですか」

穂積和明《かずあき》はアストロズの元球団社長だ。二年前、コーチ人事への球団オーナーの介入を不服として、記者会見で内情を暴露した。その後ほどなく、球団を解雇されている。新藤としては傲慢なオーナーに振り回された同情半分、裏切り行為への蔑《さげす》み半分といった心境だ。

「しかし、穂積さん自身は、リークを否定しておられますよね。たしか記者会見まで開いて、否定されたように記憶していますが」

「誰がそんなことを信じるんですか。記者会見はあの人の十八番《おはこ》でしょう。だいたい、榊監督が強請られた相手に金銭を支払ったのが八年も前のことで――」

「七年です」

「え?」

「金銭の授受が七年前で、強請りのネタになったと言われる不倫の事実が、二十五年前です。榊監督と不倫関係にあったのは宮崎県の温泉旅館で仲居のアルバイトをしていた女性で、強請りをした男は元暴力団構成員です。元暴力団員の男は、不倫女性と男女の関係にあったため、女性が榊監督との関係を記した日記を入手できたということです」

「よく……ご存じですね」

「日記には女性が榊監督の子を身ごもり、堕胎《だたい》しようか迷っているという旨の記述がありました。榊監督を強請った元暴力団員の男は五年前に交通事故死、不倫女性のほうも、行方不明になっています。まあ、真偽の定かではないゴシップ記事ですけどね。好きなんですよ、私。そういうの」

それにしても詳し過ぎる。刑事というのは案外暇なのか。それとも、過去のスキャンダルと榊龍臣殺害事件が関係あると見ているのか。

「とにかく、リークするとしたら穂積さんしかいませんよ。たぶん穂積さんは球団の金の流れを把握していたはずですし……それに日本シリーズ直前のタイミングで発表するというのが、またいやらしいじゃないですか。選手の士気に影響を与えようという意図が見えて」

舌鋒《ぜっぽう》鋭く穂積を非難しながら、奇妙な感慨に耽《ふけ》る。裏事情を知らされない末端に過ぎないが、それでも自分はアストロズの一員であり、チームにたいして愛情を抱いているのだと、あらためて自覚したからだった。

「ちなみに、ですが」

井戸川が頰を触る。

「穂積さんと榊さんの関係はどうでしたか」

「どうと言われても、私にはわかりませんよ。榊さんもですが、穂積さんだって私にとっては雲上人です」

「球団を解雇された穂積さんが、榊さんに恨みを抱くという可能性は」

「さあ……どうとも」

「榊さんが本当に暴力団関係者に一億円を支払っているのなら、プロ野球協約第一八〇条違反となり、最悪の場合は球界追放の可能性すらある大スキャンダルですよね」

やはりたんなる雑談ではなさそうだ。雑談なら、プロ野球協約の第何条などという数字が出てくるはずがない。

「にもかかわらず、日本シリーズが終わり、年が明けるころには、マスコミはあのスキャンダルをほとんど報じなくなっていました。プロ野球コミッショナーも調査どころか、注意も警告も与えていません」

「そりゃ……はっきり言いますが、たぶんうちのオーナーが圧力をかけたんでしょうね」

新藤は正直に告げた。変に口ごもったりしたら、なにか隠し立てしているのではないかと、疑われてしまうかもしれない。

「やはりそうですか。おたくの球団を所有しているのは、各方面に事業を展開する一大企業グループですもんね。球団オーナーは、政界にも顔が利くようですし、マスコミに圧力をかけて不祥事を揉み消すぐらいは、わけもないでしょう」

「私の憶測に過ぎませんからね。ただし、球界の誰もが、たぶん同じように考えているはずです」

「わかっています……となると、ですよ。穂積さんは、榊さんを陥れようとしてマスコミにリークしたものの、おたくのオーナーさんの圧力で、思ったほどの深手を負わせることができなかった。それどころか、ほとんどかすり傷程度で終わった。なにくわぬ顔で翌年もチームの指揮を執《と》る榊さんのことを、穂積さんは許せなくなった。そこで実力行使に出て、榊さんを殺害した……という推理は成り立ちませんか」

「随分と大胆なことをおっしゃいますね……いいんですか、警察の方がそんなことを言って」

「いやこれは失敬」

井戸川は後頭部をぽんぽんと叩いた。

「最初に申し上げましたが、今日うかがったのは正式な捜査ではなく、あくまで私の個人的な活動に過ぎません。警察としての捜査は、宇土を逮捕、起訴した時点で終了しています。ですからこれは……言うなれば、私の趣味です。そのようにご理解いただけますか」

「わかりました。しかし刑事さん、なぜそこまで……」

「引っかかるんですよ、なにか……。宇土が絶対に人を殺さない男だ、などとは言いません。私もたくさんの犯罪者を見てきましたが、こいつが人を殺せるわけがないと睨んだ人間が犯人だった、という経験は何度もありました。ですが、宇土は直情的ではあっても、馬鹿ではありません。あれほどはっきりとした物証が残され、情況証拠も揃っている中で、殺人を犯してしまった宇土が、逃げようともせずにいつもと変わらない生活を送っていたのは、不自然だと思うんです。事件の裏にはもっと……複雑な事情が隠されているんじゃないかと」

「それで、榊さんのスキャンダルに関係していると」

言いながら、口に含んだコーヒーを噴き出しそうになった。

「推理小説の読み過ぎかもしれませんな。お恥ずかしい」

照れ臭そうに笑ってから、井戸川が頭を下げた。

「今日はお忙しい中、どうもありがとうございました。大変参考になりました」

立ち上がり、財布を取り出そうとする。「いや、ここは」「いいえ私が」しばらく伝票の奪い合いになり、最終的には井戸川が伝票を勝ち取った。

「それでは、失礼します」

喫茶店の外に出て、駅のほうに向かおうとする井戸川を呼び止めた。

「刑事さん」

「なんでしょう」

「穂積さんのところにも、話を聞きに行かれるんですか」

振り返った井戸川は、目尻に皺を寄せて微笑んだ。

「できればそうしたいと、考えています」

「もし穂積さんに話を聞くことができたら、私にもその内容を教えてくださいませんか。知りたいんです。自分の会社の上層部で、なにが起こっていたのかを」

「わかりました。お話しできる範囲でよければ」

軽く会釈をすると、井戸川は歩き出した。

しばらくその背中を見送っていた新藤も、反対方向へと足を向けた。

6

その日の宇土は、最初から球が高めに浮いていた。

対戦相手の西海橋《さいかいばし》高校は、途中から変化球を捨てる作戦に徹し始めたようだ。ストレートはまだ芯で捉えられてはいない。冬場の走り込みの成果か。百球を超えたが、球速も球威も十分だった。

だが変化球を捨て、ストレートだけを待っていれば、いくら豪速球でもカットぐらいはできる。変化球を見送られ、カットで粘られるうちに四球を出し、走者を背負うことが増えていた。

「いかんな……」

新藤は一塁側スタンド三列目で身を乗り出し、太腿に頬杖をついた。

佐世保市総合グラウンド野球場で行なわれているのは、春季高校野球長崎県大会の三回戦第二試合だった。高校球児にとっては、ひと冬を越えて久々の公式戦となるトーナメントだ。シーズンオフにどのようなトレーニングを積んできたのか、課題を克服してきたのか、成果を披露する場となる。

まだ肌寒さが残るスタンドに、客の姿はまばらだった。他球団のスカウトの姿もない。世間の注目は、同時期に甲子園で開催される選抜高校野球大会に集中しているらしい。長崎県からも昨秋の九州大会でベスト４入りを果たした長崎京明大付属高校が選出されている。地元紙のスポーツ欄に掲載された県大会の展望では『大本命不在の混戦模様。唯一、好投手・辛島を擁する佐世保学園がわずかにリードか』ということだった。

たしかに佐世保学園の辛島は完成されている。だが伸びしろでは、島原北の宇土が圧倒的だ。甲子園出場中の長崎京明大付属にも、これほどのロマンを感じさせる素材はいない。

新藤は世間の低評価に苛立ちながらも、しかし同時にほくそ笑みつつ、一回戦から宇土の投球を見守り続けた。

宇土は冬の間に、みっちり走り込んできたようだ。秋に見たときよりも、下半身がひと回り大きくなり、どっしりとした安定感が生まれた。フォームも研究を重ねたらしく、上半身だけに頼る『野手投げ』から、両腕を大きく振りかぶるワインドアップの豪快なフォームに変貌していた。技術的な粗は大きいが、マウンド捌《さば》きには風格が備わってきた。

これだから高校生はおもしろい。わずか数か月の間に、見違えるように成長する。

一人の才能が周囲を刺激したのか、チーム全体としても成長の跡が見える。島原北高校は一、二回戦をともに7回コールドで勝ち上がった。守備も堅実になっている。秋の大会でエラーを連発し、エースの足を引っ張って敗戦した経験が、いい薬になったようだ。

しかし肝心の宇土がいただけない。立ち上がりが不安定なのは、本格派の速球投手にはよくある傾向だとしても、その後もいっこうに立ち直る気配を見せなかった。結果として無失点に抑えてはいるものの、5回を終えてヒット4本、四死球7、投球数はすでに百十を超えている。

案の定、7回に入ったあたりからはっきりと球速が落ち、相手打線のつるべ打ちに遭った。打者一巡、一挙5点の猛攻だ。その後、最終回に味方打線が2点を返す粘りを見せたものの、試合はそのまま終了した。

試合後の挨拶を終えた宇土が、肩を落としてベンチに引き揚げる。その広い背中を見つめる新藤は、複雑な心境だった。

数日後には三年生になる宇土にとって、残された大会は二つ。

五月下旬から開催されるNHK杯と、七月に行なわれる全国高等学校野球選手権大会――いわゆる夏の甲子園の長崎大会だ。むろん、七月の地方大会で優勝すれば甲子園の全国大会に出場することになるが、現在の投球を見る限り、その可能性は低い。島原北高校全体としてのチーム力も、県内シードクラスの高校に遠く及ばない。

島原北が甲子園に出場することを望んではいなかった。せっかくの消耗していない肩だ。下手な酷使で痛めて欲しくはない。それに全国の舞台に立てば、自然と注目度も高まる。現状では下位指名で獲得できる素材が、争奪戦になるかもしれない。

だが実績が皆無でも駄目だ。スカウト会議で推薦しづらくなる。

勝ち進んでも、早々に敗退されても困るという、痛し痒《かゆ》しの状況だった。

球場の外に出ると、ちょうど島原北の選手たちが何台かの車に分乗しようとしていた。おそらく監督やコーチ、父兄の出した車だろう。

専用マイクロバスもないのか。あらためて驚きを覚えながらそばを通過しようとしたとき、背番号1が目の前を横切った。

「ちょっと」

思わず呼び止めていた。

振り向いた宇土の頬には、ニキビが浮いている。冬の間に落ちた肌の色を取り戻そうとするように、顔が真っ赤だった。

アマ選手との直接接触を禁じるプロアマ規定が頭をよぎったが、まだ監督にも挨拶していない。球団名さえ名乗らなければ、ぎりぎりセーフだろう。

新藤は意を決して、切り出した。

「いい球放ってたよ」

あらためて近くで対面して、初めて気づいた。宇土の白目は、真っ赤になっている。泣いていたのか。

負けず嫌いはプロ向きだ。こいつは、プロで成功する——。

新藤は胸の高鳴りを覚えた。

「ありがとうございます」

宇土は帽子を脱いで、頭をこくりと下げた。その後、どこかで見たことがある、という上目遣いで、新藤をうかがい見た。

「スピンが利いていて、伸びもある。ストレートは一級品だったね。だけど、今日は全体的に球が高かった。それに、変化球も決まっていなかった」

「今日は……？」

眉根を寄せる宇土に、慌てて手を振った。

「いや、実はこれまでの三試合を、全部見せてもらったんだよ」

「そうなんですか」

「うん。一、二回戦に比べると、今日はいまいちだったね」

「はい」

宇土は素直に認め、鼻をすすった。

「練習前後に、しっかりストレッチをしているかい」

「はあ……いちおうは」

「私が思うに、自覚はなくても一、二回戦の疲労が溜まっている。そのせいで内転筋が固くなり、いつもより踏み込みのステップ幅が狭くなっていた。だから踏ん張りが利かなくなり、球が高めに浮いたんだ。その状態で無理に低めに集めようとしたから、無意識に力を抜いて投げることになり、変化球も思ったようにキレなかった」

不審げだった眼差しが、真剣味を帯びたものに変わっていった。

「だから、とくに試合を控えているときには、走り込みで体調を整えることも大事だけれど、同じくらい時間をかけて、内転筋をほぐしておくことも必要なんだよ」

ちょっと待って、と新藤は手帳を取り出し、ボールペンを走らせた。書き終えた一枚を破って、宇土に手渡す。

「ここに書いてる本に、効果的なストレッチの方法が載っているから。よかったら探してみなさい」

宇土は受け取った紙片と新藤の顔を交互に見ながら、ぽかんとしている。

そのとき、声がした。

「宇土、なにやってるんだ」

ライトバンの運転席に座った監督が、宇土を呼んでいる。

新藤が会釈をすると、視線を逸らされた。まさか自分の教え子に話しかけているのがプロ野球のスカウトなどと、想像もできないのだろう。

「あの、どうもありがとうございました!」

腰を折って深々と頭を下げると、宇土はライトバンに向かって駆け出した。

7

中垣が椅子に座ってほどなく、アクリル板の向こう側で扉が開いた。

どことなく不遜な宇土のたたずまいは相変わらずでも、宇土を伴ってきたのが留置管理課員ではなく、刑務官である点が異なる。起訴後ほどなく、宇土の身柄は玉堤警察署から東京拘置所へと移送されていた。

中垣の全身から発散される剣呑《けんのん》を感じ取ったらしい。椅子に腰を下ろすなり、宇土はわずかに眉を上げた。

「どうした。機嫌の悪そうやな」

中垣は無言で上体を傾け、鞄を開いて書類を取り出した。それらを強くカウンターに叩き付ける。

宇土の眼が据わった。

「なんな……いったい」

「宇土。おまえ、おいに嘘をついたな……おいのことば、信用しとらんとな」

中垣は書類の束でデスクスペースを叩いた。

「ここに書いてあるぞ！　おまえが戦力外通告になった翌月、被害者と会うとるって！」

奥の扉が開き、刑務官が顔を覗かせる。大丈夫ですと追い払ってから、宇土に向き直った。

「おまえ、言うたよな。アストロズを退団した後、被害者と会うたとは、事件当日が初めてやったて」

宇土は瞳から光を消した。

宇土の事件は裁判員裁判対象となり、公判前整理手続に付されることが決定した。公判前整理手続とは、裁判員制度導入に伴い新設された制度だ。刑事訴訟法三一六条の二、第一項によると「充実した公判の審理を継続的、計画的かつ迅速に行うため」に実施するとされている。具体的には、裁判員の拘束日数を少なくするために、裁判官、検察官、弁護人の三者であらかじめ争点や証拠を整理しておくのだ。公判で証拠調べが行なわれる証拠についても、公判前整理手続までに双方が開示することになっている。これにより、従来の公判では当日までわからなかった互いの手の内が、公判前整理手続の時点で明らかになるようになった。

中垣の手もとに届いたのは、検察官の証明予定事実記載書のほか、逮捕手続書、検視報告書、指紋鑑定報告書、被告人をはじめとした関係者の供述調書など、検察官請求証拠とされる一連の書類だった。検察がどこまで応じるかはわからないが、それ以外の証拠も開示するよう、類型証拠開示請求も行なっている。それら収集した証拠を検討し、およそ一か月後の期日に指定された第一回公判前整理手続までに弁護方針を固めなければならない。

中垣は作成者の欄に『吉川潤一』と記された、証明予定事実記載書に目を落とした。その『第一犯行に至る経緯』の部分に記された内容を、要約する。

「おまえはアストロズから戦力外通告を受けて無職となった一か月後の昨年十一月半ば、目黒《めぐろ》区自由《じゆう》が丘《おか》にあるクラブ『プレミア』の前で被害者榊龍臣を待ち伏せし、被害者がアストロズ所属選手の大矢正親《まさちか》と店内に入るのを見計らって、自らも入店した。そのままVIPルームに侵入したおまえは、おまえを止めようとした大矢と口論になり、同人を殴打した。『プレミア』店員と大矢の供述調書によると、警察に通報されずに済んだとは、破損した店のグラスやテーブル、およそ二十三万円相当を被害者が弁償したからしかな」

証明予定事実記載書を、アクリル板にぺたりと付けた。

「よう読め。なんなこれは。おいはこがんこと、一言も聞いとらんぞ。これは事実な」

「ああ」

ふてくされたように、宇土が顔を逸らした。

「なんでこがん大事なことば黙っとった。事件の動機にかかわる部分じゃなかな」

「まるで刑事やな」

眼差しを鋭くして、ひやかしを撥《は》ね返す。

「ふざけるな。おまえは有罪になりたかとか。なんでこんなことばした。なんでそのことば、おいに黙っとった」

宇土は唇を歪め、身体を斜めに傾けた。答える気はないということか。

「なんで被害者を待ち伏せるような真似をした」

宇土がようやく口を開く。

「バットを返すためたい。戦力外通告になったときに、榊さんにバットを返したと言うたが、本当は違う。最後に一言でも礼を言いたかったが、榊さんは会《お》うてくれんかった。日本シリーズを控えとったし、なんよ一億円がどうこういうスキャンダルみたいなので騒がれとった時期やけん、神経質になっとった部分もあったろうしな」

「被害者から贈られたバットを返しに行った……それだけて言うとな」

「そうたい」

「ただバットを返しに行っただけて言うとに、どうして店で暴れた」

「暴れるつもりはなかった。榊さんと話がしたいだけやとに、大矢が邪魔して胸ば突いてきたけん」

「だから殴ったとか」

「ああ」

「バットを返しに行ったて言うたな。その肝心のバットは、どがんしたとな」

「そのときに返した。返したというか、店に置いてきた」

中垣は甲七号証、アストロズ所属選手・大矢正親の供述調書と、甲九号証、クラブ『プレミア』店員・実松《さねまつ》聖《たかし》の供述調書を読み返した。

「バットのことなぞ、どこにも書いとらんぞ」

「刑事にも検察官にも、同じこと言われた。でもたしかに返した」

宇士の声が尖る。

「供述が二転三転しよるやないか。なにを信じたらよかとな」

「バットば返すために、『プレミア』の前で榊さんを待ち伏せた。そこが榊さんの行きつけやということは、知っとった。正直に言うと、待ち伏せたとはその日だけじゃなか。一週間おきぐらいで自由が丘に通って、三回目やった。一人で来るて思うとったとに、大矢が一緒やった。大矢のことば殴ったとは間違いなか。頭に血の昇っとったけん。悪かて思うとる。ただ、榊さんにその日、バットば返したとは本当たい」

中垣はため息とともに書類をめくり、甲五号証・榊久美子《くみこ》の供述調書を開いた。被害者の妻だ。

「被害者宅には事件の三か月前、ちょうど年が明けたころから、無言電話がかかってくるようになっとる。被害者の妻は、その犯人がおまえだろうという、被害者の話を聞いとった。事件の三日前には自宅の窓ガラスが投石によって割られており、妻は現場から逃亡する犯人を見とる。背格好からして、おまえに間違いないということや。妻は被害者に警察に相談することを提案したが、被害者は本人と直接話をつけてやるからと拒んだ。そして三日後、被害者はおまえに連絡を取り、おまえと会うた後、自宅近くの河川敷で遺体となって発見された」

「それはまったくの濡れ衣たい。そもそも榊さんは、無言電話やら投石やらの話はいっさいせんかった」

「おまえもこの話を、おれにしとらんやないか」

宇土の顔色が変わった。

「この被害者の妻の証言にかんしても、警察や検察から追及されたとやろうが。どうしておれに話さんとか」

「それは……」

中垣は両手を重ねた。

「いいか宇土。おれは塚田のために、おまえの無実を証明するて言うた。だけど、実際に弁護するとは、おまえのことや。真実を知るとは、おまえしかおらんけんな。だけん、おまえの話にしっかり耳を傾けようと思うとる。おまえの無実を信じようとしとる。なのにこうやって検察から証拠が開示された段階で、まったく把握しとらんかった事実が次々に明るみになるようじゃ、どうやっておまえを信じたらよかとな」

しばらくうつむいていた宇土が、ぼそりと言葉をこぼした。

「『プレミア』で揉め事を起こしたことは……真奈に言うとらんかった」

「それが、どうしたて言うとな」

ぐっと唇を嚙み締めた後、視線が上がる。

「怖かったとたい。真奈に信じてもらえなくなるとが」

虚勢の仮面を剝がしたかつての球友に、中垣ははっとなった。

被疑者や被告人が供述をころころ変えるのは、けっして珍しいことではない。相手が宇土でなかったら、中垣も憤《いきどお》ることはなかっただろう。腹が立ったのは、被告人にではなく、友人に欺《あざむ》かれたと思ったからだ。友人なのだから、当然に真実を話すべきだと思い込んでいたからだ。

だが現在の宇土は、紛れもなく被告人だ。身体の自由を奪われ、罪を否認しながらも信用してもらえず、二度と妻のもとに戻れないのではないかと怯える夜を過ごす、弱い立場の人間だ。

宇土は怯えている。そして怯える宇土にとっての唯一の支えは、真奈の存在だ。真奈が信じて待っていてくれる。それだけを拠りどころとして耐え続ける宇土にとって、もっとも恐れているのは、真奈の信頼を失うことだ。たとえ無実であったとしても、そしてそれを妻が信じてくれていると知っていても、だからと言って簡単にすべてを話すことができるだろうか。妻の知らない事実もあり、妻の信頼を揺るがしかねない客観的な証拠が存在するというのに。

被告人の信頼を勝ち取るのは、弁護人の仕事だ。義務と言い換えてもいい。友人であることに甘えて、それを怠っていたのかもしれない。

焦りを被告人にぶつけてしまった。自分の未熟さが招いた失点だ。

「すまんかった……」

中垣はアクリル板に手をつき、目を閉じた。

8

かきん——。

鋭い金属音がして、ブルペンにいた中垣はグラウンドに目を向けた。

球足の速いゴロがマウンドの横を抜ける。だがダブルプレーシフトを敷《し》いたショートの真正面だ。

やった――と思った瞬間、ショートの矢加部が打球を弾いた。大きくバウンドしたボールが、センター方面に転々とする。その間に三塁ランナーがホームを駆け抜けた。

8対0。ダブルプレーでチェンジのはずが、一転、宇土はなおも1アウト一、二塁のピンチを背負った。

諫早市営野球場には吹き抜ける五月の薫風が、雨上がりのグラウンドからひんやりとした冷気を立ち昇らせている。温度も湿度もほどよい野球日和だ。

しかしマウンド上の宇土だけは、汗びっしょりだった。全力疾走でもしたかのように、肩を激しく上下させ、喘《あえ》いでいる。春の選抜全国大会でベスト8に進出した強豪校のプレッシャーが、実際の球数以上の疲労を与えているのは間違いない。

NHK杯長崎県高校野球大会。

およそ一か月後から始まる夏の甲子園地方大会のシード校選考に、もっとも大きな影響を与える大会だった。NHK杯ではまず長崎地区、佐世保地区、中《なか》地区の三つに分かれて予選が行なわれ、それぞれの予選を勝ち抜いたチームが本選のトーナメントに進出する。

中地区予選の一回戦を8対0の7回コールドで突破した島原北は、二回戦で優勝大本命の長崎京明大付属と対戦することになった。そして7回表の時点で、8対0。一回戦とはまったく逆の展開で、窮地に立たされている。

1回表の宇土は相手打線を三者三振に切って取る、順調な立ち上がりだった。甲子園出場校を前に萎縮《いしゅく》気味だったベンチの士気も上がった。

ところが、島原北ベンチの「いけるぞ」という空気を打ち砕いたのは、長崎京明大の4番バッター、キャッチャーの大矢だった。

2回表の先頭打者として左打席に立った大矢は、ライトスタンドにホームランを放った。2ボール1ストライクから宇土が投じたのは、外角低めのスライダーだ。けっして失投ではない。むしろベストピッチと言ってもいい、切れとコースだった。

相手のベストピッチを狙い打ったのは、おそらく大矢の計算だったのだろう。宇土の投球を見て、気持ちで押され始めていたチームを鼓舞しようとしたのだ。

島原北に傾きかけていた試合の主導権は、大矢のホームランでいっきに長崎京明大に渡った。先取点を奪われた焦りから早打ちになった打線は、長崎京明大エース藤沢《ふじさわ》の制球と、キャッチャー大矢の老獪《ろうかい》なリードに凡打の山を築いた。反対に守備では、エラーを連発する野手陣が宇土の足を引っ張るかたちで、じわじわと加点された。

得点差ほどの実力差があるとは思わない。宇土の絶好調時なら、そこそこの勝負になっただろう。だが試合巧者のチームを乗せてしまうと、嵩にかかって攻められる。バントで守備を揺さぶられ、塁に出たランナーの大きなリードで挑発され、集中力が途切れたところを強打で叩かれる。

早い段階からブルペンで肩を作っていた中垣だが、内心では登板機会が巡ってこないようにと願っていた。宇土ですら8点も奪われた強力打線だ。自分がその勢いを止められるとは、到底思えない。

中垣の願いが通じたのか、その後の宇土は連続三振を奪い、それ以上の失点を防いだ。だがその裏の攻撃では三者凡退に倒れ、あっさりと7回コールド負けを喫した。

そして試合終了後のダッグアウトで、事件は起こった。

中垣が荷物を詰め終えたボストンバッグのジッパーを閉めようとしていたとき、背後で怒鳴り声がした。

「なんだよ、てめえは！」

振り返ると、宇土が河野の胸ぐらを掴み、壁に押しつけている。松田が二人の間に身体を割り込ませようとしていた。

「どうしたとや！」

慌てて駆け寄ると、河野が顔を歪めたままこちらを向いた。

「こいつ、負けたけんて八つ当たりしとるったい」

「なんてな！」

宇土が力をこめたのか、ぐっ、と呻《うめ》き声が漏れる。

「なにしよっとや！　とにかく離れろって！」

中垣は矢加部と二人がかりで宇土を引き剝がした。

解放された河野が、痛そうに胸をさする。

「なにがあったとな。説明しろ」

諍《いさか》いの当事者二人を交互に見る。河野が両手を広げた。

「わけわからんで。三回戦の試合があるはずだった日には、カノジョとデートでもするかなって、松田と話しよったら、いきなり宇土のキレ出して……」

なあ、と同意を求められた松田が頷く。

「それだけじゃないやろうが！　おまえ、三回戦の試合予定日に、コンサートのチケットば取っとったとやろうが！」

宇土の圧力を、中垣は懸命に押し返した。

河野が反駁《はんばく》する。

「取っとったさ。だけんなんや！　なにが悪いとや！　好きなバンドの二年ぶりの全国ツアーぞ」

「最初から勝つつもりのなかったとやろうが！」

「勝てたらコンサートは行けんけん、誰か女友達ば誘って行ってって、彼女には言うとったぞ！」

「勝つつもりのあるなら、最初から行けんて断っとけ！」

どうやら喧嘩の原因が見えてきた。

「そうは言うても、相手は長崎京明大ぞ!」

「だけんなんや! 甲子園に行くとやったら、どのみち京明大には勝たないけんやろうが!」

そこからは叱責がほかのチームメイトにも向けられた。

「来月には甲子園予選の始まるとぞ! なのになんや! 今日の試合は! そがんことで甲子園に行けるて思うとるとな!」

「別に行きたいとは、思うとらん」

河野がぽつりと呟いた。

「なんて?」

「別にそこまで行きたいとは、思うとらんとって」

苛立たしげに答えてから、河野は続けた。

「だいたい島原北の野球部に入った時点で、甲子園ば目指そうなんて本気で思うとったやつなんて、おらんやろうが……おまえ以外は。おいは楽しく三年間野球ができればよかぐらいにしか、思っとらんかった。それでもなんとなく雰囲気に飲まれてここまで来たけどさ、よお考えたら、なんでこがんピリピリせないかんとや。普通やっか、春大会三回戦敗退も、NHK杯二回戦敗退もさ。うちの野球部からしたら、いつも通りの成績やっか。京明大に勝てると本気で思うとるなら、たぶんそっちのほうがおかしか」

発言の責任を分散するように、視線を滑らせる。

「おいだけじゃなか、みんなそう思うとる。甲子園甲子園て熱くなっとるとは、おまえ一人たい」

宇土が一人ひとりの意思を確認するように、ゆっくりと顔を動かした。全員がうつむいたまま、目が合わないようにしている。

河野の発言内容が現実だった。自分たちの口にする『甲子園』という言葉は、長崎京明大付属を始めとする強豪私立校の野球部員が口にするそれとは、響きは同じでも重みが異なる。宇土健太郎という才能に感化されて練習に励んではみたが、結局のところ、一度も到達したことのない目的地への距離感は摑めない。どこか遠く、現実感のない目標だった。

「宇土はさ――」

ふいに松田が口を開いた。

「なんで島原北なんかに入ったんだよ……甲子園に行きたいなら、もっとほかにあっただろう」

「松田」

キャプテンらしく諫めようとした矢加部の背後から、古瀬が言葉を滑り込ませた。

「おれらには荷が重いよな。宇土の期待に応えるには」

誰も反論する者はいなかった。

9

大浦敬吾の経営する居酒屋は、町田の繁華街から少し外れた場所にあった。店先に掲げられた『居食処　パスボール』という巨大な木製の看板は真新しいが、外壁のモルタルにはところどころひびが走っている。もともと飲食店だった建物を、居抜きで譲り受けたようだ。

中垣は磨《す》りガラスの格子戸を開き、中を覗き込んだ。L字型のカウンターと、テーブルが二台、奥には座敷がある。テーブルの上には、椅子が逆さまに置かれていた。

「すいません。まだやってないんですよ」

カウンターの中で仕込みをしていた中年の男が、強面《こわもて》を崩して愛想のいい笑顔を浮かべる。かつてテレビで見ていた元プロ野球選手との対面に、中垣のミーハー心が疼いた。

大浦敬吾その人だった。現役時代から恰幅《かっぷく》のいい印象だったが、引退してさらにひと回り身体が大きくなったように見える。逆立てた短髪が金に近い茶色に染められていた。白いTシャツの胸もとに広がる汗染みは、勲章のように誇らしげだ。

「昨日お電話した中垣ですが」

自己紹介をすると、大浦は旧友を迎えるように破顔した。

「ああ、宇土の弁護士の」

「そうです。少し予定より早かったですが……お忙しいですか」

約束の午後四時までは、まだ二十分ほどあった。

「いや、構わないですよ。宇土の高校時代のチームメイトが来るっていうから、早めに仕込みを済ませておこうと思ってたんだ。もう終わりますから、どうぞ、掛けてください」

カウンター席を勧められた。

中垣が席に着くと、大浦は冷蔵庫から瓶ビールを取り出した。コップに注いで、差し出してくる。

「仕事中ですから」

「まあ堅いこと言わないで。それとも、ぜんぜん飲めないんですか」

「そういうわけでは……」

「ならいいじゃない。一杯だけ付き合ってくださいよ」

「では……ちょうだいします」

コップを傾けた。心地よい炭酸の感触が、喉を滑り降りる。

大浦は手酌《てじゃく》でビールを注ぎ、ぐいと飲み干した。煙草のパッケージを取り出し、一本を口に咥える。そしてちらりと気にする素振りを見せた。

「煙草、吸ってもいいですか」

「どうぞ。お気になさらず」

にかっと嬉しそうに歯を見せる笑顔が、人懐こい大型犬のような印象だ。大浦は煙草に火を点け、美味《うま》そうに煙を吐き出した。

「中垣さんも、煙草吸われるんでしたらどうぞ」

カウンターの上に重ねた灰皿に手をかける。

「いえ、僕は吸いません」

中垣が手を振ると、「そうですか」と背後の壁に背をもたせかけた。

「大浦さんは、煙草吸われるんですね」

「ええ。嫁からはやめろやめろと言われ続けていますけどね、さすがに中学で覚えた味はやめられませんわ。もし煙草をやめていたら選手寿命が何年か延びたのかもしれませんけど。まあ、それでも二十年野球でメシ食えれば満足です」

「現役時代もずっと吸っていたんですか。たしか、アストロズでは榊監督がチーム全体に禁煙令を出したはずでは……」

「さすがにあの人の前で堂々と吸うなんてことはしませんけど、やめるつもりもありませんでした。だって理不尽もいいところですよ。あの人自身が、現役時代はずっとヘビースモーカーだったんです。なのに自分が禁煙したとたんに、選手にも禁煙を強要するんですから。もちろん、アスリートにとって煙草が害になることぐらい百も承知ですけど、あの人の場合はそういう理由じゃない。ほかの人が吸ってるのを見たら、自分が吸いたくなるからってだけです。だから、おれも意地になってた部分があったのかな。煙草やめなかったのは」

大浦は自らの幼稚さを恥じるように笑った。

「失礼ですが、大浦さんは、榊監督と上手くいっていなかったのですか」

「最初はよかったんですよ。最初はね」

煙草を灰皿で揉み消す仕草から、悔しさが滲み出ているようだった。

「おれがアストロズに在籍したのは、現役最後の三年間です。アストロズの正捕手が怪我して、おれがいた千葉ドジャースは左の先発投手が不足していたってことで、シーズン中にトレードされたんですわ」

中垣も覚えている。電撃的な大型トレードということで、当時は大きく報道された。

「アストロズに移籍した最初の年は、自分で言うのもなんですが、けっこう活躍できましたね。ドジャースでは若手キャッチャーが成長してきて、出場機会も減っていたから、このチームに来てよかったと思いました」

「広島カブス戦でのサヨナラ2ラン、すごかったですよ」

「あれね。前のバッターのときに相手ピッチャーのフォークがワンバウンドしてたから、三塁にランナーがいる状況でフォークが投げられるわけがないと読んでました。ストレート一本に狙い球を絞って、一、二の三です」

懐かしそうにバットを振る真似をする。そのときには嬉しそうだったが、すぐに苦虫を嚙み潰したような顔になった。

「でもね、よかったのは最初のうちだけです。あの一件以来、榊さんとはえらく気まずくなっちゃってね」

「あの一件……というのは」

「辻野《つじの》っていう、若手で活きのいいピッチャーがいたんですよ。常時一五〇キロ前後の速球を投げられるような。ドラフト六位の高卒入団で、いわばおれと同じ雑草組だったんだけど――」

大浦はたしか、社会人チームからテストを受けてのドラフト外入団だった。

「二軍で防御率1点台に抑えてるってことで、二年目には一軍に上がってきました。そいつが、ローテーションの穴で先発を任されたことがあったんです。ただやっぱ、初めての先発じゃないですか。ガチガチになっちゃって、球は走らないわストライクは入らないわ、変化球はすっぽ抜けるわで、2回で10点も取られちゃったんです。まあ、そういうこともありますよね。まだ十九の子供ですから。おれは投手交代を進言しました。でも、榊さんは代えなかった」

「そのことがきっかけで、榊監督との仲が悪化したんですか」

「ええ。揉めましたね。だってあの人、『辻野にとっては、これが今後の糧《かて》になる』とか言うんですよ。馬鹿言っちゃいけません。どう見ても懲罰でしょう。育てるために続投させたんじゃなく、大量失点に腹を立てたから晒《さら》し者にしてるだけでしょうって。おれも大人げないとは思いつつ、ぶち切れてしまいました。スタンドには、辻野の両親も来ていたんですよ。かわいそうじゃないですか」

昂《たかぶ》りを鎮めようとするような、深呼吸が挟まった。

「結局、辻野は6回まで続投して17失点、投球数は百五十を超えてました……そのまま二軍に落とされて、すっかり自信を失って、その年のオフには戦力外です。たしかに、二軍に落ちてからの辻野は、人が変わったみたいに打ち込まれるようになりました。でもね、あの一軍での初登板の屈辱がなければ、辻野のプロ野球人生も違ったものになったかもしれないと、私は思うんです。それぐらいでへこたれているようでは、プロでやっていけないという見方もできる。だけど、育て方によって伸びもするし、潰れもするというレベルの素材だってあるんです。あの人には、それがわからない。ずっとエリート街道を歩いてきて、挫折を知らない天才だから。ちょっと試してみて駄目だったら、すぐに興味を失ってしまう。おもちゃみたいに捨てちまう。でも、選手はおもちゃなんかじゃない。血の通った人間なんだ。調子のいいときも、悪いときもある。それを見極めて、うまいことやりくりするのが監督の仕事じゃないですか。選手としての榊さんの実績は尊敬に値《あたい》しますけどね、アストロズでプレーしてみて、おれはあの人のそういうところが、心底嫌いになりましたよ」

大浦は自分のコップに二杯目のビールを注いだ。一杯だけ、と言っていたはずが、中垣のコップにも注ぎ口を向けようとしたので、手を振って遠慮した。

「宇士も、そうやって榊さんに見限られたんでしょうか」

「どうだろう」

腕組みをした大浦が、自嘲気味な息を吐く。

「よくわかんないけど、もしかしたら、おれが肩入れしたせいかなと、申し訳なく思うこともあります。そのせいで、派閥っていうわけじゃないけど、大浦派とみなされて榊さんに嫌われたのかもしれない。でもね、さっき話した辻野の二の舞には、ぜったいにさせたくなかったんです。なにしろあいつの——宇士の球はすごかった。同じチームで野球していたんなら、中垣さんだってわかるでしょう」

「あいつがすごいのはよくわかります。ですが、私には宇士がプロの中でどれぐらいのレベルにあるのか、想像もつきません」

中垣は肩をすくめた。

「おれは可能性を感じましたよ。実際に球を受けてみたら、スピードガンの数字以上の球速を感じました。ストレートとわかっていても、打者が空振りしてしまうような伸びがあったんです。打者の手もとに来て、ぐっと浮き上がるようなストレートです……うん」

「宇土とは、親しくされていたんですか」

「親しく……ねえ。それとはちょっと違うかもしれない。飲みに誘ったりしたことはあるけど、あいつ付き合いが悪くてね」

新しい煙草に火を点けながら、大浦が苦笑する。

「報道によると、チーム内での宇土の評判は相当悪かったみたいですが」

「まあ、若いうちは多少とんがってるぐらいのほうが見込みありますよ。たしかに、宇土のことを嫌っている人間はたくさんいた。でもね、プロのピッチャーは、いい球放ればそれでいい。おれはそう思います。宇土のボールは金を取る価値があると思った。だからおれは、宇土に伸びて欲しいと思った。それだけです……それに、たしかにいろいろ問題はあるが、宇土は性根の悪い人間じゃない」

「どうしてそう思うのですか」

「高校時代のチームメイトが、いまだに宇土を護《まも》ろうとしているからですよ」

下手くそなウインクに、中垣は小さく噴き出した。

「では現役時代も、宇土と仕事以上の付き合いはなかったんですね」

「そうですね。そういうことになります」

「宇土がアストロズを退団して以後、大浦さんが宇土の練習相手を務められていたそうですが」

「あいつが十二球団合同トライアウトで、どこからも声がかからなかったって聞いて、おれから宇土に連絡を取ったんです。あのストレートがもう衰《おとろ》えたのかと、疑問に思って。二十四歳と言えば、よほど練習を怠けているか、フォームを崩しているかでもしない限りは、まだまだこれからって年齢じゃないですか。だから、もう一度おまえの球を受けさせてみろってね」

「それで、結果はどうだったんですか」

大浦はにんまりと誇らしげな顔になった。

「相変わらずいい球でしたよ。まったく衰えていない。むしろ磨きがかかっていた。だからこそ、おれもあいつの練習相手になることにしたんです。次のトライアウト目指して」

「単純な疑問なんですが……」

「なんでしょう」

「宇土がトライアウトに落ちたのは、なぜなんでしょう。調べたら、2回をノーヒット、奪三振2という、文句の付けようがない結果でした。なのに、なぜどの球団からも打診がなかったのでしょうか」

「さあ、そこまではわかりません。実際に投球を見るのと、数字だけを見るのではぜんぜん違いますからね。トライアウトは、基本的には編成がもともとマークしていた選手をチェックするのが目的らしいから、ノーマークの選手が活躍しても、なぜかどこからも声がかからないということも、珍しくはない。もしかしたら、宇土の評判の悪さがネックになって、他球団が及び腰になった可能性もあります」

「そういう理由なら、何度受験しても合格しないということも、ありうるのではないですか」

「ありうるでしょうね」

大浦はあっさりと言ってのけた。

「でもだからと言って、あの才能を眠らせるのはもったいない。もちろんあいつ自身が野球を諦めてかたぎの仕事をしたいって言い出したり、あいつのストレートが衰えたと、おれが感じたのなら別ですよ。ですが、あいつは自分がまだやれると信じているし、おれもそう思う。だから挑戦する価値は、十分にあります……ありました……って、過去形になってしまうのかな……もう」

立ち昇る紫煙の行く末を見つめ、寂しげに目を細める。

「そうはさせません。宇土の無罪を勝ち取って、また野球をやらせます」

「そうですね。9回裏2アウトからの逆転だって、ありえますしね。最後まで諦めちゃ、いけませんね……いかんな。いかんいかん。歳を取ると妙に達観して、と言えば聞こえはいいが、諦めが早くなってしまうなあ」

大浦は自分の頭をぽんぽんと叩いた。

「大浦さんの場合はなぜ、野球を諦めたんですか。引退しようと思ったきっかけなどは、あるんですか」

「榊監督に、もう辞めるべきだと言われたからです」

訊くべきではなかった、という思いが、中垣の顔に出てしまった。

大浦は鷹揚《おうよう》に手を振る。

「いや、潮時だと自分でもわかってはいたんです。膝が限界でしたからね。それでも騙し騙しプレーしていたんですが、榊さんにはっきり指摘されたことで、踏ん切りがつきました。ですから恨んではいません。あの人には、悪気もなかったでしょうしね。ただ、あの人は自分の一挙一動が選手にどれほどの影響を与えるのか、自覚していないふしがありました。天才ゆえの無邪気さ、無邪気さゆえの残酷さ、とでも言いますかね。私のようなロートルなら構いませんが、思ったことをすぐに口に出してしまうあの人の性格に、若手は振り回されたでしょうね」

「辻野さんのように、ですか」

大浦は頷きの代わりに、寂しげな微笑を浮かべた。

「辻野さんという方は、現在なにをなさっているのでしょうか。連絡先はご存じですか」

「知っていますが、あいつはなにも話しませんよ」

「そうかもしれませんが、駄目でもともとでコンタクトしてみたいと思います。ぜひ連絡先を――」

話の途中から、大浦はかぶりを振っていた。

「無理なんです。そういう意味ではないんです。辻野は戦力外通告の二年後、自殺しました。そのことで榊さんをどうこう言うつもりはないですよ。アストロズ以外に入団していたとしても、あいつがどうなったかはわからないし、結果は同じだったかもしれません。ただ、野球馬鹿から野球を奪っちまうと、そんなもんだってことです……」

大浦は煙草を何度も何度も、灰皿に擦り付けた。

10

坂道で自転車を立ち漕《こ》ぎしていると、左の夜空に大きな花火が開いた。少し遅れて届いた爆発音が、下腹に響く。

「うおっ、でかっ！」

前を行く松田がサドルから伸び上がった。

「ってか、もう始まっとるとやな。急げ中垣！」

坂道を昇り切ると、島原港まではなだらかな下り坂だ。二人はペダルから足を離し、重力に任せて坂を下った。チェーンの空回りする音がする。顔にぶつかってくる風が心地よい。

花火大会の会場に近づくと、見物客が増えてきた。人ごみを避けて、国道から裏道に入る。空き地の前に自転車を停め、会場へと急いだ。

待ち合わせ場所のコンビニの駐車場には、すでに野球部の面々が集まっていた。

「おうい。おまえら、なにしよったとや。遅かぞ」

二人の接近にいち早く気づいた矢加部が手を上げる。

「ごめんごめん、家でウンコしてたら遅くなった」

猫背で手刀を切る年よりじみた動作をしながら、松田が駆け寄っていく。

「おまえ、人がカレー食うとるときにそんなこと言うな!」

プラスチックの容器を持ってカレーを立ち食いしていた河野が、げえと舌を出した。

「だいたい松田、なんでおまえが遅刻して来るとか。野球部の中では、おまえの家がここから一番近いやろうが。中垣も中垣ぞ。松田が遅刻せんように気をつけてくれって言うたろうが」

矢加部のお小言が始まる。新チームのキャプテンに任命されてから一か月。自覚が芽生えるのはいいことかもしれないが、やや気負い過ぎのきらいがある。最近の矢加部は妙に説教臭い。

「だってしょうがないやろうが。早めに迎えに行っても、ずっと家から出て来ないとやけん」

「ウンコしよったけんな。なんかいい感じに太いのが出よったとさ」

松田が両手で大きさを表現しようとする。

「言うなって言いよるやろうが！」

河野の怒りは半分本気のようだった。

島原北高校に入学して、二度目の夏が過ぎ去ろうとしていた。長い夏休みも明日で終わり、明後日から二学期が始まる。

「これで全員揃ったかな」

古瀬が指差し確認で人数を数える。

「あれ、まだやろう。梅崎と宇土と……あとは塚田」

中垣は真奈の名前をわざと最後に言った。本当は、合流してからずっと、その姿を探していた。

「あの三人なら、店の中におる」

矢加部がコンビニの方角を指差した。梅崎はレジで買い物をしていて、宇土は雑誌コーナーで週刊の野球雑誌を立ち読みしていた。その隣では真奈が、宇土の雑誌を覗き込みながらしきりに話しかけている。ときおり唇を動かす宇土は、少し迷惑そうにも見えるが、まんざらでもないといったふうでもある。真奈は白地に赤い花びらをあしらった浴衣《ゆかた》を着ていた。珍しく化粧をしているらしく、唇がつやつやと光っている。

中垣は最初、胸の高鳴りを覚え、次の瞬間に胸が苦しくなった。胸の高鳴りはめかしこんだ真奈の美しさにときめいたからで、胸が苦しくなったのは、宇土と真奈が楽しそうだったからだ。真奈の頰が紅いのは、化粧のせいではないのかもしれない。

店のほうに駆けていった松田が、二人の前のガラスをこんこんと叩く。宇土の唇は「来たか」と動き、真奈の唇は「遅ぉい」と動いた。雑誌を棚に戻し、店を出てくる。

全員でぞろぞろと港のほうに向かった。無数の人影の向こうに有明《ありあけ》海が広がり、海上から打ち上げられた色とりどりの花火が乱れ咲く。

「ひょおっ、テンション上がるわぁっ」

松田がその場で軽く飛び跳ねる。

「夏も終わりやな」

眼鏡を押し上げた矢加部は、妙に老成した声音《こわね》で呟いた。

「なにしみじみしとっとや。三年生も引退したし、いよいよおれらの天下やないか」

矢加部の肩を抱いたのは、梅崎だった。

「でもさ、そうなると卒業もすぐやね」

古瀬が拗《す》ねたように唇を尖らせる。

「なに言いよるか。あと一年以上もあるとぞ」

中垣が笑っても、古瀬の下がった眉は上がらない。

「一年なんてすぐたい。そしたらさ、もうこうやって、みんなで花火ば見ることもないとで」

やたらと悲壮感のある口調がおかしかったのか、真奈が口もとを手で覆う。その拍子に、中垣の鼻孔をなにかの花の匂いがかすめた。

「どうしたとね……古瀬くん」

真奈は気遣わしげに小首をかしげた。

「そうぞ。どがんした、古瀬。悩みのあるとなら、おっちゃんに相談してみろ」

河野に頭を撫で回されて、古瀬が鬱陶しそうに手を払う。

「悩みって言うか……なんか寂しいやっか」

「寂しい？　おいは楽しかぞ」

古瀬に顔を向けながらも、松田は上空で弾ける花火にちらちらと気を取られている。

「おいも楽しいさ、もちろん。だけん、寂しか……だってみんな、高校卒業したら島原ば出ていくとやろう」

「当たり前やっか。大学もないとやけん。こがん田舎に、いつまでもおらるっか」

しかめっ面の河野は、それ以外の選択肢などありえないと言わんばかりだ。

だが、古瀬にとっては違ったらしい。

「おいは、親の工務店ば継ぐことにしたけん」

「大学受験しないとか」

矢加部が眼鏡の奥で目を丸くした。

頷く古瀬は、ほとんど泣き出しそうだった。

「こうやってみんなで花火ば見られるとも、来年で最後たい。そう思ったら、なんかやっぱ寂しか」

「なに言いよるか古瀬！　青春ははかない！　はかないからこそ美しい！」

松田が片手を腰に当て、もう片方の手で古瀬を指差す。

「なにしょうもないこと言いよるとか。相変わらず馬鹿やな、おまえは」

中垣が突っ込むと、真奈がくすくすと笑った。

「馬鹿は否定せん。でも、おいの言うとることは間違いなかぞ。あと一年、青春ば燃やし尽くそうぞ、古瀬」

松田が抱きつくと、じゃれ合いが始まった。

そのとき、ひときわ大きな爆発音が上がり、夜空に巨大な枝垂《しだ》れ柳《やなぎ》が現われた。漆黒に金色の筋を無数に引きながら、有明海に降り注ぐ。

ふと見ると、真奈が合掌《がっしょう》していた。

「塚田、なにしよるとか」

中垣は訊いた。

「お祈りしよったと。島北野球部が甲子園に行けますようにって」

予想外の答えに笑ってしまった。松田を振り向く。

「おい松田、おまえより馬鹿のおったぞ。花火と流れ星ば混同しとるとの」

「なんね、別にいいやろうもん」

真奈が手を振り上げ、叩く真似をする。

「ああ」

当の松田は上の空だ。うっとりと花火に見入っている。

爆発音が連続し、無数の大輪が重なった。

「綺麗かねえ」

真奈も動きを止め、夜空を見上げる。

「うん……綺麗か」

中垣は花火を見るふりをしながら、オレンジ色に照らされた真奈の横顔を盗み見ていた。

11

井戸川護《まもる》がフロントの前を通ってラウンジに入ると、一番奥でソファーに腰かけた男と目が合った。向こうはこちらの顔を知らないはずだが、立ち上がり、会釈をしてくる。

「いやあ、どうもすみません。待たれましたか」

井戸川は頭をかきながら、早足で男に歩み寄った。待ち合わせ時間にはまだ十分ほどある。だが、男は待ちかねたという雰囲気を漂わせていた。自分の話に耳を傾けようとする人間が現われて、気持ちが逸《はや》っているのかもしれない。

穂積和明だった。プロ野球球団東京アストロズの元球団社長で、現在は講演や執筆などの活動を行なっているという。ダブルのスーツに、金の腕時計。榊龍臣と同じ年齢らしいからとうに五十を超えているはずだが、ふわりと後ろに流した髪の毛も豊富で、肌艶もよく、若々しい印象だ。端から見たら、年下の井戸川のほうが、ひと回り近く年配に見えるだろう。

「いえ、早く着き過ぎてしまったものですから」

名刺交換を済ませると、穂積は対面のソファーを勧めた。

「この近くにお住まいなのですか」

井戸川は周囲を見回した。穂積が会合場所として指定したのは、恵比寿《えびす》ガーデンプレイスの中にある高級ホテルのラウンジだった。ちらほらとソファーを埋める利用客の身に着けた衣服も振る舞いも、どことなく上品な印象だ。フロントの従業員が、くたびれた安物のスーツを咎めるような眼をしていたように思えたのは、気後《きおく》れし過ぎだろうか。

「近く、と言えば近くですね。自宅は広尾《ひろお》です」

「ほおっ」

広尾と言えば恵比寿以上の高級住宅街だ。すでに辞めたとはいえ、やはり日本一の人気球団の社長となると住む世界が違うのだなと、感嘆の息が漏れた。

「それで、例のスキャンダルについて話を聞きたいとか」

穂積は身を乗り出し、顔の前で手を重ねた。一刻も早く本題に入りたくてしょうがないという雰囲気だ。

「ええ、そうなんですよ。昨年の十月半ば、亡くなった榊監督についてのスキャンダルが、週刊誌等で報じられましたよね」

「はい。ちょうどペナントレースを終えて、優勝したアストロズにとっては日本シリーズを控えた大事な時期でした。選手は動揺したんじゃないでしょうか」

「率直に聞きます。あなたは、それを狙っていたのではないですか」

穂積は虚を衝かれた様子だったが、すぐに冷静さを取り戻したらしく、神妙な顔つきになった。

「リークした人間はそれを狙っていたのかもしれませんが、私は違う。かりにも球界に身を置いていた人間です。選手のことを第一に考えている」

「週刊誌にリークしたのは、あなたではないと」

「誓ってもいい。私ではありません」

胸に手をあてる仕草はやや芝居がかっているものの、白々しい印象はない。

「しかし、世間はそう思っていませんよね」

「世間というより、アストロズ球団がそう思っていない、ということではないですか。あの件を調べていらっしゃるのなら、榊さん名義で球団ホームページに掲載された声明文も、お読みになったんでしょう」

「読みました」

スキャンダル発覚後、アストロズのホームページには榊龍臣名義で声明文が掲載された。不倫の事実を認める記述で始まり、しかし妻には真実を告白して謝罪し、すでに赦《ゆる》されていることや、一億円を支払った相手を暴力団関係者と知らなかったなどの弁明が続き、最後に「穂積さん、引き返すなら今です」という名指しの警告で締め括られていた。

「あれは榊さんの言葉というより、オーナーの指示だと思いますが、とんでもない言いがかりです。あの後、私もマスコミの取材を受けてリークを否定したんですが、榊監督の声明文は大きく報じられたのに、私の否定コメントはほとんど黙殺された。そういう情報操作が行なわれたせいで、世間ではまだ、私の仕業だという見方が根強い」

「ですがあの声明文を読む限りでは、榊さんは……それがオーナーの指示によるものだとしても、少なくとも、あなたがリークできる状況にあったと判断している。つまりあなたは、金銭の授受について事実を把握していた」

井戸川が水を向けると、穂積はあっさりと肯定した。

「それについては、認めますよ。税金などの事務処理もありますから。まったく知らなかったと言うほうが不自然でしょう」

「榊さんが相手を暴力団関係者だと知らなかったというのは」

「こういう場合は、黙秘権が認められるんですかね」

「わかりました……」

井戸川は目尻に皺を寄せた。

「それではアストロズの関係者で、いったい何人ほどが週刊誌にリークできる状態にあったのでしょうか。つまり、金銭の授受について、どれほどの人間が把握していたのか、ということですが」

「オーナー、榊さん、私、あとは数人の役員しか知らなかったはずです。もっとも、彼らの中に不正を内部告発し、球界を浄化しようなどという高邁《こうまい》な精神を抱く人間など、いないはずですが……自分の首を絞めるようなものです。もしもそんなことをしたのがオーナーに知れたら、私のように排除されるだけだ。榊さんやオーナーはたぶんそういう消去法で、私がリークしたと判断したんでしょうね」

「なるほど。黙っていれば甘い汁を吸っていられるのに、わざわざ危ない橋を渡る理由などない、ということですね」

「そういうことです。オーナーに楯突《たて》けばどうなるか、私を見てよく知っているんですから。上層部の役員連中が、そんなことをするはずがありません」

「しかし、リークしたのはあなたではない」

「違います。私はあんなのより、もっと大きな爆弾も持っていますけどね。この業界、魑《ち》魅魍魎《みもうりよう》の跋扈《ばっこ》する伏魔殿《ふくまでん》ですよ」

穂積は不敵に微笑んだ。

第三章　穢《けが》されたバット

1

アクリル板の向こうで宇土が椅子を引くや、中垣は訊いた。

「宇土、事件の起きた夜、おまえが被害者と会った店は田園調布の『ピエロ』という飲み屋やったな」

「ああ……そうだ」

「夜十一時には、被害者と合流した。それで間違いなかな」

「早めに着いたけん、何分か前やったかもしれんが」

「遅くとも、十一時には合流しとった」

「そうたい。それが、どうかしたとな」

ボールペンを走らせる弁護人の手もとを、宇土は不思議そうに覗き込んだ。

「合流した後、『ピエロ』に直行したわけじゃないとやないか。もしかしたら、最初は別の店に行こうとしとったとか。しかしその店が閉まっとったけん、『ピエロ』に行き先を変更した」

「そうやけど……そがんこと、そこに書いてあるとやないとか」

宇土がカウンターの資料を視線で示す。

「いいや。書いてない。供述調書には、捜査機関に都合のいいことしか書かれんけんな。もしおまえがそのことを言うたとしても、事件には関係ないと判断されて、調書に反映されんかったとやろう」

「それなら、なんでおまえが、そのことを知っとるとか」

まだ種明かしをするつもりはなかった。

「たぶんその店の名前は『ルクソール』じゃないか……たぶん、じゃないな。ぜったいそうやろう」

「さあ、店の名前までは……」

宇土が自信なさそうに首をかしげる。

「その店の外観がどんなやったか、言うてみろ」

「ぱっと見、店やとは思わんかったな。周りにも店はなくて、民家ばっかりやったし。塀に囲まれた敷地の中に、木がたくさん生えとった。店の入り口までは石畳のアプローチが続いとって、建物自体は真っ白な四角い建物で、壁にはいくつか、小さな四角い小窓があって……」

「これか」

中垣は写真をアクリル板越しに見せた。デジカメで撮影したデータを、プリントアウトしたものだ。

「そうだ。ここだ」

「間違いなか。ここが『ルクソール』たい」

「そういう名前やったとか……だが、なんでおまえがそのことを知っとるとな。おいと榊さんが、『ピエロ』に行く前にそこに行ったたって」

「現場まで足を運んでみた。『ピエロ』の経営者・内海久恵《うつみひさえ》の供述調書によると、おまえと被害者が店に来たのは十一時十五分ごろということになっとる。ところが田園調布駅から『ピエロ』までは、普通に歩けば三分ほどの距離しかない。つまりおまえたち二人は、最初は別の店に行こうとしたものの、そこが閉まっていたなどの事情で、行き先を変更したと考えるのが妥当だ。世間に顔を知られとる被害者は、道端で長々と立ち話するようなことを好まんやろうしな」

「それだけで、最初に行こうとした店が『ルクソール』だと、ようわかったな」

「事件の起きた日に店を閉めとったという条件で、絞り込むことができる。その日は土曜日たい。普通の飲食店なら、土曜日に店を開けんということは、まずない。被害者もそう考えて、『ルクソール』におまえを誘ったとやろうな。ところが『ルクソール』の店主は体調を崩して、事件の前後二週間ほど店を閉めとった」

中垣は続けた。

「それ以外にも『ルクソール』を特定した条件はある。十一時に合流して、十五分後に『ピエロ』に入店。駅から『ピエロ』までは徒歩三分、という距離的時間的な条件に加え、あとは……方角、やな」

「方角……」

「そうたい。駅から見て被害者の自宅、そして殺害現場へ向かう方向にある中で、距離的時間的条件に合致する店を探した」

「どういうことな。おいには、話が見えてこないが」

「おまえの無実を証明するためには、検察の請求した証拠を、一つひとつ覆していく必要がある。細かく言えばたくさんあるが、争点としての大きな柱は二つ。被害者と会うた時点で、凶器のバットはおまえの手もとにはなかったということ。そして、被害者の死亡推定時刻である午前一時半から二時半の間に、被害者とおまえが一緒にいなかったこと。この二点を証明することができれば、勝てる」

「勝てる」という語句を、意識的に明瞭に、語気を強めて発音した。

「とくに後者の、死亡推定時刻に被害者と一緒ではなかったということの証明が鍵になると、おれは思うとる。それが証明できさえすれば、犯行は事実上、不可能になるけんな。ところがこれには目撃者がおる」

中垣は甲十三号証、目撃者・野島彰人《のじまあきと》の供述調書をめくった。

「事件当夜、目撃者は午後十時にはいったん就寝したものの、目が覚めてしまったため、自宅のベランダに出て煙草を吸っとった。目撃者の自宅は、分譲マンションの二階だ。そのとき、目の前の路上を被害者が多摩川河川敷方面へと歩いていくのを見かけた。被害者は自転車を押した男と一緒やった。被害者とは町内会のバザーなどで会話をしたことがあり、その影響もあって熱狂的なアストロズファンだった目撃者は、自転車の男がかつてアストロズに投手として在籍した宇土健太郎だということにも、すぐに気づいた。いったんは被害者に声をかけようとした目撃者だったが、煙草を吸っていたためにそれをしなかった。被害者が禁煙しており、チーム内に禁煙令を敷くほどの嫌煙家になったことはスポーツニュースなどで知っとったからだ。目撃者は、被害者がかつての部下を自宅に招いたのだと思い、二人が一緒にいることを別段不審には思わんかった。被害者の自宅と、殺害現場である多摩川河川敷の方向は同じだった。被害者は煙草を吸い終えると寝室に戻り、時計を確認した。深夜一時だった」

調書の内容を要約して伝えると、中垣は顔を上げた。

「目撃者宅から被害者とおまえが通過した路上までの距離は、せいぜい三、四メートルといったところだ。夜はそれほど明るい場所ではないが、目撃者は被害者と面識があるので、別人と見間違えたという可能性は考えにくい。アストロズの熱狂的なファンやったということで、自転車の男がおまえやったというのも、おそらく間違いないやろう。だが、おまえたちが歩いて行った方角には、『ルクソール』がある」

宇土の瞳に、驚愕《きょうがく》の色が差した。

「いったん就寝し、煙草を吸った後すぐにまた床についた目撃者にとって、時間を確認する手段は室内の時計だけやった。そんなもん、壊れたり、時間が狂ったりすることは、いくらでもあるやろう。補強証拠としてコンビニエンスストアの防犯カメラ映像が証拠調べ請求されとるが、映像を確認してみたら、被害者はなんとかそれとわかっても、隣を歩く自転車の男は、とてもそれだけで誰と判別できるような解像度ではなかった」

「それなら、その目撃者が時刻を勘違いしたことば、証明できればいいとか」

「そうだ。ところが、これがなかなか難しい。現場に行ったときに目撃者宅を訪問してみたが、榊監督殺しの犯人を弁護するようなやつとは会わん、と面会を拒否された。供述調書によると、目撃者が時計を確認したときには、部屋の照明を点灯しとったようやしな。被害者と面識はあるものの、特別に利害関係がある仲でもないから、偽証するとも考えにくい」

目撃者宅を訪問したときのことを思い出し、中垣は顔を歪めた。

扉の端にアストロズのステッカーが貼られているのを見つけたときから嫌な予感がしたが、目撃者の野島は難物だった。インターフォン越しに来意を告げると、無言で通話を切られた。それでも呼びかけを続けていると、二人組の制服警官がやってきた。野島が一一〇番通報したらしかった。弁護側とはいっさい接触しないという意思表示のつもりだろうか。

「大丈夫や。まだ凶器のバットがある。昨年十一月の時点で、おまえが被害者にバットを返しとったことが証明できれば、なんとかなるはずたい。おいに任せとけ」

宇土の表情は変わらない。変わらないよう、自らを保とうとしているようだった。

2

エントランスをくぐると、薬品の匂いが鼻をついた。

「こんにちは」

入ってすぐの総合窓口に座る白衣の女性と親しげに挨拶を交わし、宇土が階段に向かう。中垣が物珍しげに周囲を見回していると、振り向いた。

「どげんした」

「いや、病院なんてあんまり来ることはないけんさ。なんか、おもしろかね」

「病人にそんなこと言うたら怒られるぞ。まあ、おいも自分が病院にかかることはないけどな」

階段をのぼり、廊下を進む。宇土の足取りに迷いはなかった。

やがて宇土はある病室の前で足を止め、扉をノックした。扉の脇には病室番号の下に、『宇土さつき』と油性ペンで書かれたプレートが差し込まれている。出会って二年以上経つが、そのとき初めて宇土の母親の名前を知った。

「はい」と扉の向こうから女性の声が応える。宇土に続いて病室に入った。

さつきはベッドの上で、上体を起こそうとしていた。ニットキャップをかぶっているのは、治療の影響で髪の毛が抜け落ちたせいだろう。身体を支える腕が、枯れ木のように細い。今にも折れてしまいそうな気がして、中垣ははらはらした。

「横になっとってよかって」

駆け寄った宇土が、母を気遣う。

「大丈夫やけん。あんまり身体ば動かさんとも、よくないやろう」

息子の手を払うと、さつきは部屋の入り口に立つ来訪者に微笑みかけた。

「こんにちは。健太郎の母です」

「こんにちは。はじめまして、中垣拓也といいます。あの、これ……」

中垣はおずおずと白いビニール袋を差し出した。中には大量のびわが入っている。食欲がないときでも、フルーツなら食べられるという話を聞いて、自宅から持ってきた。

「あらまあ、こんなにたくさん」

ビニール袋を覗き込みながら、さつきが笑った。

「茂木《もぎ》に住んどる親戚がおるとです」

「茂木びわは有名やもんねえ」

手に取った一つをビニール袋に戻すと、「どうもありがとうね」とサイドボードに置いた。

「中垣くんのことは、いつも健太郎から聞いとるとよ。変化球の握り方とかいろいろ教えてくれて、ピッチングの師匠やって」

「余計なことは言わんでよか」

宇土が不服そうに唇をすぼめる。

「なんね。よかやろうもん。たまには家族以外とも話をさせてよ」

「わかっとるさ。だけん、中垣ば連れて来たとやろう」

「なら邪魔せんで早うお客さんにジュースどん買ってこんね」

「なんでおいが中垣のために……」

「よかけん行きなさい。中垣くん、なにを飲むと」

「あ……じゃあ僕、自分で買いに――」

「よかとよかと。うちの子に何種類か適当に買ってこさせるけん、その中から選びなさい」

「なんでおいが――」

「早よ、行ってきて」

野球部の絶対的エースも、母親の前では形無しだ。宇土はぶつぶつ文句を言いながら、病室を出ていった。

「どうぞ、座らんね」

ベッドの横の丸椅子を勧められ、中垣は腰を下ろした。

「うちの子と仲良うしてくれて、ありがとうね」

「いえ……こちらこそ」

「ちょっと癖のあるやろ。あの子」

さつきが、宇土の出ていった扉のほうを見る。

「別に、そんなことは……」

「いいとよ、変に気を遣ってくれんでも。あの子は昔っから、一度こうと決めたら人の言うことはぜんぜん聞かん、強情《ごうじょ》っぱりやったけん……高校ば選ぶときにも、島原北で甲子園に行けるけん、心配せんでも大丈夫の一点張りさねえ」

呆れたような口ぶりだが、どこか嬉しそうでもあった。

「その話、宇土から聞きました」

「優しいところもあるとけどね。でも、ああいう性格やけん……野球の強いところならあれでもいいとやろうけど、島原北は――」

一瞬、考える間があった。

「そんなに野球に力入れとる学校じゃないやろう」

言葉を選んでくれたらしい。中垣は苦笑した。

「そんなところに入って、甲子園甲子園て喚《わめ》きよったら、周りから浮き上がるとじゃないかって心配しとったとよ」

まさしくその懸念は的中している。NHK杯の二回戦で長崎京明大付属にコールド負けを喫し、試合終了後のベンチでいざこざがあって以来、野球部はずっとぎくしゃくしていた。宇土とほかの三年生部員の間には、高い壁ができ始めている。河野に至っては、あからさまに宇土を無視していた。夏の甲子園県予選開幕が三週間後に迫っているが、とても上位進出を狙えるようなチーム状態ではない。

だがそんなことを、病床のさつきに悟られるわけにはいかない。

中垣は懸命に笑顔を作った。

「宇土はチームに馴染んでます。あいつの影響で、みんな一生懸命練習するようになったし。宇土を中心にチーム一丸となって、今年こそ甲子園に行けるよう頑張ります」

我ながら歯の浮くような優等生発言だと思う。だが、今のさつきには、希望が必要だ。それが宇土の焦りに繋がったのだと考えると、あのとき、一言でも擁護してやれなかった自分の不甲斐《ふがい》なさが情けなくなる。

宇土の母親の病状が悪化し、入院を余儀なくされていることを知ったのは、つい昨日のことだった。中間試験のため部活が休みになり、中垣は宇土を遊びに誘った。どこでなにをするかはまったく考えていなかったが、とにかく宇土と話をする必要があると焦っていた。すると宇土が、白山《はくさん》病院に行こうと言い出したのだった。

「ありがとうね、中垣くん」

すべてを包み込むような、穏やかな笑みだった。なんとなく、母は息子の苦境を知っているのではないかという気がした。

「あの子が小学校二年生のころ、誕生日プレゼントにグローブを買《こ》うてやったことのあってね。しばらくはグローブを抱いて寝たりして、こっちが驚くほど喜んだと。それからはずうっと野球一筋さね。暗くなるまで練習して、ご飯のときも野球の話ばっかりで……勉強のためにはぜんぜん本を読んだりせんくせに、野球関連の本を読むのだけは苦にならんらしくてね。甲子園に行く。甲子園に行って、プロ野球選手になるって、言い続けよったと。それこそ、この子は病気じゃなかろうかて、疑ってしまうほどに。本当にそんな才能のあるとかは、私にはわからん。でも、できる限り応援してやりたいって、思うとった。だけん、あの子が島原北に進学するって言い出したときには、申し訳なくてね」

伏し目がちな頬に表われた憂いを、微笑みがかき消す。

「でも、最近のあの子はすごく楽しそうにしとるけん、ほっとしとったと。チームメイトが一生懸命練習するようになったけん、レベルの上がってきた。これなら本気で甲子園に行けるかもしれんよ……ってね」

「頑張ります」

身の引き締まる思いだった。

「いいとよ、甲子園には行けんでも。勝負ごとは時の運だってあるやろうしね。ただ頑張っとるところを見れれば、私はそいで満足やけん。中垣くんまで、変にプレッシャーを感じることはないと」

「プレッシャーなんて……おいはしょせん、宇土の控えピッチャーやし」

卑屈と受け取られるかもしれないが、紛れもない事実だ。

「健太郎は中垣くんを頼りにしとるし、危機感ば持ってもいるとよ」

「そうなんですか」

意外だった。宇土にエースの座を奪われて以来、実力差は広がる一方だった。

「そうよ。最近、中垣くんは横から投げるようにして、コントロールと変化球の切れがようなったけん、おいもうかうかしておられんって言いよった」

「同じオーバースローやったら、勝負にならんけん……」

中垣は春先から、サイドスローのフォームに挑戦していた。才能溢れる男の成長を目の当たりにするうちに、同じ投法ではいよいよ自分の存在意義がなくなると思った。ストレートの伸びでは、どうあがいても宇士に敵わない。制球と変化球の切れに、活路を見出そうとした。

「中垣くんがおるけん、今の自分があるって、健太郎は感謝しとると。素直に自分の気持ちを表現できる子じゃないけん、なかなか伝わらんかもしれんけど」

「そう……ですね。そんなことを思うとるなんて、ぜんぜん」

微笑みの交換の後、さつきが言う。

「あの子は不器用な子やけん。野球でしか表現できんと。私を励ますことも、中垣くんに感謝をすることも、一生懸命プレーすることでしか表わせないと。そんなにいろんな思いを背負わないで、自分のためだけに楽しんで野球したらいいとにって、私は思うけど、しょうがなかね。野球はあの子の言葉やけん。だけん、あの子にはずっと野球ば続けさせてやりたか。もし私がいなくなっても、ずっと……」

自らの死期を悟っているかのような発言だった。返す言葉が見つからない。しんみりとしてしまった空気を振り払うように、さつきが笑った。

「ごめんね。変なことば言うて」

「いえ。とんでもない」

話を聞けてよかったと思う。宇土がなにを考え、どういう思いで野球に取り組んでいるのかを知ることができて。

「ああいう子やけど、これからもよろしくね」

「はい。宇土のことは、おいに任せてください」

そのとき扉が開いて、宇土が戻ってきた。紙パックのジュースを四種類ほど、両手で抱えている。

「買うて来たで。中垣の好きそうなとば、選んできたけど」

目の前に差し出された中からカフェオレの紙パックを選ぶと、宇土は「やっぱりな」と得心顔になった。

「それ、学校の購買部で売っとるもんな」

自らはフルーツオレの紙パックにストローを刺し、チューチューと音を立てる。

「そいで……おいがおらん間、二人でなんの話ばしよったとね」

丸椅子をベッドの近くに運びながら、宇土はチームメイトと母を交互に見た。

「内緒たい」

「なんねそら、教えてくれてもよかろうもん」

「駄目」

共犯者の笑みが中垣に向けられた。

3

「で、そちらの方針に変わりはないのかな。全面否認……ということで」

吉川はちらりと視線を上げた。

「ええ、その通りです」

中垣が頷くと、かすかに唇の片端が吊り上がる。ソファーに座り直し、脚を組み替えた。

公判前整理手続に臨むにあたり、検察官と弁護人で事前に打ち合わせをし、争点を整理しておくのが通例だ。吉川から連絡を受けた中垣は、検察庁に出向いた。

二人は応接室のローテーブルを挟み、向き合っている。空調の作動音と、指先が書類をめくる音が、沈黙を埋めていた。

「こちらが請求した証拠については、どうかな」

組んだ脚の上で頬杖をついた吉川が、ペンを持つ手で顎を触る。

中垣は言った。

「甲五号証、七号証、九号証、十二号証、十三号証については、不同意とします」

それぞれ被害者の妻・榊久美子、アストロズ所属選手・大矢正親、クラブ『プレミア』店員・実松聖、スナック『ピエロ』経営者・内海久恵、目撃者・野島彰人の供述調書だった。

「まあ、そうなるだろうね」

吉川は予想通り、という感じに眉を上げた。

「それならこちらは各証人の、証人尋問を請求するが」

「それには同意します」

「で、争点としては……」

「犯行時、被告人は凶器であるバットを所持していなかった。そして被害者の死亡推定時刻である午前一時半から二時半の時点では、被告人はすでに帰宅しており、被害者とは一緒にいなかった。この二点です」

定規で引いたような吉川の眉が、わずかに歪んだ。

「そちらからは、なにか証拠請求する予定があるのかな」

「接見メモを証拠請求する予定です」

中垣は接見メモのコピーを差し出した。田園調布駅前で合流した榊と宇土が、直接『ピエロ』に向かったのではなく、一度『ルクソール』に足を運び、その後で行き先を変更した、という証言をまとめたものだった。

吉川が書面を手にとり、熟読する。

「これだけかね」

しばらくすると、笑いを堪えるような声で言った。

「被告人の取調を担当した、警察官の井戸川護氏の証人尋問も請求する予定です」

「なるほど。被告人は取調の際にも、接見メモにあるような事実を主張していた。しかし供述調書には、それが反映されていなかった……と言いたいわけか。だがそれだけでは、苦しいのではないかな」

「ほかに被告人の無実を裏付ける証拠がないか、現在調査中です」

「おいおい大丈夫かな。余計なお世話かもしれないが、公判前整理手続までは、もう二週間を切っているが……」

「ご心配には及びません」

「相変わらず強気だな。まあ、人権派の弁護士さんの、お手並み拝見といこうか」

吉川は冷ややかに微笑んだ。

およそ一時間の打ち合わせを終えて検察庁を出ると、中垣は真奈の携帯電話を鳴らした。

「中垣くんお疲れ様、どうやった？」

「うん。まあ……ぼちぼちたい。それより、そっちはどうな」

「今のところ成果はないかな。ごめん」

真奈は自由が丘のクラブ『プレミア』周辺で、宇土を見かけたという目撃者を探していた。そのときの宇土がバットの入ったケースを所持していたという証言が得られれば、宇土が榊にバットを返却したという供述の裏付けになり、犯行時に宇土が凶器を所持していなかった事実の証明になる。

「まだ二週間ある。気にするな。そんなことより、駆り出して悪いな」

「ううん、大丈夫。家にこもっとるより、身体を動かしとるほうが気が楽やもん。それに、大浦さんが率先して聞き込みしてくれらすけん、私はそんなに働いてないと」

少しだけ元気を取り戻したような声に、中垣は救われた気分だった。

「そうか。それならよかった。大浦さんもありがたかな」

大浦は、宇土のためになにかできることはないかと申し出てきた。目撃者探しの件を話すと、ぜひ協力したいと言ったのだった。店の経営は、妻と義弟に押し付けているらしい。

「おいもこれからそっちに向かうけん――」

真奈の声に遮られた。

「あ、あとね、中垣くん」

「どうした」

がさごそと大きな物音がした。

「おいっ、塚田。どげんしたとや」

呼びかけてみても返事はない。ノイズの隙間から「やめて」という声が聞こえた。

「大丈夫か！　どうした、塚田っ！」

何者かに襲われたのか。真奈の自宅には相変わらず誹謗《ひぼう》中傷の手紙や嫌がらせの電話が続いている。とはいえ、真奈の顔までが報道されたわけではない。

なのに、どうして。そばに大浦はいないのか。

「塚田！　塚田！」

電話口に男の声がした。

「おい中垣！　水臭いやないか！」

松田だった。どういうわけか、真奈と一緒にいるらしい。

「松田……なんで」

全身が脱力して、その場にへたり込みそうになった。

「なんではこっちの台詞《せりふ》たい！　おまえさ、なんで人手が必要になったとにおれらに声かけんとか！」

真奈たちと一緒に、聞き込みをしてくれているらしい。

「だって、おまえ……病院はどうするとな。忙しかろうが」

「そうやけど、時間を作ることはできるぞ！」

ふたたびがさがさと音がした。

「おれやったらいつでも暇ぞ！　どうして真っ先に、おれに声かけんかったとか！」

矢加部だった。

「舞台で刑事役ばやったこともある。聞き込みて言うたら、おれ以外に考えられんやろうが」

「芝居と一緒にするなや」

中垣が笑っていると、今度は河野の声に代わった。

「高校の三年間、同じ部活やったよしみのある。おまえと宇土と塚田が困っとるとに、助けんわけにはいかんやろうが。なんのために、有給のあるて思うとるとか」

ふいに鼻の奥がつんとして、声が出せなくなった。

「おまえは昔からそうやな。なんでも抱え込んで、一人で解決しようとする。まったく……何様のつもりやって」

呆れたような声だった。

「おれに代われ」「うるさい」というやり取りが聞こえ、またもや松田の声がした。

「そういうわけで、こっちは任せろ。おまえは、ほかにいろいろやらないといけんことのあるやろうが」

「馬鹿野郎」

ようやく声を出すことができた。

「五人もぞろぞろやって、聞き込みしよるて言うとか。そんなに頭数のおるとやったら、ほかにやって欲しいことのたくさんある」

中垣は濡れた目もとを拭った。

4

四時間目の授業が終わると、松田が歩み寄ってきた。

「中垣、行こうぜ」

ズボンのポケットに両手を突っ込み、廊下のほうへと顎をしゃくる。

「昼飯は……」

「食べたいなら、弁当持ってこいよ。部室で食えばいいやっか」

中垣は弁当包みを持って立ち上がり、歩き出したチームメイトを追いかけた。

「しかしなんやいきなり」

隣に並びながら訊いても、松田は首をひねるばかりだ。

「さあな、おいもようわからん」

一時間目が終わった後の休み時間に、矢加部がやって来た。各クラスをまわって三年生部員全員に用件を伝えてまわっているらしく、「昼休みに部室でミーティングするけん」とだけ言い残すと、足早に隣のクラスへと去っていった。

下足箱で靴を履き替え、中庭を横切る。梅雨の晴れ間だった。ぎらぎらと照りつける日差しが、すでに鋭さを孕《はら》み始めている。

追いかけてきた古瀬が合流し、三人で歩いた。

体育館と校舎の間の通路を抜けると、各運動部の部室の扉が並ぶ、長屋のコンクリート造りが見えてくる。野球部の部室の戸は開いていて、矢加部の横顔が飛び出しているのが見えた。脱いだ靴を揃えているようだ。

「おうい、矢加部！」

松田が手を振ったが、聞こえなかったらしい。扉が閉まった。

サッシ戸を開くと、じとっと重量感のある熱気が溢れ出してきた。松田、古瀬に続いて靴を脱ぎながら、中垣は弁当を持参したことを後悔した。こんな暑くてじめじめしたところでは、一瞬で食べ物が傷《いた》んでしまいそうだ。少し悩んでから、部室の入り口に弁当を置いた。

部室には矢加部と河野、梅崎、それに真奈がいた。あとは宇土が来れば三年生全員が揃うことになる。一年生時に八人だった部員は、入部後ほどなく幽霊部員となった一人が退部届を提出し、七人になっていた。

「どうしたとや。いきなりミーティングなんて」

車座に加わりながら、中垣は訊いた。

「実はな――」

矢加部が口を開いたそのとき、扉が開いた。宇土だった。とたんに空気が重く淀んだ。

宇土は部員たちの顔を見回すと、首をすくめるような仕草をして、靴を脱いだ。

矢加部は眼鏡を直し、おほん、とわざとらしい咳払いをしてから、話し始めた。

「今日、みんなに集まってもらったとはほかでもない。夏の甲子園県予選開始まで、とうとう二週間になった。おれたち三年生にとっては、泣いても笑っても最後の大会になる。なのに最近、チームの和が乱れとるな」

全員が気まずそうにうつむいた。

「そこで今日は、もう一度団結を高めるための話し合いをしようと思ったとたい。一つになって、最後の大会に臨もう」

「話すって、いったいなにを話すとや」

あぐらをかくのも窮屈そうにしていた古瀬が、片膝を立てた。

「なんでもたい。古瀬、おまえはキャッチャーやっか。バッテリーば組んどる相棒として、宇土や中垣になにか言いたいことはないか」

「言いたいこと……」

古瀬は腕組みで、考え込んだ。

「なんでもいいと?」

「ああ、なんでも。今日はそのために、集まってもらったとやけん」

矢加部が促すと、古瀬はちらちらと宇土のほうを見やった。

「宇土にやけど、サインに首を振られることの多い……っていうことかな。それ自体はいいとさ。でも試合の後、どうしてあの球を投げたかったのか、宇土に確認しても、あまり理由を教えてくれんし。理由のわからんやったら、次の試合でどう組み立てたらいいとか、わからんやん」

うんうんと話を聞いていた矢加部が、宇土を見た。

「宇土。それにたいして、なんか言いたいことはあるか」

「勝負どころになると、古瀬は外角一辺倒たい。それに、三塁にランナーを背負うと、変化球のサインを出すのを躊躇する。パスボールをビビッとるのかもしれんが、だからと言うて直球しか投げんやったら、相手に読まれてしまう。スクイズもやりやすくなる」

「そう思うとるなら、そのとき言うてくれればいいやっか」

「言うとるつもりやったけどな」

「わかりやすく言うてくれんと、わからんて。おいは頭の悪いけん」

「まあまあ、古瀬。こうやって今、宇土の考えとることがわかったとやから、いいやないか」

矢加部に言われ、古瀬は「そうやけど」と唇を曲げた。

「それなら、おれもキャプテンに言いたいことのあるぞ！」

体育座りの松田が名乗りを挙げた。真っ直ぐ腕を上げ、妙に嬉しそうだ。

「なんだ」

矢加部は気圧《けお》されたように顎を引いた。

「ショートのポジショニングが後ろ過ぎる。普通のときも、前進守備のときも。キャッチングに自信のないけん、つい後ろに下がってしまうとかもしれんけど、あれじゃアウトにできる打球もアウトにできん。せめてあと一歩、前で守るべきやと思う」

「おまえ、中学まで素人やったくせに、言うようになったな」

不機嫌そうになる矢加部を、真奈が諌めた。

「そんなこと言いよったら、誰もなにも言えなくなるとやないと」

「そうやな。わかった。一歩前で守るように意識する」

「やった！　初めてキャプテンに意見してやった」

松田がガッツポーズを作ると、部室が笑い声に包まれた。

それからは活発な意見が交わされた。槍玉《やりだま》に挙がった部員は耳が痛そうだったが、言い争いにはならなかった。むしろ次第に空気がほぐれていった。

そして、河野が手を上げた。

「おいの叔母さんが、白山病院で看護師ばしよる」

野球と無関係な話題への飛躍に、部員たちはぽかんとなった。

そんな中で、中垣は一人、身をすくませていた。横目で見ると、宇土も表情を硬くしている。

河野は続ける。

「宇土のおふくろさん、入院しとらすってな」

「それが……野球部の話と関係あるとな」

宇土は眉間に皺を寄せ、すごむように声を低くした。

「まあ怒らんで聞いてやれ、宇土」

矢加部は河野のしようとしている話の内容を、あらかじめ知っていたようだ。

「宇土のおふくろさん、いつも叔母さんに言いよらすて。息子が甲子園に行くって約束してくれた。だけん、私も頑張って病気ば治さなん……って。どうしておれたちに、そのことば言わんとな」

「なんで言わないといかんとか」

「おれら友達やないか」

河野の肩に手を置いて、矢加部が話を引き継いだ。

「なあ宇土。隠したかったとなら申し訳ない。だけどこうやって、河野の叔母さんづてに話ば聞いてしもうた。聞いてしもうたら、放っておけんとたい。おれらは同じ野球部のチームメイトであり、おまえの友達でもあるけん。たしかに、おれらは頼りにならんかもしれん。島原北高野球部は、完全におまえ中心のチームたい。おれらとおまえでは、選手としての格が違い過ぎる。でもな……それでも、おまえ一人で野球はできんとぞ。物足りんかもしれんし、ときには足を引っ張ったりもするけど、それでもおれたちは、おまえを支えようとしとるし、それができないなら、チームが勝つこともなか。病気のおふくろさんば勇気づけるためのおまえの戦いに、おれたちも加勢させてくれんか。おまえ一人じゃない。おまえの後ろには、おれたちがおる」

おもむろに立ち上がった河野が、宇土に歩み寄った。そして、こくりと首を折った。

「すまんかった。本気で甲子園を目指しとるやつなんか、おまえ以外におらんなんて言うて。たしかに最初はそう思っとった。でも、おまえのピッチングば見とるうちに、もしかしたら夢じゃないかもって、そう思うようになった。あんときあんなことを言うたとは、負け惜しみたい。悔しかった。もっといい試合ができると思うとったとに、おいはあの試合で3三振するし、エラーするしで、悔しくて悔しくてしょうがなかった」

無表情で話を聞いていた宇土が、すっと右手を差し出した。

「おまえのサードの守備は、信頼しとる。次は京明大に、一泡吹かせてやろうたい」

「宇土……」

「おれも言い過ぎた。ごめん。負けたとが悔しくて、頭に血の昇っとった」

固い握手が交わされた。

「おれも混ぜろ」

すかさず立ち上がった松田が、結ばれた手の上に自分の手を載せる。

「みんなも来いよ！」

大きく手招きする松田に従って、ほかの部員たちが次々と手を重ねた。八つの手の平が重なると、矢加部が全員の顔を見回す。

「よしっ。それじゃあ……島原北高校、これから選手、マネージャー、チーム全員が一丸となって――」

演説が長くなりそうな気配に、河野がすかさず声を上げた。

「甲子園行くぞ！」

「おうっ！」

いったん沈み込むような動きをしてから、全員がこぶしを天高く突き上げた。部室にいる誰もが、心から笑っているようだった。

「あ……おれ、弁当」

中垣は扉の外に置いた弁当包みのことを思い出した。

「みんな早よ食え早よ食え！　時間のないぞ」

矢加部が両手を振って、部員を追い立てる。

中垣は靴の踵を踏んで外に出ると、弁当包みを持ち上げた。靴を履いた部員たちが、わらわらと部室の外に吐き出される。

「中垣、どうすっとや」

校舎に向かいかけた松田が、振り向いた。

「せっかく持ってきたけん、部室で食べていくわ」

「じゃあ、おいも購買部でパン買ってくる」

松田が走り出した。ほかの部員も、昼食抜きの事態を避けようと早足だ。

そんな中、集団の最後方を歩いていた河野が、振り向いた。中垣のほうに歩み寄ってくる。

「おまえ、知っとったな。叔母さんから聞いた。宇土の友達が見舞いに来たって」

「あ……」

「本当におまえたち、仲の良かな。妬《や》けてくるわ」

河野がこぶしで中垣の肩を突く。

「でも、一人で抱え込むなよ。おれたちはチームやっか」

にこりと笑うと、校舎に向かって駆け出した。

5

中垣と矢加部が自由が丘のクラブ『プレミア』周辺での聞き込み担当、真奈と大浦が、田園調布駅および現場周辺での聞き込み担当と、手分けすることにした。仕事の忙しい松田と河野には、休みの日に宇土の帰宅したであろうルートを辿り、その途中に防犯カメラが設置されている場所はないか調べてもらうことにしている。午前零時に被害者と別れたという宇土の証言がたしかなら、犯行が物理的に不可能な時間に、自転車で帰宅途中の宇土が映っているかもしれない。

そして聞き込み四日目のことだった。

午後六時に自由が丘駅前で待ち合わせた中垣と矢加部は、駅前のラーメン店で食事を済ませ、クラブ『プレミア』の方角へと向かった。三日間聞き込みをしてみて実感したが、昼と夜では集まる人種がまったく異なる。昼間の聞き込みは無意味だと判断して、矢加部には夕方待ち合わせと伝え、日中は真奈と大浦のチームに加わった。

一般に歓楽街のイメージのない自由が丘だが、クラブ『プレミア』周辺のごく狭い一画にはスナックやクラブが集まっており、ちらほらと呼び込みの姿もある。

「あ、弁護士さん」

茶髪を逆立て、ベストを着た若い男が、中垣に向かって親しげに手を上げた。四日も連続で通っていると、さすがに顔を覚えられたらしい。

「おっす。こんばんは」

中垣と矢加部は、ともに気安い雰囲気で応じた。これまで三日間の立ち話で、呼び込みの男が自分たちと同年配だとわかった。親しくして、味方につけない手はない。

「まだ粘ってんの。せっかくだから、うちで一杯飲んでいけば」

「え、マジで？　タダ酒飲ませてくれんの」

矢加部が調子よく答える。つくづく昔と変わったものだと思うが、こういう状況だと、矢加部の身にまとう軽薄さが頼もしい。

「またまた。そんなわけないじゃん。ちょっと勉強はするけどさ」

「本当かよ。そんなこと言って、店を出るときに何十万とかの請求書出すんじゃないの」

「弁護士相手にぼったくってどうすんのさ」

名刺を見せたのは中垣だけなのに、矢加部のことも弁護士だと思っているらしい。

「そういえばさ、あいつにも聞いてみたら」

男が顔を向けた先には、ほかの店の呼び込みが何人か談笑していた。ほとんどがすでに聞き込みを終えた相手だが、一人だけ、見覚えのない顔がいた。茶髪のサイドに金のメッシュ。後ろ髪だけを長く伸ばした、細面の男だ。自分たちよりずっと若く見える。

「あいつ、ショウタっていうんだけど、週二？　ぐらいのバイトみたいだから、毎日ここにいるわけじゃないんだ。ある意味、レアキャラ」

どこが「ある意味」なのかはわからないが、レアキャラなのは間違いない。中垣たちは呼び込みの男に礼を告げ、ショウタと呼ばれた男に歩み寄った。

スキップを踏むようにして近づいた矢加部が、背後からショウタの肩を人差し指で叩いた。

振り向いたショウタは、やはり幼かった。頬の膨らみがあどけない。近くで見ると、十代半ばという印象だ。

「どうですかお兄さん、安くしときますよ」

商売人の顔になったショウタに、矢加部が写真を掲げた。宇土の写真だった。予断を排除するために、ユニフォーム姿でないものを真奈に選んでもらっていた。

「この写真の男、見たことないかな」

ショウタが顎に手をあて、写真を凝視する。

「どっかで見たことあるような……」

「本当に？」

中垣もショウタに歩み寄った。

「ほら、あの榊監督を殺したやつさ」

一緒にいた呼び込み仲間が助け舟を出し、ショウタの顔色が変わった。

「ああ、本当だ。あれじゃん！　殺人犯じゃん！」

写真を興奮気味に指差し、仲間を振り返る。

「なに、あんたたち、あの殺人犯のなにを調べてるの？　新聞記者とか？」

あえて「殺人犯」という表現を訂正せずに、中垣は言った。

「そういうわけじゃないんだけど……おれは弁護士なんだよ」

ショウタは中垣が差し出した名刺を両手で摑み、「西河内法律事務所」の「西」の部分だけを声に出して読んだ。「河内」が読めないのだろう。

「それで、弁護士がなに？」

中垣と矢加部を往復する視線が、とたんに泳ぎ始める。弁護士と警察の区別がついていないのかもしれない。

「こいつのこと、見たことないかなと思って」

矢加部がふたたび写真を突き出す。「こいつ」という表現が気になったが、矢加部なりに相手と同じ目線に立とうとしているのだろう。世間の認識では、宇土は凶悪な犯罪者だ。

「見たって……なにこいつ、ここらへんに来てたの？　チョー怖《こえ》えじゃん」

ショウタが自分を抱き、震え上がってみせる。

「昨年の十月から十一月ごろに、このあたりに出没していたはずなんだけど」

中垣が言うと、ショウタの熱は急速に冷めたようだった。

「ああ、じゃあ無理。見てないよ。おれが働き出したの、年明けからだから」

外れか。中垣と矢加部は目配せを交わし合った。

そのとき、「あっ」とショウタが顔を上げた。

「でもチョウさんなら、見てるかも。おれの前に働いていた人。おっさん」

ほかの呼び込み仲間たちが反応した。

「たしかに、チョウさんならありうるかもな」

「おれたちはよくだべってっから、通行人を見過ごすこともあるけど、あの人は会話に入ってこなかったもん」

「だからしんどくなって、辞めちゃったんだろうけど」

「チョウさん」なる人物について、口々に評する。

「その、チョウさんって人の連絡先は、わからない？」

矢加部が訊くと、ショウタは面倒臭そうに頬をかいた。

「別に友達じゃないし。店に行けば、履歴書とかはあるかもしれないけど」

「じゃあ履歴書、見せてもらえないかな」

中垣は色めき立ったが、ショウタは二の足を踏んだ。

「無理無理。そんなん無理だよ……だいいち、そんなことしていいの。店的にまずいんじゃないの」

「頼むよ、店長さんに取り次いでくれれば、後はおれらで交渉すっからさ」

矢加部が両手を擦り合わせて拝む。

ショウタはしばらく考え込んでいる様子だったが、やがてなにごとか閃いたような企みの笑みを浮かべた。

「それなら店長に取り次ぐから、うちで飲んで行ってよ」

「えっ」

「いいじゃん。どういう事情か知らないけど、チョウさんに連絡取れないとまずいんでしょう。ね……うち、けっこうかわいい子揃ってるからさ」

取り引きを持ちかけられ、中垣と矢加部は顔を見合わせた。

ほどなく、矢加部の頬がほころんだ。

矢加部をスナックに残し、中垣は単身、自由が丘駅から電車に乗った。

店長に交渉して履歴書を見せてもらったところ、チョウさん、こと長山邦雄《ながやまくにお》の住まいは大田《おおた》区多摩川一丁目。最寄り駅は東急多摩川線の、矢口渡《やぐちのわたし》駅だった。履歴書に記載されていた電話番号に電話してみたものの繫がらず、中垣は直接、長山の自宅を訪問してみることにした。

自由が丘から矢口渡までは、多摩川駅での乗り換えを挟み、およそ十五分ほどだった。駅舎を出るとスマートフォンに住所を入力し、道案内を頼りに進んだ。

十分ほど歩いた住宅街の中に、長山の住まいはあった。古びた二階建ての木造アパートだ。その一階部分、一〇三号室が、履歴書に記載されていた住所だった。

部屋から灯りは漏れている。だが、表札がない。ポストの郵便物を確認しようかとも思ったが、さすがに躊躇《ためら》われた。

呼び鈴やインターフォンもないようだ。中垣は扉をノックした。

反応はない。だが人の気配は感じる。

叩く力を強めながら、断続的にノックを続けた。やがて扉の向こうから声がした。

「はい……」

少し怯えた様子の声だった。

「長山さんのお宅でよろしかったでしょうか。私は弁護士の中垣と申します。少しお話をおうかがいしたいことがありまして」

「すんません。月末には、必ず」

「は？」

意味がわからず眉根を寄せた直後、ぴんときた。おそらく長山は借金を抱えている。なかなか出てこなかったのも、訪問相手が債権者だと思ったからだろう。中垣のことも、債権回収業者が弁護士を騙《かた》っているとでも誤解しているらしい。

「なんのことをおっしゃっているのか存じ上げませんが、私は弁護士です、本当に。長山さん、昨年まで自由が丘のスナックで呼び込みの仕事をなさっていたでしょう。そのときのことで、おうかがいしたいことがあります。お手間は取らせません」

鍵の外れる音がして、扉が薄く開いた。

坊主頭が伸びきったような、ぼさぼさ髪の中年男だった。警戒の上目遣いをしているが、その視線の動きは無遠慮だった。部屋の奥からか、それとも男の体臭なのか、生乾きの洗濯物のような臭いがした。

「長山さんでいらっしゃいますか」

「そうだけど……」

「私は弁護士の中垣と申します」

名刺を差し出した。長山は半開きの状態から、扉を開けようとしない。室内に招き入れる気はないようだ。

「なに……」

「昨年まで、自由が丘で働いていらっしゃいましたよね」

「それがなにか」

長山がぼりぼりとこめかみをかくと、フケが舞った。丸い肩の上が、粉を吹いたようになっている。

「この写真を、ご覧になっていただけますか」

宇土の写真を差し出した。

「ある事件の被告人になっている男です。昨年十月から十一月にかけて、長山さんが勤務していたお店のあたりで――」

説明の途中で、長山が呟いた。

「こいつか」

「見たんですか」

「見た。一回声をかけたが、睨まれたんで怖くなって離れた。細長いケースみたいなのを、肩に担いでいた。しばらくしてまた見かけたんだけど、そのときにはなんでか、傘しか持っていなかったな」

間違いない。宇土だ。しかも、バットのケースを所持していて、それを榊に返却したらしいことまで覚えている。

「それは、いつごろだったかわかりますか」

「そこまではわからない。ぱらぱら雨が降っていたような気がするな。傘を差すほどじゃないが、ずっと立ってると寒いから、屋根のあるところで立ちながら、めぼしいのが通りかかったときだけ出ていった」

中垣は甲九号証、クラブ『プレミア』店員・実松聖の供述調書の内容を思い出した。たしか店に入ってきた宇土のジャケットは濡れていたと記載があったはずだ。だが実松も、宇土に殴られたアストロズ所属選手の大矢も、宇土がバットを持っていたという供述はしていない。捜査機関による情報操作かと思ったが、傘のほうに気を取られてバットに気づいていなかったのか。ちらりと目に入っただけならば、可能性としては十分にありうる。つまり長山が宇土を見かけたのは、宇土がクラブ『プレミア』で揉め事を起こした当日。

「長山さん、お願いがあるんですが」

「なんだ」

「今度、その男の裁判が開かれます。長山さんの証言が、事件の重要な鍵を握るんです。法廷に立って、今の話を証言していただけませんか」

長山はあからさまな迷惑顔になった。多額の債務を抱えているのなら、司法機関とかかわるのに、気乗りはしないだろう。

「お願いです。長山さんの証言が、その男を救うかもしれないんです」

この証人を逃すわけにはいかない。中垣は深々と腰を折った。

「まあ、構わないけどさ」

「本当ですか」

「その代わり……と言っちゃあなんだが、あんた、少しばかり金貸してくんねえか」

「いや、それは……」

「な、頼むよ。ぜったい返すからさ。お願いだ」

今度は立場が逆転し、長山に懇願された。

「すみません。それはできないんです。私がお金を払って、長山さんに嘘の証言をするように頼んだと受け取られかねない」

「ばれたら、だろう？　黙ってりゃ誰にもわからないじゃないか」

両手を擦り合わせて拝まれた。

「申し訳ない。どうしてもそれは無理です」

中垣が断ると、長山の興味は急速に萎《しぼ》んだようだった。

「そうかい」

眉を上げ、ふんと鼻を鳴らす。扉が閉まりかける気配があった。

「でも長山さん、証人として出廷していただければ、裁判所から日当が支払われます」

「本当か」

長山の瞳が、輝きを取り戻した。

「で、いくらなんだ」

「旅費と日当を合わせて、だいたい一万円ぐらいでしょうか」

「一万円か」

期待したより少なかったらしい。不満げに唇を曲げる。

「まあ、しょうがないな。わかったよ。で、いつだいその裁判ってのは」

「これから公判前整理手続を経て日程を調整することになりますが、だいたい二、三か月後とお考えください」

「そんなに先なのかよ」

舌打ちを浴びせられた。よほど切羽詰まっているのか。

「お願いします」

「わかった。できるだけ早くしてくれよな」

その後、証人申請用の書類に記入してもらい、長山宅を辞去した。

矢口渡駅へと引き返しながら、矢加部の携帯電話を鳴らした。

「おう、どうだった」

矢加部は上機嫌だった。まだ店にいるらしい。がやがやと背後に騒音が聞こえる。

「当たり、たい。宇土がクラブ『プレミア』にバットを持参し、被害者に返却しとったらしいことを、証言してくれる証人を確保した」

「よっしゃ。やったな」

ところで、と矢加部が声を落とした。

「ここの領収書、おまえんとこの事務所名義でよかったとか」

「駄目に決まっとるやろうが」

電話口で、はあとため息が聞こえる。

「おいの個人的なおごりたい」

電話口に歓喜の声が響いた。

6

真奈が差し出した千羽鶴を受け取り、さつきはにっこりと微笑んだ。

「ありがとう。でもこれ、県予選のために作ったとじゃないとね」

さつきの言う通りだった。夏の甲子園長崎大会を前にして、真奈と一、二年生のマネージャーで必勝祈願の千羽鶴を折ったらしい。

「おれらは千羽鶴なんてなくても、勝ち上がりますけん」

松田が鼻の下を擦る。

「なんね、その言い方は。まるでマネージャーが必要ないみたいやん」

口を尖らせる真奈を慰めたのは、矢加部だった。

「そういうことを言うとるわけじゃないぞ。塚田もおれたちのチームに必要な、大切な存在たい」

「お、来ましたか愛の告白」

古瀬が冷やかすと、河野が横槍を入れた。

「おいおい、やめろや。おいがマネージャーのことを狙っとるとやけん」

「おまえはユミちゃんのおるやろうが」

梅崎が肘で小突くと、河野は首をひねった。

「はい、誰ですかそれ」

「ユミちゃんに言うてやろ」

中垣が左手を手帳に見たてて右手をペン代わりに動かすジェスチャーをすると、河野が「すいませんでした！　頼むからユミには黙っとって」と抱きついてきた。

病室が弾けるような笑い声に包まれる。

三年生全員で宇土の母を見舞おうと提案したのは、河野だった。全員が一も二もなく賛同し、午後練習を控えた土曜日の午前中に白山病院を訪れた。

「みんな、本当にありがとうね。こがん馬鹿息子のために」

「そんな言い方はないやろう」

ベッドの傍らの丸椅子に座りながら抗議する宇土は、しかし嬉しそうだ。

「馬鹿やけん馬鹿て言うとるとやろうもん。どうせみんなに迷惑ばっかりかけとるとやろうに」

「そうぞ宇土、もっと早うに教えてくれたら、前からお見舞いに来て、おばさんば楽しませとったとに」

松田の二の腕を、矢加部が叩く。

「しょっちゅうこんなうるさいのが来よったら、それこそ迷惑たい」

「そうで。おれらでもおまえとおったら疲れるとにさ」

河野が追い打ちをかけた。

「え……なに、みんなそがんこと思うとったと」

松田は本気でショックを受けたようだった。意外に繊細なところがある。

「よしよし、かわいそうに」

古瀬が両手で松田の頭を抱いた。

「なになに、いじめられたと？　誰にいじめられたと」

「うん。河野っていうやつに」

古瀬の胸に顔を埋《うず》めていた松田が、ふいに動きを止めた。

「なんや、おまえ、けっこうおっぱいあるな」

両手で古瀬の胸を揉みしだく。

「どれどれ、おいにも揉ませろ」

矢加部も手を伸ばして、古瀬が身をよじった。

「やめろって、やめろ！　きゃー痴漢！」

全員がどっと沸いた。

すると病室の扉が開き、看護師が顔を覗かせた。

「静かにしなさい！」

一喝して笑い声を鎮めると、ぴしゃりと扉を閉めた。

気まずそうに肩をすくめたさつきが、取り囲む野球部員たちを見回した。

「あの看護師さん、いつも怖いとよ」

ひそひそ声で言って、片目をつぶる。

「ちょっと騒ぎ過ぎたかもしれんな」

中垣はぺろりと舌を出した。

「でもこれぐらい元気のあったら、試合も勝てるでしょう」

さつきが満足げに頷き、訊いた。

「一週間後に、開幕やったっけ」

「そうです。一回戦は大会二日目、長崎県営野球場で西彼杵《にしその ぎ》工業との対戦です」

矢加部が答えると、室内にかすかな緊張が漂う。

「まあ、楽勝やろ。西彼杵工業なんて、いつも一回戦敗退のチームやんか」

胸を張る松田を、河野がたしなめた。

「相手ば甘く見るな。三年生にとっては最後の大会やけん、どこの高校も目の色変えてくるとぞ。それに、いくら宇土がおると言うても、うちのチームもこれまでたいした実績ば残せとらん。下馬評では、優勝候補に名前も挙がっとらんたい」

「わかっとるよ」

しゅんとなった松田に微笑んでから、さつきは言った。

「勝っても負けても、悔いのないように頑張ってね。応援しとるけん」

全員が互いの顔を見つめ合いながら、頷く。日に焼け、引き締まった、戦いに臨む顔だ。

「そうだ、塚田。あれ」

中垣は真奈の手提げ袋を顎でしゃくった。

「うん」

真奈が手提げ袋から折り畳んだ布を取り出し、両手で端と端を持って広げた。真奈の手だけでは足りないので、片端を梅崎が握り、ぴんと張る。

さつきは目を見開き、両手で口を覆った。

野球部員全員の寄せ書きだった。「必勝」の文字を中心に、闘病するさつきを励ますメッセージが書かれている。一、二年生部員のほか、監督、コーチからも書いてもらった。

さつきが息子の顔を見る。宇土は頷いた。

「おれたちも甲子園に行けるよう、頑張ります。だけん、おばさんも、病気に負けないように、頑張ってください」

矢加部が部員を代表して言った。

さつきの瞳が、みるみる潤《うる》んだ。

7

公判前整理手続まであと一週間と迫った。

証人を一人確保した以外は、進展がない。中垣と矢加部は、現場周辺で目撃者捜しを行なう真奈と大浦チームに加勢していた。

田園調布駅から現場に向かって歩いてみた。甲十三号証で被害者と宇土の二人が現場に向かって歩いていたと供述した目撃者・野島彰人の自宅マンションの前を通過し、二人が最初に向かい、店が閉まっていたために引き返したというダイニングバー『ルクソール』の前を通り、被害者宅の前を通り、被害者と宇土とされる人物が防犯カメラ映像に映り込んでいたコンビニエンスストア『ハッピーマート玉堤店』の前を通って、殺害現場の多摩川河川敷に至った。

駅から現場までは、およそ二十分の道のりだった。被害者の自宅から現場までは、およそ五分といったところか。『ハッピーマート玉堤店』から現場までは、およそ三分。

遺体が遺棄されていた現場には、多くの花が手向けられていた。人が歩けるようになっている土の道から、少し分け入った草深い場所だ。

「なんもないところやな。夜中は真っ暗になるで」

矢加部が現場周辺を見回す。

「そうは言うてもほら」

中垣は小高く盛られた堤防から覗く街灯を指差した。

「灯りはある。互いの顔が見えないほど、暗くもなかったはずや」

「そうかもしれんけど、なにもわざわざこがんところで……」

「人のいない場所で、話をしようとしたとやな。被害者は五十を超えているとはいえ、体格のいい元プロ野球選手。力ずくで移動させるのは難しいはずだ。犯人は顔見知りと考えて、間違いないやろう」

「刃物とか拳銃で脅して連れて来られたとは、考えられんか」

「テレビドラマじゃないとやけん」

中垣は肩を揺すった。しかし人の亡くなった現場だと思い直し、すぐに笑いを収める。

「よう考えてみろ、矢加部。おまえが拳銃を突きつけられたとしたら、どうする」

「まずはそれが本物かどうか、疑うな」

「そうやろう。アメリカみたいに銃が一般化しとらん日本では、よほどのことがない限り、いきなり銃を突きつけられてすんなり本物だと信じるやつはおらん。黙らせようとするはずが、本物かどうか確認するような応酬があるはずたい。下手したら拳銃を奪おうと、揉み合いになる恐れもある」

「なるほどな。なら、刃物とかは」

「刃物で脅して人気のない場所まで誘い込んだとに、殺害には木製バットを使うとか。よほどいかれたサディストの人格異常者でもない限り、合理的じゃない」

「たしかに言われてみればそうや」

矢加部は納得したようだった。

「でも……木製バットだって、持ち歩いとったらじゅうぶんに物騒やないか。そんなもの持ってる人間に、のこのこついていくものかね」

「バットを持っとるのが、不自然じゃない人間ということやないか」

矢加部があっ、と口を開けた。

「野球選手！　犯人は野球選手か」

「その可能性はある。だが宇土も投手とはいえ、野球選手だ。しかも凶器としたのは、かつて宇土が所持していたものだ」

「そうか」

「バットを持ち歩いていても不自然じゃない人間か。あるいは、大きなバッグなどに凶器を隠し持っていたか……」

中垣は来た道の方角を向いた。

「開示された捜査資料によると、口論になって宇土が『ピエロ』を出た後、一人で飲んどった被害者が店を出たとは、深夜零時五十五分過ぎ。駅からここまでおよそ二十分。『ピエロ』からだと二十二、三分ってところか。自宅方向から河川敷に向かう途中で、被害者がコンビニの防犯カメラに撮影されとったのが、午前一時十九分。コンビニからここまではおよそ三分だから、一時二十五分ごろには、この場所に到着したことになるな。ということは、被害者はそれほど酔ってもおらんかったということやな」

「なんでな」

「素面《しらふ》のおれらが歩いてみた所要時間と、ほとんど変わらんやないか。足取りもしっかりしとったていうことたい」

「なるほどな」
「そしておそらく、犯人をこの場所に導いたのは、被害者のほうだ」
「どうして」
「たとえどんなに仲のいい間柄の人間でも、いきなり河川敷に行こうなんて誘われて、不審に思わないでいられるか。しかも人気《ひとけ》のない、街灯の光がわずかに届くだけの場所だぞ」
「相談事があると言うて、誘い出したかもしれんで」
「高校生ならそれでもいいかもしれん。だけど、被害者は大の大人たい。河川敷で石ころ投げながら悩み相談なんて歳じゃないやろ」
「そうかな……」
矢加部は首をかしげた。
「もっとも自然な考え方はこうだ。一人で帰宅しようとした被害者は、自宅のごく近所で犯人と遭遇した。犯人は被害者にとって、会話しているのを見られることす
い相手だった。焦った被害者は、とりあえず人目につかない、自宅から歩いたとやろう
河川敷へと、犯人を誘導した。犯人はおとなしく従った。従ったよう
被害者は右前頭部をバ
犯人自身が望む状況を作り出していた。最初から、被害者殺害
な。近隣住民が河川敷で言い争う声を聞いたという事

ットで殴打されとる。真正面からバットで殴られたということたい」

「バットは、どこで手に入れたとな」

「たぶん、被害者宅のガレージたい」

「ガレージ？」

「ああ、これを見てみろ」

中垣はポケットからデジタルカメラを取り出し、液晶画面に写真を表示した。以前に一人で現場を訪れた際に撮影した、被害者宅の写真だった。

コンクリート打ちっぱなしの外観をした、広々とした二階建ての邸宅だった。正面から見ると、横長にした凸という字のようなかたちをしている。一階部分の左側に三段のアプローチと玄関扉、右側のほうに建物をくりぬくような感じで、ガレージがあった。こちらを向いて停まっている車のボンネットには、ベンツのエンブレムが輝いている。

建物の敷地は、黒い格子状の鉄柵に覆われている。いくつかの方向から撮影した写真を切り換え、建物の側面からの写真を表示した。反対側の側面は敷地も広く、庭のようになっているが、こちら側は柵と建物の間が狭く、物置のように雑然としていた。

中垣は写真を拡大しながらカーソルを操作し、格子越しの狭い空間を表示した。

傘立てのような物がある。だが傘ではない。そこに立てかけられた棒状の物体は、棍棒《こんぼう》のようなかたちをしている。

「バット用のスタンドか」

液晶画面を覗き込みながら、矢加部が顎を触った。

「そうたい。被害者の妻は、宇土から被害者へバットが返却されたという事実を把握しておらん。被害者は宇土から返却されたバットを持ち帰ったが、屋内には持ち込まずに、ここに保管していたとやないか。被害者は意外と記録に頓着しない性格だったのかもしれんな」

「なるほどな。もしも被害者がこのスタンドに凶器のバットを保管していたとすれば、格子の隙間から手を突っ込めば、誰でも持ち出せそうではあるな」

うううんと唸りながら考え込んだ矢加部が、はっと顔を上げた。

「中垣、やっぱり犯人は野球選手じゃないか？　そして犯人はぜったいに、宇土じゃない！　確信した！」

「どうしてだ」

「犯人がなんらかの手段で……たとえば現場近くの叢《くさむら》なんかに、バットを隠しとったとしても、そして犯人を現場まで導いたとが被害者自身だったとしても、犯人が被害者の目の前でバットを手にしたとは事実たい。そして被害者は、右前頭部を殴打されとる。このことは二つの真実の証明になる。まずは犯人がどこかからバットを取り出す動きをしても、被害者が逃げ出そうともせず、まったく無警戒やったということ。つまり相手が野球選手やったということたい。自分のスイングを見てくれ、なんて言ったら、ケースからバットを取り出しても、被害者は警戒するはずもないやろうが」

「たしかにその通りだ。それならごく自然な流れで、凶器を取り出し、犯行に移ることができる」

「そして犯人が野球選手であっても、それが宇土でないことを示すのが、被害者が殴打されたとが右前頭部やという事実たい」

自分の右前頭部を触った中垣が、目を見開いた。

「そうか……犯人は――」

そこからは二人の声が重なった。

「左バッター!」

8

砂浜の向こうで有明海が月光を照り返し、きらきらと輝いていた。彼方に見える光の連なりは、対岸の熊本市の街並みだ。

中垣は猛島《たけしま》海岸の防波堤に腰かけ、海を眺めていた。空気は重く湿っているが、涼やかな潮風が心地よい。全力で自転車を漕いだせいで、全身に噴き出した汗を乾かしてくれる。

「中垣くん」

振り返ると、自転車に跨《また が》った真奈が近づいてくるところだった。ハンドルから離した手を振りながら、おっとっとバランスを崩す。

「大丈夫か」

「うん、平気」

真奈は防波堤に立てかけた中垣の自転車のそばに自分の自転車を停めると、階段をのぼって防波堤を歩いてきた。

中垣の隣にちょこんと腰を下ろす。

「どうしたと。いきなり呼び出して。明日から県予選やし、早《はよ》う寝ないと」

「わかっとる」

「西彼杵工業について調べた資料は、ちゃんと目を通してくれた?」

「うん。打線の弱かな。ピッチャーの土橋《どばし》ていうとが、フォークを武器にしとって奪三振率のけっこう高か。典型的なピッチャーを中心にした守り勝つチームやな。ピッチャーがいいって言うても宇土と比べたらスケールの小さ過ぎるけん、チーム力で言うたらうちより一段下という感じやけど」

真奈は対戦相手の過去の試合映像や新聞記事などを集めて、チームメイトに配っていた。

「でも侮ったらいけんよ。ＮＨＫ杯では一回戦で負けとるけど、シード校の大成《たいせい》高校相手に3点しか取られとらんとやけん」

「わかっとる」

潮騒《しおさい》がやけに大きく聞こえた。寄せては返しを繰り返し、しかし海岸線より先には進めない。自分の心情を反映しているようだと、中垣は思う。

「あのさ……」

やがて意を決して言葉を押し出そうとすると、真奈が「あっ」と両手を叩いた。

「ちょうどよかった。中垣くんに相談したいことのあったと。前々からそうしようと思っとったけど、なかなか二人きりで話す機会ってないやない。いま話を聞いてもらおうかな」

「なんな」

「私ね、宇土くんのことが好きと」

真奈は顔にかかる髪を払いながら、足をぶらぶらとさせる。

「知っとった」

先手を打たれたと、中垣は苦笑した。電話で呼び出された理由を、真奈は最初からわかっていたようだ。

「ばれとった？　いやぁ恥ずかしかあ。私、そんなにわかりやすいかな」

真奈が後頭部に手をあて、舌先をちろりと出した。

相手に恥をかかせまいという優しさなのだろう。だが中垣は恥をかきたかった。そうしないと、前に進めないような気がした。

「ほかのやつらにもわかりやすいかどうかは、おいにはわからん。おいはずっと、塚田のことば見とったけん」

見開いた目に動揺を浮かべた真奈だったが、すぐにそれを笑顔で打ち消し、波打ち際に目をやった。

「どうしたらいいと思う？　告白したら、付き合《お》うてくれるかな。でも、野球部を引退するまでは、告白せんほうがいいよね」

「おいは塚田のことば、好いとる」

「私は宇土くんのことが、好きと」

「おいは塚田のことば、好いとる」

顔をひねった真奈が、微笑を浮かべる。

「ありがとう。でも、私は宇土くんのことが好きと」

中垣はふうと肩で息をつくと、垂らしていた脚を持ち上げてあぐらをかいた。手の平同士を何度か擦り、砂を払い落とす。

「上手くいかんもんやな」

断られることは予想していた。真奈が宇土のことを想っているのも、薄々勘付いていた。予想外だったのは、真奈にぴしゃりと断られたというのに、気持ちの整理がまったくつきそうにないことだった。

9

第一回公判前整理手続。

東京地裁五階にある弁論準備室では、中垣のほか、公判担当裁判官三人と書記官、公判担当検事の吉川、さらにもう一人の担当検事である横山大輔《よこやまだいすけ》が、テーブルを囲んでいた。弁護側検察側双方から提出された証拠等関係カードを検討していた裁判長の梶本成一《かじもとせいいち》が、顔を上げた。ぴっちりと固めた七三の髪型と、つねにむっと引き結んだ印象のある唇が、他人の運命を定める職責の大きさを表わしているようだった。

「まずは公判期日について……」

「裁判長」

中垣は手を上げ、梶本の口の動きを止めた。

「本件は否認事件であり、双方の主張が真っ向から対立しています。少なくとも証拠の整理がつき、争点が明らかになるまでは、公判期日の決定については留保するべきかと」

すかさず吉川が口を挟む。

「弁護人の発言意図が、不当な時間稼ぎにあるのは明白です。こちらの証明予定事実記載書にたいする弁護側の予定主張記載書はすでに提出されており、双方の主張の根拠となる証拠の請求についても、締め切られています。証拠の整理についても、弁護人と打ち合わせ済みです。この上、公判期日の決定を先延ばしにする理由が存在しません」

「それは違います。証拠等関係カードをご覧いただければ一目瞭然ですが、不同意部分が多く、証拠の整理がついたとは到底言えない状態です。公判期日ありきで整理手続を行なえば、十分な争点整理が行なえずに公判期日を迎えてしまう可能性もあります。そうなれば、充実した公判の審理を継続的、計画的かつ迅速に行なうためという、公判前整理手続の存在意義すら危うくなるでしょう。本件は社会的な注目度の高い事件です。公開法廷で充実した審理を実施するためにも、整理手続に時間を割く必要があると考えます」

話を聞き終えた梶本が、手もとの書類を確認するように視線を落とした。

「わかりました。公判期日の決定は、証拠の整理がつき、争点が明らかになった時点で行なうことにしましょう」

吉川が不快そうに片目を細める。まずは先制点といったところか。

最初に公判期日が決定されてしまうと、公判期日に間に合わせるように証拠や争点の整理が行なわれることになり、どうしても証拠の豊富な検察主導の訴訟指揮がなされることになる。

「それでは証拠の整理に移りましょう。提出された証拠等関係カードによると、弁護人は甲号証の五、七、九、十二、十三にそれぞれ不同意としていますね」

「その通りです。そして乙二号証、警察による被告人の供述調書にも一部不同意とし、取調を担当した司法警察員・巡査部長の井戸川護氏の証人尋問を請求します」

「検察官、いかがですか」

二人の検事は軽く目配せを交わし合い、吉川が頷いた。

「しかるべく」

「了解しました。それでは弁護側が不同意とした甲号証については」

「証人尋問を請求します」

「弁護人」

「しかるべく」

中垣が同意すると、梶本は小さく顎を引いた。

「各証人尋問の時間配分については――」

公判前整理手続は一回につきおよそ一時間、週に一度のペースで行なわれ、三週間に及んだ。その間も新たな証拠が発見されないか動き回ってみたが、めぼしい成果は得られなかった。そして第三回公判前整理手続で、ついに公判期日が決定した。

およそ二か月後の八月五日月曜日に、初公判。それから毎月曜日ごとに開廷され、五回目の九月二日月曜日に結審するというスケジュールになった。五日連続の集中審理になろうとしたところに、中垣が抵抗した結果だ。

弁論準備室を出て、エレベーターに乗り込む。

閉まろうとする扉の動きを、止める手があった。検事の横山だった。

「どうぞ」

「ありがとう」

横山が扉を開いた状態にし、吉川が乗り込んでくる。

エレベーターが動き出した。

「なかなか引っかき回してくれたね。公判期日決定の留保、公判スケジュールの引き延ばし、それに警察官尋問……か。悪あがきに過ぎないが、絶対的不利な状況下では、まあ合格点をあげてもいいだろう」

吉川は扉を見つめたまま言った。

中垣は無視して、扉の脇の階数を示すデジタル表示を見つめた。

一階に着き、扉が開く。

早足に歩み出ると、「中垣くん」と呼び止められた。

吉川は人差し指で眼鏡のつるを押し上げる。

「非常に残念だ。きみが正義についての認識さえあらためれば、有能な検事になれたかもしれないのに」

「ありえない話です。弱者が理不尽な裁きを受けることがあってはならない。権力には責任が伴い、不当な行使を防ぐための監視が必要になる。法は人を裁くものでもあるが、同時に人を救うためのものでもある。僕は人を救うために、弁護士になったんです。裁くためではありません」

「なるほどな。私たちの正義は、どこまで行こうと相容れないということか」

吉川は唇の片端を吊り上げた。

「健闘を祈る」

横山に行くぞと目顔で告げ、背を向けた。

中垣も反対方向に歩き始めた。

目的地に正義が存在することを信じて。

10

全国高校野球選手権大会長崎県大会が開幕した。

島原北高校は大会二日目、長崎県営野球場での第三試合に登場した。一回戦の相手は西彼杵工業。フォークボールを武器に、イニング数とほぼ同じ数の三振を奪う、エース土橋を中心とした守りのチームだ。チームカラーでは、島原北と似通っている。

試合前の挨拶に参加すると、中垣はベンチに下がった。

マウンドでは、宇土が投球練習をしている。行けと言われればいつでも行く覚悟はできているが、自分の出番はないほうがいい。中垣に登板機会が与えられるということはすなわち、宇土の身体に不調が起こったか、打ち込まれたということだ。

投球練習最後のボールを宇土が投げ込むと、キャッチャーの古瀬がセカンドベースへと送球する。ベースカバーに入った矢加部がサードの河野へと投げ、セカンド松田、ファースト梅崎へと渡って、宇土にボールが返った。

外野を守る二年生の門倉《かどくら》、酒井《さかい》、森《もり》が姿勢を低く身構える。

主審が右手を上げ、プレーボールを告げた。

マウンドの宇土が、左足を引いた。グラブを高々と掲げるワインドアップも、随分と様になってきた。

島原を発つ前の学校での練習時から、宇土の調子がよさそうだとは感じていた。上手い具合にボールに指がかかり、スピンの利いたボールを投げていた。

だが調子がいいどころではない。それ以上だ。プレーボール直後から、中垣は直感した。

宇土は全身から気合いを漲らせていた。七月の太陽が作り出す陽炎《かげろう》の中で、背番号1はひときわ大きく存在感を主張し始めた。

後は乗り過ぎた気合いが空回りしないかだ。

投球動作に入ったエースを見つめながら、中垣は思う。

だが、とんだ杞憂《きゆう》だった。

左腿を上げ、右腕を下ろした宇土の上半身が、バッター方向に倒れ込んでいく。踏み込んだスパイクが地面をえぐり、土ぼこりを舞い上げる。右腕が弓のように大きくしなる。

指先がボールを弾く。

初球はストレート。

打者の手前で浮き上がるような軌道を描き、しかしコース自体は外角ぎりぎりいっぱいという際どいところを保ちながら、キャッチャーミットが抜けのよい音を立てた。

「ストライク!」

主審がこぶしを突き上げる。

その瞬間、球場の空気が変わるのがわかった。

11

井戸川は千代田区神田神保町《ちよだかんだじんぼうちょう》にある喫茶店の扉を開いた。

ジャズが流れ、照明を落とした店内は、昭和の時代にタイムスリップしたようだ。だが多くの古書店が軒を連ねる神保町という土地には、相応《ふさわ》しい雰囲気に思えた。

二人掛けのテーブルが三台に、カウンター席が八つという狭い店だった。何組か先客がいたが、連れがいないようなのは一人だけだった。奥のテーブル席に座り、タブレット端末を開いている。白いシャツに紺色のジャケット。短髪のサイドを刈り上げ、顎鬚《ひげ》だけを伸ばした、いかにも今ふうの風貌をした三十代半ばほどの男だった。

「若松《わかまつ》さんで、いらっしゃいますか」

井戸川は相手を確認する前に、対面の椅子を引いていた。

「あ、ああ……刑事さん?」

「警視庁の井戸川です」

「どうも、光学館《こうがくかん》『週刊パンチ』編集部の若松と申します」

互いに自己紹介を済ませると、向かい合って座った。

「お忙しいところ、お時間いただいてすみません」

「いえ、構いませんよ」

如才ない笑みを浮かべた若松だったが、井戸川がタブレット端末を覗き込むような動きをすると、慌ててバッグにしまった。

「例のスキャンダルについて知りたいとか」

「ええ、そうなんです」

「ですがあの事件……事件とは言いましたけど、警察は動いていないんじゃ……強請られた榊監督側も被害届は出していないし、うちの記事にたいしてアストロズが告訴の構えを見せはしましたけど、実際には告訴されてもいませんよね」

それこそが報道の信憑《しんぴょう》性の裏付けだと言いたいのだろう。若松の口調は、少し誇らしげだった。

「ええ、そうなんですが」

「もしかして」

若松は記者の顔になり、身を乗り出した。

「あれと関係あるんですか、宇土健太郎が榊監督を殺害した事件と」

片頬を吊り上げながら、声をひそめる。

「そうお考えになる根拠は」

さすがにマスコミの人間は鼻が利くなと思いながら、井戸川はこめかみをかいた。

「いや、とくにこれと言った根拠はないんですがね。でも、榊監督が殺されたと聞いたとき真っ先に思ったのが、あのスキャンダルとの関連でしたから」

「どう関連していると、お考えになったのですか」

「どうって……わかるでしょう、ほら」

井戸川が首をかしげてとぼけてみせると、若松は口に手を添え、小声で言った。

「消されたんじゃないか……ってことですよ」

「消された。いったい、誰に」

「いわゆる反社会勢力です」

それぐらいわからないのか、という感じに眉をひそめる。

「反社会勢力……暴力団ということですね」

「そうです。榊監督は元暴力団関係者に強請られていたじゃないですか。まあ興行の世界ですから、プロ野球協約で禁止しても、なかなかそういう筋との繋がりは、断ち切れるものじゃないでしょうしね。警察でも、その線を疑ったりしなかったんですか」

「どうでしょうね」

井戸川ははぐらかした。

捜査員の世間話程度には、もちろん出た。だがそこまでだ。ソースの怪しいゴシップ記事を基に、捜査計画を立てるなどありえない。それに多くの可能性を検討するまでもなく、捜査線上にはすぐに容疑者として宇土が浮上した。

「ですが、榊監督は金銭を供与した側ですよね。にもかかわらず、なぜ消される必要があるんでしょうか」

「それはわかりません。調べたくても、調べられないんです。勝手にやったところで、どうせ記事にはなりませんしね」

若松が苦いものを嚙んだような顔になる。

「と、言いますと」

先を促してみても、若松は喋ろうとしない。なので井戸川が代弁した。

「なにかしらの圧力がかかって、記事が書けなくなったということですね。昨年十一月半ばに大々的に報じられた榊さんのスキャンダルが、年が明けるころには不自然なほど報じられなくなった。それは、何者かの……具体的に言えば、アストロズのオーナー企業からの圧力がかかったからだ。違いますか」

「察してください」

若松はそう言うと、唇を歪めた。

「わかりました」

井戸川は目尻に皺を寄せる。

「ところで刑事さん、やはり私の考えは当たりですか。警察は、宇土の事件が例の一億円騒動と関連していると」

「察してください」

井戸川が微笑むと、若松は「参ったな」と短髪をかいた。

「私が情報を流したら、それ相応の返礼はあるんでしょうね」

「それはなんとも申し上げられません。今後の展開次第です。ただ一つ言えるのは、榊さんのスキャンダルを報じた活字媒体は、ほかにもいくつかあるということです」

「そうきましたか」

若松が顎鬚を触り、ううんと唸る。しばらく考え込んでから、井戸川を見た。

「わかりました。ご協力しますよ。スクープに繫がるかどうかはわからないけど、いち記者として真相を知りたいという純粋な興味もありますし」

「ありがとうございます」

井戸川は礼を言うと、本題に入った。

「それではおうかがいしますが、あのスキャンダルに関する情報は、どのようにして入手されたんでしょうか」

「編集部宛てに封書が届いたんです。それに榊さんの不倫相手とされる女性の……便宜上、A子さんとしておきましょうか、A子さんの日記らしきもののコピーと、榊さんとA子さんが一緒に写った写真が同封されていました。おそらくどこの編集部にも、似たような経緯《いきさつ》でリークされたんじゃないかな。あの騒動に興味をお持ちになったのなら、写真もご覧になったことがあるでしょう」

「はい。あります」

現在よりもだいぶ若い現役時代の榊の首に、女性が腕を絡めて寄り添っている写真だった。どの雑誌でも、女性の目もとには黒い長方形で修正が入り、個人が特定できないようになっていた。

「その封書の送り主は、わかりますか」

「いえ。宛て先以外には、なにも書かれていなかったので」

「世間では、アストロズ元球団社長の穂積さんがリークしたと言われていますが」

「そのようですね。榊さんも球団ホームページで、穂積さんのことを名指しで非難されていたようですし。うちとしても、穂積さんに取材してコメントを掲載させてもらいました。穂積さん自身は、リークを否定されていましたね。結局、真相は藪《やぶ》の中です。心証としては、限りなく黒に近い灰色、といったところでしょうか」

若松が不本意そうに眉を上下させた。

「たしかに、穂積さんは金銭授受の事実を把握しており、またオーナーに反抗して球団を解雇された経緯から、もっとも疑わしい存在であることに間違いないでしょう。だが、本人は否定しておられる。そして事情を知る、つまりはリークできる立場にある数人の球団幹部についても、そんなことをするはずがないとおっしゃっています。穂積さんの言葉を信じるならば、リークは球団関係者によるものではない。ならば誰の仕業なのか。ほかにも事情を知っていて、マスコミにリークできる立場の人間が存在するのか」

若松は刑事の意図を察したらしい。笑いながら手をひらひらとさせた。

「ありえませんよ、そんなこと」

「どうしてですか」

「刑事さんは、A子さん側のリークを疑っているんですよね」

「ええ、そうです」

球団関係者のリークでないのなら、それができるのは、不倫関係にあったという女性の側だけだ。穂積に話を聞いて、そこに思い至った。

だが若松は、言下に否定した。

「金銭を要求する強請りとは違い、匿名でマスコミにリークする行為は一文の得にもならない。ということは、いわゆる裏社会の人間の仕業ではないということです。やつらは金にならないことはしない。ですから、榊さん、もしくはアストロズ球団に深い恨みを抱いている人間の仕業だと考えられます。A子さんには、榊さんを貶《おとし》めたいと願う相当の理由がある。なにしろ遊ばれた挙げ句、榊さんの子供を身ごもり、そのことを告げると連絡が取れなくなって、最後には堕胎しているんですから。もしかしたら刑事さんは、こうお考えじゃないですか」

興が乗ってきたらしい。若松が前のめりになる。

「A子さんは榊さんを失脚させるべく、スキャンダルをマスコミにリークした。思惑《おもわく》通りに報道されたものの、アストロズオーナーの政治力により、騒動はさほど大きくならずに沈静化した。宇土の事件の報道によると、スキャンダル報道が沈静化した年明けあたりからじゃないですか、榊さん宅に無言電話がかかってくるようになったのは。もしかしたら榊さんには、無言電話の犯人がわかっていたのかもしれませんね。だけれどもようやく腹の虫の治まりかけた奥さんを、刺激したくなかった。だから宇土と揉めたことを話し、無言電話も宇土からのものだと匂わせた。そして榊さんは極秘裏にA子さんと話をつけようと、A子さんを河川敷に呼び出した。そこでA子さんに殺害された」

「なかなかおもしろい推理ですね」

「当たっていますか」

「ノーコメントでお願いします」

井戸川は口をへの字にして明言を避けた。だが図星だった。

真意を探ろうとしていた記者の上目遣いから、ふいに鋭さが消える。若松は微笑でかぶりを振った。

「しかし、それはありえないんです」

「どういうことですか」

今度は井戸川が前のめりになった。

「A子さんは、すでに亡くなっているからですよ」

「それはA子さんと男女関係にあり、榊さんを強請ったとされる男のほうではないのですか。記事にはたしかそう……」

「たしかに男のほうも、五年前に交通事故死しています。本当に事故だったのかどうか怪しいものですが、ここで深く追及するのはやめておきましょう。記事にした時点では男が交通事故死、A子さんについては、行方不明となっていました。どうも住民票を残したままあちこち転々としたようで、記事の掲載までに追跡が間に合わなかったんです。しかし昨年末、ようやく所在を突き止めました。A子さんは亡くなっていました。うつ病を患っていたらしく、首を吊っての自殺ということでした。それすらも本当に自殺かどうか疑わしいと思いましたが、それ以上は、事件を追うなとの通達がありましてね」

若松は悔しそうに唇を噛む。

「そういうわけでA子さんが榊さん殺しの真犯人だというのは、ありえないんですよ」

「そうでしたか」

「どうやらあまりお力には、なれなかったようですね」

ちらりと伝票に視線をやった若松が、腰を浮かせる素振りを見せる。

「A子さんの、氏名はわかりますよね」

井戸川の言葉に、若松がぎょっと目を見開いた。

「刑事さん、あなたまだ……」

「あとはできれば、金銭授受の事実を告発してきた封書というのも、入手したいんですが……」

「それはいくらなんでも……」

若松は真剣な眼差しに射すくめられたように絶句した。

第四章　ジャッジの行方

1

一〇四号法廷は、東京地裁の中でもっとも大きな法廷の一つだ。

傍聴席は関係者席を合わせて九十八。今日はそのすべてが埋まっていた。開廷二時間前に締め切られた傍聴券の抽選の列には、一万人近くが列を作ったというから、実に百倍もの倍率だ。狭き門をくぐり抜けてきた興奮が、傍聴人たちの顔を上気させている。

中垣の隣では、宇土が他人事のように満員の傍聴席を眺めていた。通常、被告人は弁護人席の前のベンチに着席させられる。だが、それではいかにも犯罪者という感じがして、裁判員への心証も悪い。中垣は裁判官に交渉して、被告人が弁護人席に同席することを認めさせた。

散髪をして髭をそり、スーツを身にまとった宇土は、見違えるように爽やかな好青年然としていた。プロ入りしなかった場合の、もう一つの人生の選択肢を見せられたようだ。

「抽選の倍率は百倍らしかぞ」

中垣が耳打ちすると、宇土が振り向いた。

「それはすごかな」

「たしかにな。でも、おまえのほうがすごい。プロ野球選手になるための倍率は、百倍なんてもんじゃないやろう」

宇土がわずかに眉を動かした。

「ほら……あそこ、見ろ」

中垣は、宇土の二の腕を軽く叩いた。

傍聴者席の先頭、白い布のカバーをかけられた関係者席には、真奈の顔が見える。白いブラウスの上に紺色のジャケットを羽織り、真っ直ぐに前方を見つめる様子は、さながら凛《りん》とした女検事だ。そのまま法廷に立って弁論を始めたところで、違和感がないだろう。

中垣は真奈と目が合い、軽く頷いた。

「真奈だけじゃなかぞ。古瀬も、梅崎も来とる」

さすがに驚いたようだった。宇土が目を見開く。

「おまえの公判があるて聞いて、駆け付けたらしか。傍聴席の抽選に落ちたらしかけん、今はたぶん、大浦さんと食堂あたりで時間を潰しよるやろう」

「あいつら、今はどこに住んどるとな」

「古瀬は島原で工務店ば継いどる。梅崎は北海道で教師をしよるらしか」

「長崎と北海道から……ご苦労なことたいな」

「そう言うな。みんなおまえのことを心配しとるとたい。矢加部も松田も河野も、みんなおまえのことば心配しとる。おまえは一人じゃない。おまえの後ろには、おれたちがおる」

「臭いこと言うな。いつまで野球部ごっこを続けるつもりな」

「一生だよ。おれたちは一生、元チームメイトだ」

鼻で笑う宇土の横顔が、唇の端を持ち上げた。

奥の壁際を歩いて、吉川と横山が入廷してくる。横山は緊張の面持ちだが、吉川の表情からは、感情の揺らぎが微塵も感じられなかった。満員の傍聴席には目もくれずに、検察官席まで歩き、紺色の風呂敷で包んだ資料を置いた。

腰を下ろすときに、中垣と一瞬だけ視線が衝突する。

中垣が軽く顎を引くと、わずかに唇の片端を吊り上げる余裕の笑みが返ってきた。

裁判官席の奥の扉が開き、書記官が法廷内に呼びかける。

「ご起立ください」

弁護人席、検察官席、傍聴席にいた全員が立ち上がった。

静まり返る法廷に、いくつかの足音が響く。

裁判長の梶本成一を筆頭に、山内孝則《やまうちたかのり》、水原宏美《みずはらひろみ》という黒い法衣をまとった二人の裁判官、その後ろを、六人の裁判員が続いて入廷する。梶本は中央の裁判長席、右陪席に山内、左陪席に水原。三人の裁判官を挟むかたちで、六人の裁判員が三人ずつに分かれて着席した。

「みなさん、どうぞお座りになって」

書記官を差し置いて一同に着席を促すと、梶本は両手を重ね、法廷を見渡した。

「それでは開廷します」

意図的に感情を押し殺すような、平坦な声音だった。

「被告人は証言台の前に立ってください」

立ち上がった宇土が、裁判長席の真正面にある証言台の前に移動する。

梶本が質問した。

「名前はなんといいますか」

「宇土健太郎です」

「生年月日はいつですか」

「昭和六十三年五月八日です」

その後本籍地を訊《たず》ね、人定質問を終えると、梶本は言った。

「まずは検察官が起訴状を朗読しますので、その場所で聞いていてください。では検察官、お願いします」

立ち上がった吉川が、ときどき裁判員たちに訴えかけるように視線を上げながら、起訴状を朗読する。

「公訴事実。被告人は平成二十五年三月三十日の深夜一時半から二時半にかけて、東京都世田谷区玉堤四丁目三十番二十六号付近の多摩川河川敷において、プロ野球球団東京アストロズ監督・榊龍臣――当時五十三歳と口論になり、所持していた木製バットで同人の右前頭部を殴打、その後も同人を殴打し続け、死に至らしめた。その後、犯行の発覚を遅らせるために同人の遺体を叢に引きずり、放置したまま立ち去ったものである。罪名および罪状、殺人、死体遺棄、刑法第一九九条、刑法第一九〇条」

吉川が腰を下ろす。梶本が宇土に語りかけた。

「ではこれから、先ほど検察官が読み上げた事実について裁判を行ないます。その前に、あなたに伝えておくことがあります。それは、あなたには黙秘権があるということです。法廷で質問されたとしても、答えたくなければ答えなくて構いません。すべての質問に答えないこともできますし、答えたい質問にだけ答えるということもできます。答えたい質問に答えることはできますし、許可を得て発言することもできますが、その場合、あなたの発言は、あなたにとって有利であっても、不利であっても、すべて証拠として扱われます。そして最終的に判決の内容を決めるときには、あなたが法廷で発言した内容を参考にすることがあります。発言の内容が最終的な結論に影響することもあると、よく理解した上で発言してください。わかりましたか」

「はい。わかりました」

「それではいま私が言ったことを理解してもらったという前提で聞きますが、検察官が読み上げた事実に、どこか違うところがありますか」

「あります」

「それは、どこが違うのでしょう」

「すべてです。私は多摩川河川敷に行っていませんし、榊さんをバットで殴っていませんし、叢に放置してもいません。すべて違います」

否認事件であることは周知の事実だったが、それでも本人の口からこうもはっきり事実関係を否定されると衝撃的だったのだろう。

傍聴席がどよめいた。

2

宇土が一球投じるごとに、まばらな客席からのどよめきは大きくなった。

一回戦西彼杵工業戦を4対0。宇土の4安打完封勝利で勝ち上がった島原北は、大会六日目二回戦、佐世保野球場での第一試合に登場した。対戦相手の小佐々《こさざ》高校は、県立校ながら近年めきめきと力をつけており、三年前には九州大会を勝ち上がって春の選抜大会への切符を摑んでいる。選抜でもベスト4まで勝ち進む活躍を見せ、甲子園に旋風を巻き起こした。今年も県内屈指の強打のチームとして第6シードにランクされ、上位進出が期待されている。

試合前の下馬評では、小佐々高優位の声が圧倒的だった。正直なところ、最初にトーナメント表を見たときには、中垣の脳裏にも今年は二回戦止まりかという落胆がよぎった。

ところが——だ。

中垣はベンチで声を張り上げながら、スコアボードを見上げた。試合中、何度も何度も繰り返し見た。夢でも見ているのではないかという思いだった。

7回表を終わって、13対0。

リードしているのが小佐々高なら、誰もが納得の展開だろう。

だが、逆だった。

先攻の島原北打線は不安定な相手投手の立ち上がりを捉え、ヒットとフォアボールで初回に3点を先制した。その裏、相手打線を宇土が三者凡退に抑えると、完全に流れを摑んだ。2回から6回まで毎回1点ずつを加点してじわじわと引き離すと、7回には打者一巡の猛攻で一挙5点を奪った。

中垣はスコアボードに並ぶ六つの「0」を目で辿った。

それは得点ではなかった。

得点の下に小さく表示された、ヒットの数だ。6回まで宇土は、相手打線に一本のヒットも許していなかった。フォアボールのランナーが二人だけ。しかもそのうちの一人は、牽制《けんせい》で刺している。強打を誇る小佐々打線に、まだ二塁すら踏ませていない。

とんでもない男だ。中垣は汗まみれになった手の平を太腿に擦り付けながら、投球動作に入ったエースを見つめた。

7回裏、小佐々高校の攻撃は2番バッターからの好打順だ。だが今日の宇土には、相手が何番バッターだろうと関係なかった。先頭打者を1ボール2ストライクと追い込んだ四球目。

宇土の指から離れたボールが、ふわりと浮き上がる。

山なりの超スローカーブ。

それまで豪速球に詰まらされ、なんとか球威に押されないようにと肩に力の入った打者にとって、こんなボールを投げられたらたまらない。

完全にタイミングを狂わされた2番バッターは、泳いだスイングでボールを迎えに行き、空振り三振に倒れた。宇土が今日奪った、13個目の三振だ。バッターがバットを地面に叩き付ける素振りをしながら、ベンチに帰っていく。

内野をまわったボールを受け取った宇土は、まったくの無表情だった。相手打者の裏をかく配球に、してやったりといった様子も、ノーヒットノーランまであとアウト二つと迫って緊張する様子もない。淡々とした雰囲気で、キャッチャーの古瀬が出すサインを見つめている。

「やべえ、こっちが緊張してくるわ」

「本当だよ」

そばで控えの二年生部員たちが囁《ささや》き合っている。

中垣も同じ心境だった。いや、中垣だけでなく、チームメイト、相手チームの選手、グラウンドを取り囲む数少ない観客。おそらく誰もが、記録達成を意識している。だが異様な興奮に包まれ、しかしそれを抑えようとするぎこちない静寂が下りた球場の中で、宇土一人だけが冷静を保っているように見えた。

相手の3番打者がストレートを叩く。叩くというよりは、こつんと当てに来ているようだった。もはや試合に勝とうとは思っていない。なんとしても記録を阻止するという、執念の打撃だった。しかしプライドを捨てたスイングもむなしく、打球は三塁側ファウルグラウンドへのフライになった。サードの河野が軽々と捕球し、2アウト。

ついに、あと一人——。

宇土は野手のほうを向いてアウトカウントを確認すると、相手の4番打者に向き合った。

初球、外角低めのスライダー。ボールになるコースを打者が強振し、ストライク。

二球目、しっかり変化球を見極めていこうと思い直した打者の気持ちを見透かすように、内角高めへのストレート。打者はのけぞってよける動きをしたが、主審の右手が上がってストライク。

早々に2ストライクと追い込んだ、三球目。

宇土が投じたのは、ど真ん中のストレートだった。

ひやりとしたが、相手打者のバットは大きく空を切った。

三振。試合終了。

7回参考記録ながら、ノーヒットノーラン達成だ。あまりにも呆気ない幕切れに、それがたいしたことでないような錯覚に陥る。だが紛れもない大記録だ。全国四千校、十数万人に及ぶ高校球児の中で、在学中にノーヒットノーランを達成する選手は、何人いるだろう。今日の投球により、宇土への注目度がいっきに高まるのは必至だ。

当の宇土はチームメイトの祝福に微笑で応えているものの、とりわけ喜んでいるようでもなかった。一勝は一勝。それ以上でも以下でもない、とでも言いたげだ。

これが選ばれた人間というものか。

試合終了の挨拶に加わるためにベンチを飛び出しながら、中垣は自らが記録を達成したかのような興奮に浸っていた。

3

「それでは証人、証言台へどうぞ」

検察官による冒頭陳述の後、公判前整理手続の結果顕出、採用済み甲号証取調を経て、証言台に立ったのは被害者の妻・榊久美子だった。年齢を重ねてはいるが、元キャビンアテンダントらしい整った顔立ちで、清楚《せいそ》な雰囲気を醸し出している。メイクの薄い頬の翳《かげ》りが夫を失った後の憔悴《しょうすい》をうかがわせるが、検事が吉川となると、それすらも裁判員の同情を誘う巧妙な演出ではないかと、つい疑ってしまう。

裁判長の梶本が久美子を見据えた。

「住所、氏名、職業、年齢は、証人等カードに記載した通りですか」

「はい。間違いありません」

「宣誓書の内容を読み上げていただけますか」

「はい……宣誓、良心に従って真実を述べ、何事も隠さず、偽りを述べないことを誓います」

「ありがとうございます。では検察官、尋問を始めてください」

立ち上がった吉川が、検察官席に手をついた。

「お名前と年齢、それに職業をお願いします」

ゆっくりと聞き取りやすく、落ち着いた口調はベテランアナウンサーのようだ。

「榊久美子。五十歳。専業主婦です」

「被害者との関係は」

「妻です。被害者の榊龍臣は、私の夫でした」

「亡くなった榊さんとは、ご同居されていたんですよね」

「はい。結婚して二十八年、ずっと一緒でした」

「ご自宅には、榊さんとお二人で？」

「そうです。息子と娘、二人の子供はすでに独立して家を出ていますので」

「お二人で力を合わせてお子さんたちを立派に育てられ、これからは夫婦二人で肩を寄せ合って生きていこうという矢先に、お気の毒でしたね」

吉川は眼差しと声音に同情を浮かべた。普段は冷徹な印象しかない検事だが、公判となると、裁判員を味方につけるための自己演出にも秀でている。

「つらいことを思い出させるようで心苦しいのですが、榊さんの無念を晴らすために、いくつか質問させてください」

目に涙を溜めた久美子が、嗚咽《おえつ》を堪えるような声を出した。

「はい……」

「事件当日、榊さんが被告人と会うことは、ご存じでしたか」

「はい。聞いていました」

「被告人は、当時すでに所属していた東京アストロズ球団を退団していましたね。退団後も、榊さんと被告人は親しくされていたのですか」

「いえ。とくにそのようなことはなかったと思います」

「それでは、どうして榊さんが被告人と会うことにしたのか、訊ねられましたか」

「いいえ。訊ねませんでした」

「それはなぜですか」

「訊かなくとも、わかっていたからです」

「どうしてわかっていたのですか」

「年が明けたころからでしょうか。自宅に無言電話がかかってくるようになりました。それに事件の三日前には、投石で窓を割られていました。私は何度も、警察に相談しようと言ったのですが、主人はおれがなんとかすると言っていて……宇土さんと会うと聞いたときにも、そのことを解決してくれようとしているのだと思いました」

「どうして被告人と会うことが、無言電話や投石被害の解決になるのでしょうか」

「犯人は、宇土さんだと思ったからです」

　中垣は立ち上がった。

「異議あり。証人は直接経験しなかったことを述べています」

　吉川が裁判官席を振り返る。

「そうではありません。証人はあくまで被害者と交わした会話をもとに証言しています」

「異議を却下します。続けてください」

　ちらりと視線で中垣を牽制すると、吉川は証人に向き直った。

「無言電話や投石をしてきた犯人が、被告人だと思った理由はなんですか」

「主人から話を聞いたんです。自由が丘のクラブに行ったときに、待ち伏せていた宇土さんから詰め寄られたことがある。一緒にいた大矢さんが殴られた……と」

「大矢さんというのは？」

「アストロズの選手です。主人がとくに目をかけていました」

「目をかけてかわいがっていた選手が殴られたというのに、警察には届けなかったのですか」

「私も主人にそう言いました。主人は、宇土さんにもこれからの人生があるから、と言っていました」

「では榊さんは、退団した被告人のこれからの人生のことを考えて、あえて警察沙汰《ざた》にはしなかった、ということですか」

「そう、思います。情に厚いところのある人でしたから」

「では、無言電話や投石の被害に遭い、あなたが警察に相談しようと訴えたとき、おれがなんとかすると言った榊さんにたいして、どう思われましたか」

「いくら自分の元部下だからと言って、そこまでかばってあげる必要なんてないのにと、思いました」

「被告人が自由が丘のクラブで揉め事を起こしたとき、テーブルやグラスが破損していますね。その弁償は、誰がしたのですか」

「主人です」

「これまでの話だと、あなたは榊さんから話を聞いただけで、無言電話や投石をした犯人が被告人だと思ったことになりますよね。被告人が嫌がらせの犯人だと判断した理由は、それだけなのですか」

「いいえ。違います」

「ほかになにか理由があるのですか」

「はい。私自身が、宇土さんらしき人影を見たからです。投石で窓を割られたとき、走り去る男の姿が見えました」

「それを被告人だと判断した根拠は、なんですか」

「河川敷の方角に走り去ろうとした男が、一瞬こちらを振り返ったんです。私自身がアストロズの選手たちと、とりわけ親しくすることはありませんが、選手の顔だけなら二軍も含めてだいたい覚えています。見た瞬間に、宇土さんだと思いました」

「はっきりと見たんですね」

「はい」

「では最後に、夫を奪われた遺族として、被告人になにか言いたいことはありますか」

「なにをしようと夫が戻ってくることはありません。たとえ犯人が罰せられようと、そうでなかろうと、憎しみや恨みの感情が消えることはないと思います。ですが、死んだ主人の供養のためにも、宇土さんにはせめて素直に罪を認めて、刑に服して欲しいと思います」

「異議あり」

「以上です」

吉川はすとんと椅子に腰を落とした。それ以上の議論を拒絶するかのように、資料に目を落としている。中垣は唇を噛んだ。裁判員にたいして「宇土が犯人」という心証を見事なまでに刻み付けられた。

「それでは弁護人、反対尋問を」

梶本に促され、中垣は弁護人席を立った。

「まず証人におうかがいします。被害者の榊さんは、あなたにたいしてはっきりと、無言電話や投石をしたのは、ここにいる宇土さんだと、おっしゃったのですか」

「はい。そうです」

久美子がちらりと宇土を見やる。

「ではなぜ、先ほど、検察官が『無言電話や投石をしてきた犯人が、被告人だと思った理由はなんですか』と訊ねたときに、こう答えられたのでしょうか。『自由が丘のクラブに行ったときに、待ち伏せていた宇士さんから詰め寄られたことがあると、榊さんから聞いたことがある』と。榊さんが自由が丘のクラブで宇土さんと揉めたことは、宇土さんを嫌がらせの犯人とする直接的な根拠にはなりませんよね。これは宇土さんにまつわるよくない情報を聞いたあなたが、現在進行形の嫌がらせと勝手に結びつけたということではないでしょうか」

「それは……」

「異議あり。弁護人の質問は、証人に議論を要求しています」

「どこが議論を要求しているのでしょうか。検察側の尋問で挙げられた要素の事実関係を確認しているだけです」

「異議を却下します。続けてください」

吉川が腹立たしげに椅子に座った。

中垣は証言台に顔を向ける。

「あなたの話を聞いていると、榊さんは宇土さんと揉めたという話はしているけれども、榊さん自身が宇土さんを犯人だと断言したことは、一度もないように思えます。榊さんは、宇土さんが嫌がらせをしていると、言ったのでしょうか」

「言わないでも、そう思います……普通は」

「宇土さんが嫌がらせの犯人だと、榊さんは一度も言っていないということですね」

「異議あり。質問が重複しています」

「異議を認めます。弁護人は発問を変えてください」

「では質問を変えます。榊さんが、宇土さんと自由が丘のクラブで揉めたことがある、とあなたに告げたのは、いつごろのことでしょうか」

「はっきりとした日付までは覚えていませんが、一月下旬のことだったと思います」

「実際に、両者に諍いが起こったのは昨年の十一月半ばです。それから二か月ほど経ってから、初めてあなたにそのことを告げたのは、なぜだと思いますか」

「私が無言電話について相談したからだと思います」

「榊さんは、あなたが嫌がらせについて相談したその場で、宇土さんと揉め事があったのだと告白してきたのですか。相談にたいする反応としては、不自然なように思いますが」

「私が無言電話のことを話して、警察に相談しようという話をすると、主人はしばらく考え込んでいるようでした。それから、宇士さんの話を始めて……私が、それなら宇士さんが犯人ではないかと言うと、主人は、まだわからないし、宇士さんにも今後の人生があるから、しばらく様子を見よう、なにかあったら、おれがなんとかするから、と」

「それでは榊さんは、はっきりと宇士さんが無言電話の犯人だとは言っていないのですね。榊さんは、宇士さんを犯人と言ったのではなく、ただ話題を変えようとしただけかもしれません。今の話だと、むしろあなたのほうが、宇士さんを嫌がらせの犯人だと決め付けたように受け取れますが」

椅子を引く音がした。

「異議あり。誘導尋問です」

「事実認定に関する重要な部分です」

「異議を却下します。弁護人は続けてください」

久美子のほうを向いて、中垣は言った。

「いかがでしょう。榊さんは宇士さんが無言電話の犯人だと、断定したのですか」

「話の流れから、そういうふうに受け取るのは当然でしょう!」

「『はい』か『いいえ』で答えていただけますか」

「……いいえ」

久美子は目を伏せた。

「それでは、榊さんが殺害される三日前、お宅に投石があり、窓ガラスが割られたときのことについて訊きます。当時の状況について、説明していただけますか」

「夜、十時ごろでしょうか。がしゃんと音がしたので、急いでリビングに行きました。するとリビングには石が落ちていて、床にガラスの破片が散らばっていたんです。誰がこんなことを、と思い、窓に開いた穴から外を覗くと、男の人が走り去っていくのが見えました」

「その走り去っていく男を、宇土さんだと思ったんですね」

「はい」

「なぜ宇土さんだと思ったのですか」

「男の人が走りながら、ちらっとこちらを振り返って、そのときに顔が見えたからです」

「窓ガラスが割れる音がしてから、あなたが外を見るまで、どれぐらい時間がありましたか」

久美子が虚空を見上げ、行動を反芻する。しばらくしてから答えた。

「五秒ぐらいでしょうか」

「五秒間で、成人男性がどれだけの距離を走ることができるか、ご存じですか」

「いえ。わかりません」

「二年前に文科省が発表した体力測定の結果を引用すると、五十メートル走の十九歳男性の平均が七秒三五です。これは一秒間に、およそ六・八メートル進んでいる計算になります。つまり平均的な十九歳男性なら、五秒間あればおよそ三十四メートル走ることができます」

「そんなに離れていませんでした」

久美子が不愉快そうに眉根を寄せた。

「ええ、そうでしょうね。これは机上の空論に過ぎません。実際には石を投げた後でしばらく様子を見ていたかもしれないし、逃げるときにも全力疾走していないかもしれない。それに元アスリートとはいえ、宇土さんと文科省発表のデータとでは、年齢も異なります。では、実際にはあなたから投石の犯人までは、どれぐらい離れていたのでしょうか」

「せいぜい十メートルほどだと思います」

「十メートル」

中垣は大きく頷いた。

「あなたの自宅周辺にはそれほど街灯も多くなく、夜はかなり暗くなりますよね。そんな条件下で、しかもガラスを割られたという動揺がありながら、十メートル先の犯人の顔をはっきり視認することができたのですか。しかも、とりわけ親しくしていたわけではない相手ですよね。榊さんの話を聞いて、宇土さんが無言電話をかけていると思い込んでいたせいで、そう見えただけではないのですか」

「異議あ――」

吉川が立ち上がるよりも、久美子が口を開くほうが早かった。

「でも、体格もよかったし。間違いなくなにかスポーツをしている人の身体《からだ》つきでした」

中垣は唇の端をわずかに吊り上げる。

「体格で判断したのですね。はっきりと顔を見たわけではなく」

「異議あり。誘導尋問です」

久美子に余計なことを喋らせまいと、すかさず吉川が立ち上がる。

「異議を認めます。弁護人は発問を変えてください」

「わかりました」

十分な成果だった。中垣は話題を変える。

「それでは次に、凶器となった木製バットについておうかがいします。榊さん殺害に使用された木製バットが、榊さんの現役時代、三〇〇本塁打を放ったときに使用していたバットだというのはご存じですか」

「はい。宇土さんの入団交渉時、主人が宇土さんに贈ったものでした」

「では宇土さんがアストロズを退団する際に、そのバットを榊さんに返却していたという事実は、ご存じでしたか」

「いえ。そんな事実はないと思います」

「どうしてそのように断言できるのですか。宇土さんから榊さんにバットが返却されていたことを、知らなかっただけではないのですか」

「もしそのバットが返却されていたら、記憶に残っているはずです」

「宇土さんの入団交渉時、プロ入りを躊躇する宇土さんを説得するために、榊さんは自身が三〇〇本塁打を放った記念のバットを持ち出したのですよね」

「そうです」

「それはご自宅から持ち出されたのですか」

「はい」

「それでは、榊さんが自宅からバットを持ち出したとき、それまで、バットが自宅のどこに保管されていたのかをご存じですか」

「そんなことまで、知るはずがありません」

「なぜご存じなかったのでしょう」

「昔のことですし、こまごまとした用具の管理は主人が自分で行なっていましたから」

言い終えてから、久美子がしまった、という顔をした。

「おかしいですね。持ち出されたことに気づかないのならば、返却されていても気づかないはずではないですか」

裁判官席にアピールするように、中垣はゆっくりと視線を滑らせた。

「以上です」

4

ノーヒットノーランの衝撃から三日後に行なわれた三回戦、諫早南山《なんざん》高戦は、雨中の決戦となった。

朝方からぽつぽつと降り始めた雨は、第一試合までは小康状態を保っていたものの、島原北の試合が始まるころから雨粒が大きくなり、2回を終えたときには本降りになっていた。

長崎県営野球場のマウンドに立つ宇土は、しきりに尻ポケットに手を突っ込み、ロージンバッグに濡れた指先の水分を吸わせようとしている。

雨脚が強まった2回以降、宇土はコントロールが定まらなくなった。得点こそ許していないものの、毎回のように得点圏にランナーを背負う、苦しいピッチングだ。もちろん天候の悪条件は、相手にとっても同じだ。島原北の攻撃でも四死球やエラーのランナーをたびたび得点圏に送り込んでいたが、あと一歩の決め手に欠けていた。

そして迎えた8回表、諫早南山の攻撃。すんなりと2アウトを取った宇土だったが、相手チームの7番バッターにフルカウントの末、四球を与えた。その後、一塁に牽制球を投じようとしたところでボークを宣告され、リズムが狂い始める。

8番バッターの三遊間深いところへのゴロが、ショート矢加部の送球が間に合わずに内野安打となった。続く9番バッターの打球は、三塁線ぼてぼてのゴロだった。だが捕球したサード河野がぬかるみに足をとられて転倒し、これもまた内野安打。2アウト満塁とピンチが広がった。

「落ち着かせてこい」

自身がもっとも動揺しているように見える監督から背中を叩かれ、中垣はベンチを飛び出した。ファウルラインを越える前に一礼して、内野陣の集まるマウンドに向かう。

この試合三度目のタイムだった。

宇土を中心に、古瀬、河野、矢加部、松田、梅崎が深刻な表情をしていた。

「なにしけた面《つら》しとっとな」

中垣は両腕を広げて古瀬と梅崎の肩を抱き、つとめて明るい声を出した。

するとふいに、松田の表情がほころんだ。

「本当や！　宇土の言うた通りや」

内野陣の顔を見回すと、先ほどまでの深刻そうな表情が消えている。中垣を取り囲むのは、にやにやとした企みの笑顔ばかりだった。

「なんな。どういうことな」

「三回目のタイムは、たぶんおまえが伝令やって話しよったとたい」

グラブで口もとを隠した宇土が、にやりと目を細める。

「これでおまえもスターやな」

古瀬から背中をぽんぽんと叩かれた。

みんながなにを言っているのかわかった。ローカル放送だが、この試合はテレビ中継されている。二度目までの伝令役は、控えの二年生部員だった。中垣をテレビに映らせるために、わざわざピンチを演出してやったと言いたいのだ。

そんなはずがないのはわかっている。だが中垣は、あえて乗っかることにした。

「おいおい、勘弁しろや。三回戦なんかでテレビに映っても、しょうがなかとぞ……ところで、カメラはどこや」

くるりと周囲を見回し、カメラを探すふりをすると、笑いが起こった。もう大丈夫だと思った。

「冗談はここまでたい。頼んだぞ」

「わかっとる。任せとけ」

宇土が言うと、周囲の全員が頷いた。

ベンチへと引き返しながら、中垣は奇妙な感慨に捉われた。変わったものだ。以前なら完全に浮き足立つような場面だった。だが今は、宇土だけでなく、チーム全員が勝利を信じ切っている。

もしかしたら、本当に行けるかも……甲子園――。

宇土が全球ストレートの三球三振でピンチを切り抜けると、8回裏に島原北打線が相手投手を捉え、一挙3点を奪った。

そのまま9回表を無失点で抑え、ベスト8進出が決定した。

5

第二回公判日。

まず証言台に上がったのは、警視庁捜査一課所属の刑事・井戸川護だった。井戸川の証人請求をしたのは弁護側なので、主尋問は中垣が行なう。

人定質問、証人による宣誓文の読み上げが終わると、中垣は尋問を開始した。

「あなたは被告人である宇土さんの取調を担当しましたね」

「はい。私だけが担当したわけではありませんが、被告人の取調を担当した、三人の取調官のうちの一人です」

「あなた自身は、何回、宇土さんを取り調べたのですか」

井戸川は視線を上げ、指を何本か折ってから答えた。

「五回……です」

「乙二号証として検察側から証拠請求された宇土さんの供述調書は、何度目の取調のときに作成したものですか」

「二度目の取調の際に作成したものです」

「乙二号証の一部を読み上げます」

中垣は供述調書のコピーを手にとった。

「午後十一時に榊さんと合流した私は、榊さんが行きつけだという『ピエロ』というスナックに行きました……とあります。内容に間違いはありませんか」

「はい。たしかにその通りです」

「この供述調書を作成するための聴取の過程で、宇土さんは午後十一時に榊さんと合流した後、『ピエロ』に直行したと言っていましたか」

「答えたくありません」

傍聴席がざわっと揺れた。

「宇土さんは、午後十一時に被害者と合流し、被害者が行きつけだという店についていった。しかしその店が休みだったために、『ピエロ』でいいか、と被害者に提案された。その周辺には土地勘があるわけではなく、ほかに店を知らなかったので同意した、と言っていました。そして同じことを、警察の取調でも言ったとのことです。しかし供述調書には、その部分が反映されていませんね。まるで合流した後、すぐに『ピエロ』に行ったように記述してある」

井戸川は黙っている。

「田園調布に『ルクソール』というお店があります。駅前で榊さんと合流した宇士さんが、最初に連れて行かれたという店です。しかしそこが休みであったために、『ピエロ』に行き先を変更したと、宇士さんは主張しています」

「そうですか」

「榊さんと宇士さんが『ピエロ』に入った時刻が何時ごろなのかについては、捜査で明らかになっていますね」

「はい。『ピエロ』経営者の内海久恵さんによると、二人は午後十一時十五分ごろに店を訪れたということです」

「宇士さんは、午後十一時、もしくはそれよりも少し前に榊さんと合流したと言っています。二人が合流した駅前から『ピエロ』までの距離は、徒歩三分程度です。すると入店した午後十一時十五分までの間には、少なくとも十二分間の空白ができることになります。その間、二人がどこでなにをしていたのか、調べなかったのですか」

「調べていません」

「なぜでしょう」

「事件には関係のないことだと判断したからです。十二分程度なら、被告人の記憶違いという可能性もあります。午後十一時に合流したというのは、被告人の記憶だけに基づく、曖昧《あいまい》な認識に過ぎません」

「ならばあなたは、宇土さんが嘘をついていると判断したのですか」

「そうは言っていません。時刻の記憶違いなら、誰にでもあると思ったのです」

「だからあなたは、宇土さんが『ピエロ』に行く前に別の店に行こうとしていたという部分の供述を、調書に反映させなかったのですね」

「異議あり。質問が重複しています」

「異議を認めます。弁護人は発問を変えてください」

「わかりました。榊さんと宇土さんが、現場となった河川敷の方角に向かって一緒に歩いているのを見た、という目撃者が存在しますね」

「はい。現場近くにお住まいの、野島さんという方です」

「その方は、二人が榊さんの自宅に向かっていると思ったようですが、駅から見ると、たしかにその方角には、榊さんの自宅と殺害現場となった河川敷があります。ですが同じ方角には、二人が『ピエロ』に行き先を変更する前に立ち寄ったという『ルクソール』というお店もあります。野島さんが見たのは、二人が犯行現場に向かっている途中ではなく、『ルクソール』に向かっている途中だった、という可能性は考えられませんか」

「考えられません」

「なぜでしょう。被告人の供述は時刻の記憶違いだと退けるのに、目撃者の供述は鵜呑みにするのですか」

「まず、目撃者は明るい部屋の中で、壁にかけた文字盤の大きな時計を見て時刻を確認しており、そのときに『もう一時か』と声に出したということです。目撃者の記憶違いというのは、被告人にとってあまりに都合のいい解釈だと思えます。さらにもう一点、目撃者の証言した時刻の後に、榊さんと並んで歩く自転車の男の姿が、現場近くのコンビニエンスストアの防犯カメラに捉えられています」

「甲四号証として提出されている、防犯カメラのＤＶＤ映像のことですね」

「そうです」

「それでは、そのＤＶＤ映像を、いま一度ご覧になっていただけますか」

中垣の目配せに応じて、書記官が機械を操作する。

検察官席と弁護人席の後方に据え付けられた大型液晶画面に、コンビニエンスストアの店内の様子が映し出された。裁判官席に並んだ九人が、手もとのモニターに視線を落とす。大型液晶画面に映し出されたのと同じ映像が、裁判官席に一人一台ずつ設置されたモニターでも流れている。

画像が粗いのは、映像がＶＨＳテープから起こされたものだからだ。その店では各曜日に割り当てた七本のテープを、それぞれ一週間ごとに上書きしていた。

カメラは店員が接客するカウンターを、斜め上から捉えていた。画面右下には、日付のテロップが表示されている。

やがて自動ドア横に設置されたコピー機の向こう側の暗がりに、榊の横顔が現われた。その奥に誰かの頭が見え隠れしているが、暗い上に画像が粗いため、はっきりと顔が確認できない。二つの人影は、画面を右から左へと横切っていく。そしてコピー機に隠されていた下半身が顕わになったとき、榊と一緒に歩く男が自転車を押していることがわかる。しかし依然として、男の顔は判然としない。二人はそのまま画面から消えた。

中垣はもう一度映像を再生するように要求し、榊の全身像が顕わになったところで一時停止させた。

「この映像を見て、榊さんと一緒にいる人物が、宇土さんだと判断できますか」

「これだけだと難しいかもしれません。しかし目撃証言と併せれば、この人物が被告人であると考えるのが、妥当だと思います」

「つまりこの映像は、これだけでは単独の証拠となるだけの能力がない、目撃者の証言にたいする補強証拠に過ぎない、ということになりますね」

「ええ、そうです」

「ということは、目撃者が二人を目撃した時間を記憶違いしていれば、この証拠も意味がなくなるということです」

「そうですが、それはありえません。目撃者の証言には、信憑性があります。先ほども述べましたが、当時の目撃者の部屋は明るく、時計も文字盤の大きな、見やすいものであり、捜査員が訪問した時点でも、時刻の狂いはありませんでした。目撃者は視力もよく、およそ一・五メートルの距離で文字盤を確認しています。見間違いも、記憶違いもありえません」

「宇士さんの視力も、悪くはありません。事件当夜は飲酒もしておらず、意識も記憶もはっきりしていました。その宇士さんが、午後十一時には榊さんと合流したとする供述を、あなたは時刻の記憶違いだと切り捨てましたね」

「異議あり。議論を要求するものです」

「異議を認めます」

「発問を変えます。警察として、宇士さんの逮捕に至った経緯を、説明していただけますか」

「遺体の遺棄場所から五メートルほど離れた叢の中から、血液の付着したバットが発見されました。血液鑑定を行なったところ、被害者の血液型と一致したために、凶器として使用された可能性が高いと判断しました。バットには被害者のサインと一緒に、『300』という数字が書き添えられていました。被害者の夫人に見せたところ、被害者が三〇〇号本塁打を放ったバットに間違いないと確認が取れました。それは以前、被害者が被告人に贈ったものであり、さらに事件当日にも被害者が被告人と会っていたという証言が得られたので、被告人を任意同行して指紋を採取したところ、バットのグリップから検出された指紋と一致したために、逮捕に踏み切ったものです」

「被告人は犯行について、一度も認めてはいませんね」

「はい」

「バットのグリップから検出されたのは、宇土さんの指紋だけでしたか」

「いいえ。被害者の指紋も検出されました」

「それ以外には」

「複数人の指紋が検出されました」

「その中に、左バッターのものはありましたか」

井戸川が眉根を寄せる。

「異議あり。事件とは無関係です」

「関係はあります。見ていればわかります。質問を続けさせてください」

しばらく検討していた裁判長が頷いた。

「わかりました。どうぞ」

「宇土さんは元プロ野球選手であり、バットの扱いには慣れています。右バッターであるため、人を殴打する際にも左こぶしが下、右こぶしが上になる右バッターの握りをすると考えるのが自然です。習慣になっていますし、なによりとっさに左バッターの握り……つまり左こぶしが上、右こぶしが下という握り方をしても、力が入りにくいからです」

中垣はしゃがみこみ、足もとに寝かせていたバットケースから、バットを取り出した。グリップを握って、証言台の前に歩み出る。

「私は高校時代まで野球をしていました。野球経験者です。そして宇土さんと同じ右利きです。その私でも、慣れない左バッターの握りでバットを振ると……」

中垣は左バッターの握りでバットをスイングしてみせる。先端が波打つ、素人くさい軌道になった。

「このように上手く力が入りません。グリップに残っていた指紋が右バッターの握りか、左バッターの握りかは、事件の全容を解明する上で重要な鍵となります」

「異議あり！」

こんな茶番は許せないとでも思っているのか。立ち上がる吉川の顔は紅潮していた。

「検察官は、右利きでしょうか」

「なに……？」

中垣はバットの太くなったほうを握り、グリップを吉川に差し出した。

「私がやっているとわざと弱いスイングをしたとも受け取られかねないので、検察官に一度、バットを振ってみて欲しいのですが」

傍聴席がにわかにざわつき出す。

裁判長の梶本は不快そうに鼻に皺を寄せたが、傍聴席から期待の視線が集中するのを意識したのだろう。不承ぶしょうといった感じながらも、了承した。

「いいでしょう。検察官が、構わないと言うのであれば」

「どうですか、検察官」

吉川は唇を震わせ、珍しく感情を顕わにしていた。

「構いません……」

懸命に怒りを押し殺そうとする声だった。

検察官席から、歩み出てくる。

「一つ、確認しておきます。検察官は右利きですか、左利きですか」

「右利きです」

「野球経験は」

「体育の授業の、ソフトボールくらいです」

「これから右利きの成人男性に、左バッターの握りでバットを振ってもらいます」

中垣は裁判員たちの顔を見回しながら宣言すると、吉川にバットを手渡した。

「右こぶしが下、左こぶしが上という握りでお願いします」

「わかっている」

言われた通りにグリップを握った吉川が、バットを振る。

「もう一度、お願いできますか」

ふたたび吉川がスイングした。

「ありがとうございます」

中垣をひと睨みした吉川が、バットを返し、検察官席に戻っていく。

「今の検察官のスイングを、再現します」

中垣は身体の右側から左側へとバットを振った。左バッターの握りをしているが、スイング自体は右打席で投手と向き合うかたちだ。何度かスイングを続けてから、裁判官席を見上げる。

「このように、左バッターの握りをしていたとしても、右利きの場合には、無意識にバットを右から左に振ってしまいます。人を殺そうとして平常心を失ってしまう場合には、とくにそのような癖が出てしまうものでしょう。ところが遺体の打撲痕は、右前頭部にありました。右バッターの振り方ならば……」

ゆっくりとバットをスイングしてみせる。

そして今度は殴打された側の人間を演じ、左手を額にあてた。

「こちら側……左前頭部に打撃が加えられることになります。つまり、犯人は左利き、もしくは左バッターの訓練を積んだ人物の可能性が高いということです」

裁判員のうち、向かって一番左に座った若い男が、大きく頷いている。野球経験者なのかもしれない。

「ですから、凶器のバットに残った指紋の中に、左バッターのものがあったのかという点は、真犯人糾明のための重要な鍵となります」

中垣は手応えをたしかめながら、証言台に向き直った。井戸川はぽかんと口を開けたまま、硬直している。

「どうですか。被害者と被告人以外に検出された指紋の中に、左バッターの握りをしているものはありましたか」

「いえ……そこまでは、わかりません」

それで十分だった。宇土以外の真犯人が存在する可能性を示唆できればいい。

「以上です」

6

チーム全体が波に乗っていた。

長崎県営野球場で行なわれた準々決勝第一試合。下五島《しもごとう》高校対島原北高校戦。

——長打力はないものの上位から下位まで足のある打者を揃え、セーフティーバントやエンドランを積極的に絡める下五島高校の機動力野球対、彗星《すいせい》のように現われた島原北高校の好投手・宇土。ロースコアの競り合いになるだろうが、打力と機動力に勝り、試合巧者の下五島がやや優位か。

そんな地元紙の予想を吹き飛ばすように、序盤から島原北打線が爆発した。

三連続ヒットで開始早々に2点を先制して試合の主導権を握ると、4回に1点、5回には3点を加えて、試合をほぼ決定づけた。

終わってみれば9対0。宇土は9回一二〇球を投げ被安打4、与四球1、奪三振12という、堂々の完封勝利だった。

「うおお、ついに準決勝や！」

試合終了の挨拶を終え、ベンチに引き揚げながら、松田がこぶしを握り締める。

「信じられん。あと二つで甲子園ぞ」

普段は冷静な矢加部も、興奮を抑えられない様子だ。

「中垣、見とったか。おいのホームラン！」

公式戦で初めてホームランを記録した河野が、背後から首に腕を巻きつけてきた。

「もちろん見とったぞ。たいしたもんたい」

中垣はヘッドロックに顔を歪める。

ふいに首を締めつける力が緩んだ。

「なんや……中垣、あんま嬉しそうじゃないな」

河野が眉根を寄せ、怪訝そうにする。

「いや、そんなことはなか。嬉しいに決まっとるやっか」

「そいにしては、なんかテンション低くないか」

「そうぞ中垣！　もっと喜べ！　ベスト4ぞ！」

松田が横から、手刀で脇腹を突いてきた。

「喜んどるやっか」

嬉しくないはずがない。ついに準決勝進出だ。あと二勝で甲子園だ。

だがこれまで、中垣には一度も出場機会がなかった。三年生部員の中で、自分一人だけが勝利に貢献できていないという気後れがあった。チームが快進撃を続けるほど、疎外感は大きくなっている。誰もそんなことは気にしていない。そんなことはわかっているはずなのに、一人で卑屈になった。

ベンチで荷物をまとめていると、クールダウンのキャッチボールを終えた宇土と古瀬が戻ってくる。

「やったな、宇土」

中垣が祝福すると、宇土はなぜか困ったように眉を上げた。

7

「内海久恵。四十二歳。田園調布駅近くで『ピエロ』というスナックを営んでいます」

内海久恵はワードローブの中からもっとも地味な服を探してきましたという雰囲気の、紫色のツーピースを着ていた。根元の黒くなった茶色い髪の毛を、頭の後ろで団子にしている。

久恵が宣誓文を朗読し終えるのを待って、吉川が切り出した。

「事件の夜、被害者の榊さんと被告人が、あなたのお店に来ましたね」

井戸川の証人尋問で、弁護人がバットを持ち出し、検察官にスイングさせるという前代未聞の出来事の直後だった。法廷にはまだざわめきの余韻が残り、吉川の声も、わずかにささくれ立っている。

「はい。榊さんには、いつもご贔屓《ひいき》にしていただいていました」

「二人がどのような会話をしていたか、覚えていらっしゃいますか」

「最初に二言三言、世間話をしましたが、あとは奥のボックス席に座って、なにか真剣な様子でしたので、お二人がどういう話をしているのかまではわかりませんでした。ただ……」

久恵が言いよどむ。

「ただ、なんでしょう」

「途中から険悪な雰囲気になったのは、気づいていました。そして、お二人がいらして一時間ほど経ったころでしょうか。急にそちらにいらっしゃる方が」

証人の視線が動き、吉川が確認した。

「宇士さんですね」

「はい。宇士さんが席を立って、店を出ていかれました。榊さんは立ち上がって、宇士さんに声をかけていました」

「なんと声をかけたんですか」

「もうやめろ、おれは知っているんだ……と」

「もうやめろ、おれは知っているんだ」

吉川が久恵よりもゆっくりとした口調で、繰り返す。

「それは、なんのことを言っていたのでしょうか」

「わかりません」

「榊さんには、事情を訊かれなかったのですか」

「なんだか怖い雰囲気だったので」

「榊さんはその後、しばらく一人で飲んでいたのですよね」

「そうです。カウンターに移動してきて、飲んでいました」

「そのときに、宇土さんとなにがあったのか、話さなかったのですか」

「話したいのなら、ご自分からおっしゃるだろうと思いましたし。逆に、わざと関係ない話をするようにしました」

「榊さんの自宅に、無言電話がかかっていたり、榊さんの自宅の窓が、投石で割られたりしていたことは、ご存じでしたか」

「いえ。知りませんでした」

「榊さんが、そのことで宇土さんを疑っていたことは」

中垣は腰を上げた。

「異議あり。事実と異なります」

「異議を認めます。検察官は発問を変えてください」

「では質問を変えます。榊さんの奥さまが、無言電話や投石の犯人を宇土さんだと疑っているという話を、聞いたことはありますか」

「いいえ。そういう話は聞いたことがありません」

「それでは、そういう事実があったとして、榊さんが宇土さんにかけた、『もうやめろ、おれは知っているんだ』という言葉を、どう解釈したらいいと思いますか」

「異議あり」

中垣が手を上げると、「以上です」と吉川が背を向けた。

8

当初の予想通り、対佐世保学園戦は白熱した投手戦となった。

力のあるストレートを主体に打者をねじ伏せる島原北高校・宇土と、左腕からの大きく曲がるカーブとストレートのコンビネーションで打者のタイミングを外す佐世保学園・辛島。対照的な両投手の投げ合いは互いに譲ることなく、0対0のまま5回を終えた。

強い日差しで乾いたグラウンドには水が撒《ま》かれ、マウンドの周囲をグラウンド整備車が周回している。三塁側ベンチ前では島原北高の選手たちが、監督を中心にしゃがみこんでいた。

「中垣。おまえ、みんなに言いたいことがあるとやろ」

監督に言われ、中垣は歩み出た。その場を退いた監督に代わり、円の中心になる。

「どうした中垣」

矢加部が不思議そうに首をかしげる。中垣は矢加部を見つめ、そこからぐるりと視線を動かした。全員と目を合わせ終えると、告げた。

「ずっと見とって気づいたとやけど、辛島には、カーブを投げるときの癖がある」

「本当か」

目を輝かせる松田は、藁《わら》にもすがりたい心境だろう。まったくタイミングが合わないまま、これまで２三振を喫している。

「どんな癖だ」

河野はじりりと土を擦って、顔を中垣に近づけた。

「ボールを握り直しよるとやろう。セットポジションに入ったとき、わずかに左腕を引く動きをするとたい」

相手に球種を悟られないように、必死で練習したのだろう。投球動作に入ってからは、ストレートもカーブも見分けがつかない。まったく同じフォームに見えた。

だがそれ以前のセットポジションに、癖が現われている。

ベンチからずっと試合を観てきたからこそ、見出せた活路だった。

「やはりそうか」

さすがに宇土は、薄々勘付いていたらしい。第二打席に放ったセカンドライナーは、相手野手に好捕されてアウトにこそなったものの、カーブを完全にバットの芯で捉えた鋭い打球だった。

「バッターボックスからだと、グラブが少しだけ上下するように見えるな。だけど、毎回じゃないやろ」

宇土が言う。中垣は頷いて、チームメイトの顔を見渡した。

「カーブを投げるときに、必ずボールを握り直すわけじゃなか。でも、握り直したら確実にカーブが来る」

「間違いないとやろうな」

矢加部が念を押してきた。

「ああ、間違いなか。辛島のグラブをよう見とけ。セットポジションで少しだけグラブが動いたら、カーブだ」

「本当かよ」

河野はまだ疑わしげだったが、松田は垂らされた蜘蛛《くも》の糸を摑む気になったようだ。

「中垣を信じてみようたい。どのみち、このままじゃ辛島を打ち崩すことはできんとやけん」

「そうたい。駄目でもともとで、やってみよう」

古瀬が言うと「やってみるか」「それしかないやろう」チームメイトが口々に賛同する。

「わかった……とりあえず、ものは試しやな」

最終的には、河野も納得した。

全員で肩を組んで円陣を作り、気合いを入れ直す。

ベンチに戻ろうとすると、腕組みをした監督が顎をしゃくった。

「中垣。おまえ、代打だ。外野の練習はしとったろ」

あっ、と口を開けたとたん、全身の筋肉が萎縮した。

たしかに6回表の先頭バッターとなる二年生のセンター門倉は、辛島にたいしてまったくタイミングが合っておらず、打てそうな気配はない。

だからと言って、あの球を打てるのか、おれに――。

「おまえが相手投手の癖ば見抜いたとや。間違っとらんことを証明してこい」

早よ行けと急かされて、慌ててヘルメットをかぶった。ネクストバッターズサークルから引き返してくる門倉のバットを受け取り、打席に入る。

マウンドの辛島がサインの交換を終え、セットポジションに入った。

ぴくりとグラブが上下する。

辛島が投じたボールは、いったん浮き上がるような軌道を描いて、鋭く内角に曲がり落ちてきた。カーブだ。

来たっ――。

思い切りバットを振り抜いた。

かきん――。

手応えはあった。中垣は一塁へと走りながら、打球の行方を目で追った。打球は左中間方向へ飛んでいる。相手チームのセンターとレフトが、懸命に追いかけていた。

落ちろ……落ちろっ――。

センターが地面を蹴り、ジャンピングキャッチを試みる。

落ちろっ――。

願いが通じたのか、センターのグラブをかすめて落ちたボールが高々と跳ねた。

「まわれまわれ！」

チームメイトの声に背中を押されるように、中垣は無我夢中で一塁ベースを蹴った。

9

呼び出し音が虚しく響いていた。

中垣はスマートフォンを耳にあてたまま、公判準備室を出た。ロビーにマスコミの集団を発見し、慌てて踵を返す。公判準備室の扉の前を素通りして、今度は地下へと階段を下った。

留守番電話サービスの案内音声が流れ始める。録音開始を告げる電子音を待って、語りかけた。

「弁護士の中垣です。証人として出廷していただく予定、今日だったのですがお忘れでしようか。もうすぐ公判が始まりますが、長山さんに証言していただく予定時刻まではまだ一時間ほどあります。もしもこの電話をお聞きになったら、すぐに東京地裁一〇四号法廷までお越しください。お待ちしています。よろしくお願いします」

できる限り焦りが伝わらないように、威圧的な口調にならないように意識したつもりだが、上手くできたかは自信がない。

第三回公判日。自由が丘のクラブ『プレミア』で、宇土が榊にバットを返却するつもりだった事実を裏づける、長山が証言台に立つ予定だった。ところが待ち合わせ時刻を過ぎても、長山は現われなかった。

すでに一〇四号法廷の傍聴席は埋まり、検察官席には吉川と横山が、弁護人席には宇土が着いて、後は裁判官と裁判員の入廷を待つばかりとなっていた。

今度は矢加部の携帯電話を鳴らした。繋がらない電話にしびれを切らした矢加部は、タクシーで長山宅に向かっていた。

「中垣か。いま管理人さんを待っとるところや」

ということは長山の部屋の扉をノックしても、反応がなかったということか。絶望的な気分が広がる。

関係を維持するために、長山には定期的に連絡を入れていた。先週の時点では電話が繋がり、今日の予定を告げる中垣に「わかってますって」と調子のいい返事があった。長山からはたびたび借金の無心をされたが、すべて断っていた。それがまずかったのか。わずかでも金を握らせておけば、長山は証言台に立ってくれたのか。

「あっ……管理人さんが来た！」

矢加部が興奮気味に叫んだ。

「こっちですこっちです……そうです。今日、裁判所で証言してもらう予定になっていたけど、現われなかったんです。はい、お願いします」

遠くに聞こえていた声が、近づいた。

「いま管理人さんが鍵を開けてくれよる……あ、開いた！」

がたがたと物音がした。中垣は祈るような気持ちで、矢加部からの続報を待った。

しかし祈りは通じなかった。

「中垣、おらんぞ！　部屋はもぬけの空や！　あいつ、夜逃げしやがった！」

視界に暗幕が下りた。

10

長崎京明大付属高校との決勝戦を控えた島原北高校の一塁側ベンチには、そわそわとした空気が漂っていた。

二か月前のＮＨＫ杯で屈辱的なコールド負けを喫した、春選抜全国大会ベスト8の強豪校に怯えているわけでも、初めて経験する大観衆と全校応援の圧力に緊張しているわけでもなかった。

島原北ナインの視線を泳がせる原因は、宇土の不在だった。

昨日の準決勝で佐世保学園に勝利した後、宇土は島原の白山病院に直行した。母の容態が急変したと、試合中に連絡があったからだった。長崎市内に宿舎を取った部員たちは不用意に宇土の携帯電話を鳴らすこともできず、落ち着かない夜を過ごした。

今朝になっても、宇土からの連絡はなかった。監督が連絡しても、電話は繋がらないという。宇土の母の安否も、宇土が試合に出るのかもわからないまま、試合開始時刻が近づき、長崎県営野球場に移動したのだった。

審判に提出したメンバー表には、投手として中垣の名が記されていた。もしも途中で宇土が現われた場合には、中垣が外野に回り、二年生の門倉の打順に、宇土が入ることになっている。

スコアボードでは、すでにスターティングメンバーが発表されている。宇土が出場しないことがわかると、島原北高校応援団からは悲鳴が、長崎京明大付属高校応援団からは歓声が沸き起こった。

守備練習が終わり、両校のナインがそれぞれのベンチ前で中腰に身構える。

「来ないのかな。宇土」

中垣の隣で屈伸運動をしていた松田がぽつりと呟いた瞬間、主審が集合をかけた。

「行くぞっ」

「おうっ」

矢加部に応じる掛け声も、こころなしかいつもより弱い。

島原北高ナインは、ベンチを飛び出した。

三塁側ベンチから向かってくる長崎京明大の選手たちが、とてつもなく巨大に見えた。

11

弁護側証人である長山が現われないまま、第三回公判はスタートした。

証言台に立つ大柄な男は、検察側証人であるアストロズ所属選手・大矢正親だった。短く刈り揃えた髪の毛に、ダブルのスーツ。誰もが避けて通りそうな威圧感溢れる風貌は、昭和のプロ野球選手がタイムスリップしてきたようだ。

検察官席の吉川が口火を切った。

「あなたは昨年十一月半ば、殺害された榊さんと一緒に自由が丘のクラブ『プレミア』に行き、そこで被告人の宇土さんと喧嘩になりましたね」

「はい。その通りです」

大矢は汚いものでも見るような眼で、弁護人席の宇土を睨んだ。

「どういう経緯だったのか、説明してもらえますか」

「榊さんと二人でVIPルームに入るとすぐに、宇土が部屋に押し入ってきました。戦力外通告を受けたことの抗議に来たのかと思った私は、榊監督を守ろうとしました。すると宇土に殴られて、ガラステーブルの上に仰向けに倒れました。その後榊さんが、宇土をなだめようとしました。でも、宇土は話を聞こうとしていないようでした。榊さんにたいしてなにごとか喚くと、そのまま部屋を出て逃げて行きました」

「殴られたとおっしゃいましたが、怪我はなさいましたか」

「当然です。ガラステーブルの上に倒れ込み、ガラスが割れたほどなので。身体のあちこちに擦り傷を負いました」

「それは立派な暴行事件だと思いますが、なぜ警察に通報しなかったのでしょうか」

「榊監督にこのことは他言しないようにと、きつく言われたからです。おまえの治療費も、店への弁償もおれが持つから、と」

「どうして榊さんは、そのようなことをおっしゃったのだと思いますか」

「宇土への優しさだと思います。自分の三〇〇号本塁打記念のバットを贈ってまで口説き落としたかつての部下に、前科をつけたくないのだと思いました」

「その三〇〇号本塁打記念のバットについて、ですが。乙四号証、被告人の供述調書によると、被告人は自由が丘のクラブ『プレミア』を訪れた目的は、榊監督にバットを返すためだと主張しています。被告人はそのような物を所持していましたか」

「いいえ。記憶にありません。右手に傘と、あとはバッグのようなものを持っているように見えましたが、よくわかりません」

「あなたは、宇土さんが戦力外通告を受けたことの抗議に来たと思った、とおっしゃいましたね」

「はい」

「そして榊さんを守ろうと思った、ともおっしゃいました」

「はい」

「守ろうと思った、ということは、宇土さんが暴力行為に及ぶかもしれないという予感があったのですか」

「ありました」

「それはなぜでしょう」

「私は大学卒業後、プロ入りして三年目になります。プロに入ったばかりのルーキーの年は、ほとんどを二軍で過ごしたので、宇土とバッテリーを組んだこともありました。そのときの経験からです。宇土は私の出したサインを無視することも多く、審判の判定に納得いかないときには、暴言を吐いたり、グラブを投げ捨てたりして暴れることもありました。とにかく感情の抑制の利かない問題児で、チームの鼻つまみ者でした。二軍の監督やコーチからも、目をつけられていました。ですから榊監督の前に宇土が現われたとき、宇土が暴力を振るうかもしれないと直感しました」

「榊さんが亡くなったと知って、どう思われましたか」

「頭が真っ白になりました。このような場ですから、なにかを言うべきなのでしょうが、それでも私には、なにも言葉が見つかりません。今でも信じられない思いです。明日になれば、クラブハウスにひょっこり顔を出すのではないか。毎日そんなことを考えながら過ごしています……」

大矢が顔を歪める。屈強な大男が必死に悲しみを堪える様子は、裁判員の内心に強烈な同情を喚起するだろう。

「以上です」

続いて中垣の反対尋問に移った。

「あなたは宇土さんが部屋に入ってきた瞬間に、宇土さんが暴力行為に及ぶかもしれないと直感した……そう、おっしゃいましたね」

「はい。そう言いました」

「戦力外通告を受けたことの抗議に来たと思った、ともおっしゃいました」

「はい」

「人間だれしも、頭ごなしに決めつけられると、腹が立つものではありませんか」

「たしかにそうかもしれません。ですが、宇土には前科があります」

「それは宇土さんがサインを無視したり、暴言を吐いたりといった行為のことをおっしゃっているのですか」

「そうです」

「では、あなたも同じですよね」

「なにを言われているのか、わかりませんが……」

「あなたは昨年六月二十二日の対横浜ダイヤモンドバックス戦で、主審のストライク判定を不服として抗議し、暴力行為に及んだとして、退場を宣告されています。となると、あなたは暴力的な危険人物です」

「暴力だなんて。少し手が触れた程度じゃ――」

吉川の声が割って入る。

「異議あり。弁護人は証人を不当に中傷しています」

「異議を認めます。弁護人は言葉の使い方に気をつけるように……議事録から今の部分を削除してください」

裁判長が書記官に指示を与える。

「失礼しました」

中垣は謝罪した。

「宇土さんは自由が丘のクラブ『プレミア』には、榊さんから贈られたバットを返しに行ったのだと主張しています。それを信じてもらえないことが、どれほど悔しく、腹立たしいかということを、おわかりいただきたかったのです」

大矢が鼻に皺を寄せる。

「あなたは、部屋に入ってきた宇土さんが、右手になにか持っているように見えた、とおっしゃいましたね」

「はい。そう言いました」

「それはバットケースではありませんか」

「バットケースではありません」

「どうしてはっきり否定できるのでしょうか。あなたは先ほど、宇土さんの所持品を『バッグのようなもの』と表現なさっていましたよね」

「バッグのようなものは、バッグのようなものです。バットケースではありません」

「ではその『バッグのようなもの』の色とかたちを教えていただけますか」

「色は黒でした。大きさはたぶん、これぐらいです」

大矢が両手を広げて、『バッグのようなもの』の形状を示す。ビジネスバッグほどの大きさと言いたいようだ。

「それほど大きければ、バッグとすぐにわかりそうなものですよね。しかしあなたは、『バッグのようなもの』と明言を避けた」

「じゃあ……バッグでした」

「先ほどまでは『バッグのようなもの』と言っていたのが、次の瞬間にはバッグになるのですか。それならば宇土さんが所持していたものがバットケースだとしても、それが『バッグのようなもの』と形容される可能性があるのではないでしょうか」

がたん、と椅子を引く音がした。

「異議あり。誘導尋問です」

裁判長の発言を待たずに、中垣は言う。

「質問を変えます。あなたが宇土さんに殴られたとき、榊さんは、このことは他言するなと言ったのですね」

「はい」

「それをあなたは榊さんの優しさからの発言ではないか、とおっしゃいました。それ以外に、なにか理由があると思いますか」

「思いません」

「榊さんは自宅に無言電話や投石などの嫌がらせ被害を受けており、警察に相談しようと奥さまから提案されていました。ところが、これも拒否しています。かつての部下を思いやっているという解釈ができないこともありませんが、まるで警察沙汰になることを怯えているようにも、思えませんか」

「異議あり。誘導尋問！」

「異議を認めます。弁護人は発問を変えてください」

「はい。では大矢さん。あなたが宇土さんに殴られた時期、榊さんにまつわるスキャンダルが、週刊誌等で盛んに報じられていたことをご存じでしょうか」

「異議あり。事件に直接関係ありません！」

「はたしてそうでしょうか。報道は榊さんと元暴力団関係者との関係を伝えるものです。榊さんは元暴力団関係者から女性関係のことで強請られ、一億円を支払ったと報じられています。本来なら刑事事件になるような事案が、闇に葬《ほうむ》られているのです。過去の事件に警察の捜査の関心が向けられることを恐れるあまり、大矢さんが殴られようと、自宅に無言電話や投石の嫌がらせを受けようと警察に通報するのを躊躇った、という考え方も、できるのではないでしょうか」

裁判長の梶本が、異議を却下するべきかどうかと唇を曲げる。

そのとき、低い呟きが聞こえた。

「ふざけんじゃねえぞ、中垣……」

視線を証言台に戻すと、大矢は眉間の皺に敵意を滲ませていた。

12

地面から足が浮いている感覚だった。

身体が軽い。だがいい意味での軽さではなかった。すべての挙動に手応えがなく、身体の動きを制御できていない感じだ。

セットポジションに入った中垣は、二塁ランナーを振り向いた。三塁線を鋭く破る二塁打で出塁した、相手チームの3番だ。刺せるものなら刺してみろとでも言わんばかりにセカンドベースから大きく離れ、牽制球を誘っている。

ショートの矢加部も、セカンドの松田も、どことなく視線が泳いでいる。牽制球を後ろに逸らし、センター方向に送球が転々とする映像が頭に浮かんだ。

ここは打者との勝負に集中しよう。中垣はホームベースの方向を向いた。左打席には、4番バッターの大矢正親が入っている。クローズ気味のスタンスでバットを構えながら、相手投手を威圧するように眉間に皺を寄せた。

全国高校野球選手権長崎大会決勝戦は、1回裏に入っていた。1回表、島原北の攻撃は簡単に三者凡退。その裏の守りでマウンドに立った中垣は、相手の1番、2番をなんとか打ち取ったものの、3番バッターに二塁打を打たれた。二か月前の屈辱の記憶を甦らせるような痛烈な打球が、ライナーで左中間の外野フェンスを直撃した。

ホームベースまでの一八・四四メートルが、遠い。

落ち着け、落ち着け。自分に言い聞かせるたびに、鼓動が速くなる。まだ二十球も投げていないのに、アンダーシャツの内側には滝のような汗が流れていた。

ベンチに帰ったらアンダーシャツを替えよう。

しかし、いつになったらベンチに帰ることができるのか。

左腿を上げ、投球動作に入った。横手からのストレートは外角低めを狙ったものだったが、怯える気持ちが球に移ったように、ボール二個ぶんストライクゾーンを外れた。

大矢は構えたバットを微動だにさせず、悠然とこちらを見つめている。

二球目を投じた。今度はワンバウンドになり、キャッチャーの古瀬がかろうじて前に落とした。古瀬は慌てた様子でボールを拾い上げ、三塁方向に投げる素振りを見せる。それでようやく、二塁ランナーが盗塁を試みていることに気づいた。

古瀬は投げられなかった。タイミングが早い遅いという次元の前に、三塁ベースががら空きだった。なにを思ったか、サードの河野はベースカバーに入り損ねた。ゆうゆう三塁を陥れる走者を、ぽかんと見つめている。

なにもかもがちぐはぐで、ばらばらだった。宇土という一つのピースが欠けただけで、打撃、守備、走塁、これまで築き上げた島原北高校野球部のすべてが、崩壊しかけている。

「悪い」

河野が苦笑しながら手刀を立てる。だが視線が定まっていない。

「気にすんな」

笑顔で応えたつもりの中垣だったが、頬が不自然に痙攣していた。

畜生っ……こういうときこそ、頑張れよ——。

自らを叱咤《しった》しながら、スパイクの先でマウンドを削った。肩をまわし、頬を膨らませてふうと息を吐く。

グラブを構え、セットポジションに入った。

左腿を上げた瞬間、三塁ランナーが走り出すのを視界の端で捉えた。2アウトからランナーを動かすはずがない。

偽走だ、気にするな。

冷静な状況ならそう考えるところだが、冷静さはどこかに消し飛んでいた。

気負いと動揺がボールに乗り移り、投球が外角高めに大きく逸れた。

やばいっ——。

ひやりとしたが、キャッチャーミットをいっぱいに伸ばした古瀬が、なんとかワイルドピッチでの失点を防いだ。全身から力が抜ける。その場でくずおれてしまいそうなほどの疲労を感じた。

3ボールノーストライク。相手は全国レベルの強打者。
一、二塁は空いている。無理に勝負する必要はない。歩かせても平気だ。
際どくいけ……際どく――。

そう思って四球目を投じた瞬間、すでに後悔していた。コースに置きにいった力のないストレートが、ど真ん中に吸い寄せられる。

絶好球。

大矢のバットが、打席に入ってから初めて動いた。風を切る音がマウンドまで届きそうな、速く、鋭いスイングだった。

かきん、と抜けるような打撃音を残して、ボールが一直線にライトスタンドへと飛び込んだ。

13

大矢に続いて証言台に立ったのは、クラブ『プレミア』店員の実松聖だった。四十五歳。ダークスーツに紺色のネクタイというおとなしい装いだが、オールバックに撫でつけた髪の毛の艶が、夜の人間特有の匂いを感じさせた。

吉川が尋問を開始する。

「被告人の宇土さんは、榊さんと大矢さんを追いかけるように店に入って来たんですね」

「そうですね。榊さんたちが入店なさってから、一分も経っていなかったと思います。入ってくるなり、榊さんはどこだ、と言われました。体格からその方もプロ野球選手で榊さんの同僚なのかと思いましたし、髪の毛が濡れていて、走ってきたみたいに息が切れていましたから、榊さんたちと一緒にいらっしゃるはずだったのが、遅くなって後から追いかけてきたのかと思いました」

「そして宇土さんは、ＶＩＰルームに侵入したのですね」

「はい。ご案内しようと思ったのですが、宇土さんはＶＩＰルームに入っていく榊さんたちに気づかれたようでしたし、ちょうどほかのお客さんたちがいらしたところだったので」

「そのとき、宇土さんはバットのケースを持っていたと言っていますが、見覚えがありますか」

「いえ……はっきりとは。入り口が狭いし、暗いものですから。傘を持っていたのは、覚えていますが」

「その後ほどなく、ＶＩＰルームで騒動が起きるわけですが、そのときの様子を聞かせてもらえますか」

「宇士さんの次に入店されたお客さまを案内しようとしていると、VIPルームのほうからガラスが割れるような音が聞こえました。グラスを落としたのとは違う、もっと大きな音です。その後、なにか大きな声で言い争っているようでした。急いでVIPルームに向かうと、ちょうど宇士さんが部屋から出てくるところでした。中に入ってみると、ガラステーブルの外枠にお尻を嵌めるようなかたちで、大矢さんが仰向けに倒れていて……驚いた私は、警察を呼びましょうかと、榊さんに言いました。しかし榊さんは、仲間うちの喧嘩だから、穏便に済ませてくれと。破損した備品は自分が弁償するからと」

「榊さんが弁償した額は、いくらでしたか」

「テーブルとグラス三つを合わせて、二十二万五千八百円です」

「以上です」

吉川に代わって、中垣が立ち上がる。

「店に入って来たとき、宇士さんは傘を所持していたのですね」

「はい。そうです」

「傘以外になにかを持っていたということは、ありませんか」

「なにかを持っていらっしゃったかもしれません。手ぶらでいらっしゃるお客さまは、少ないですし」

「傘以外にも、なにかを持っていたかもしれない、ということですね」

「かもしれない、という程度です」

「宇土さんがＶＩＰルームから出てくるときは、どうだったのでしょう。持ってきたかもしれないなにかが、なくなっていたというようなことは。たとえば、黒くて細長い、バットケースのような」

「異議あり。誘導尋問です」

「異議を認めます。弁護人は発問を変えてください」

「わかりました。それではうかがいますが――」

中垣は尋問を続けながら、法廷の出入り口を何度も振り返った。

大矢と実松への反対尋問から浮かび上がるのは、宇土が来店時に傘のほかに『バッグのようなもの』を所持していたかもしれない、という可能性までだ。それがバットケースだったと証言する長山の存在は、弁護側にとっての切り札となるはずだった。その切り札を失ってしまっては、揚げ足取りの尋問を続けるしかない。

今ごろは、長山宅に出向いた矢加部が、長山を見つけたかもしれない。出廷するように説得している最中かもしれない。すでにこちらに向かっている途中かもしれない。希望はしかし、傍聴席の最前列で一つだけ空いた関係者席を見るたびに、弱々しく萎んだ。

予定時刻のぎりぎりまで粘り、予定時刻を過ぎてからは休廷を要求するなどして待ち続けてみたが、結局、最後まで長山は現われなかった。

14

2回表。島原北の攻撃は4番サード河野、5番ショート矢加部が呆気なく凡退し、早くも2アウトとなっていた。

ネクストバッターズサークルから立ち上がった中垣は、肩を落として引き揚げてくる矢加部とすれ違い、右打席に入った。

長崎京明大付属のエース藤沢はよくまとまってはいるものの、取り立てて特徴のない投手だ。持ち球はストレート、スライダー、カーブ。最高球速は一三〇キロ程度で、速球派というほどでもない。奪三振数が一試合平均六つと少ないことからも、打たせて取るタイプだということがわかる。球質よりも、内外角の出し入れや緩急を駆使した駆け引きが生命線という意味では、エースの藤沢自身よりも、むしろ藤沢をリードするキャッチャー大矢との勝負と言えた。

打てそうで打てないという藤沢のような投手を相手にしたときが、実は一番厄介なのかもしれない。

一打席目で打ち損じても、次の打席はなんとかなるだろうと楽観してしまいがちになる。打ち損じに明確な原因を求めることをせず、対策を立てるのを怠ってしまう。次こそは、次こそは、を繰り返すうちにのらりくらりとかわされ、いつの間にか四打席凡退で試合が終了する。

完封コールド負けを喫したNHK杯二回戦が、まさしくそのケースだ。

藤沢がノーワインドアップの投球動作から右手を振る。

外角低めのストレート。しかし先制されて打ち気に逸る打者に、ストライクは必要ない。ゾーンからボール一個ぶん外。

予想通りのボールが来た。

「ボール」

主審が宣告する。

この回に入ってからの先頭打者河野、次打者矢加部は、両者とも初球から振りにいった。早い段階でビハインドを挽回しようという、打つ気満々な気負いが透けて見えた。京明大バッテリーが当たってもヒットにはならないコースに投げて、打者の打ち損じを期待するのは当然だ。

次の球はたぶん内角。ストレート。内角球で打者の身体を起こし、外角に変化球を落として空振りや打ち損じを期待するというのが、これまでの試合のビデオを見て研究した京明大バッテリーの配球パターンだ。

藤沢が指先でボールを弾く。

やはり来た――内角ストレート。

中垣がバットを振ると、打球は後方バックネットへと飛んだ。バットの根元に近い部分でボールを叩いてしまったと、思わず顔をしかめる。

狙い通りのコースに手を出したつもりだったが、ボール球だった。たんなる藤沢の制球ミスか。それとも打者の狙いが内角ストレートと読んだ大矢が、あえてボール球を要求したのか。

だが次こそは、芯でボールを捉えてやる。

「さあ来い!」

中垣がバットを構えると、マウンドで藤沢が左腿を上げた。

外角低めのボールにバットが反応しかけるが、ぐっと堪える。ボールはホームベース直前で、外側に逃げるような変化を見せながら落ちた。

「ボール」

ストライクゾーンからボールになるスライダー。予想通りだ。

次も大矢は同じ球を要求するだろう。だが投手の心理としては、2ボール1ストライクのカウントからボールを取られてカウントを悪くするようなことはしたくない。同じ球種、同じコースを投げたつもりでも、わずかに甘くなる。

藤沢の右腕から放たれたボールは、中垣が頭に描いていた軌道をそっくりそのままなぞった。

来たっ――。

力いっぱいスイングする。叩いたボールが、バットの芯に当たったのがわかった。手応え十分。鋭いライナーが三遊間に飛ぶ。

しかし一塁方向に駆け出して、すぐに天を仰いだ。

打球はジャンプした遊撃手のグラブに、直接収まった。ファインプレーに歓声と拍手が起こる。

惜しかった。当たりはよかったが、飛んだ方向が悪かった。

次こそは……そう思った瞬間、京明大バッテリーの術中に嵌まっていることに気づいて、慄然《りつぜん》とした。

惜しかったなんて、たんに相手の思うつぼじゃないか。

打てるのか……あのピッチャーを。

いや、あのバッテリーを――。

ベンチに戻りながら視線が落ちる。

そのとき、一塁側スタンドから歓声が起こり、中垣は顔を上げた。そして目を見開いた。

宇土がいた。

宇土がベンチの前で、屈伸運動をしている。

「宇土……」

中垣が駆け寄ると、宇土は軽く手刀を立てた。

「すまんな、遅うなって」

「そがんことより、おまえ……」

なにをどう訊いていいのか。

「頼む。おふくろの葬式には、甲子園出場の決まったて報告させてくれ」

宇土はグラブをこぶしで叩くと、マウンドに向かって駆け出した。

15

井戸川が四本目の煙草を灰にしたころ、喫茶店の扉が開いた。茶色いジャケットを羽織った総白髪の男が、背中を丸めて入ってくる。きょろきょろと店内を見回していた男は、壁際の席で手を上げる同期入庁の刑事に気づき、にっこりと銀歯を覗かせた。

「おまえ、吸い過ぎじゃないか」

男が対面の椅子を引いたとき、井戸川は五本目の煙草に火を点けた。

「今じゃどこもかしこも禁煙なんだから、吸えるときに吸わせておいてくれよ」

深く息を吸い込んで肺の隅々に行きわたらせた煙を、鼻から吐き出す。

「だいたい、おまえだってつい何年か前までは、ヘビースモーカーだったじゃないか」

「つい何年か前って……おれが煙草をやめて、もう十年は経つぞ」

そんなに経つのかと、内心で驚いた。考えてみれば、この男が禁煙を宣言したときには、まだ髪の色は黒々としていたような気がする。

男の名は松沼《まつぬま》といった。鑑識課に所属している。

「そういえば井戸川。おまえこの間、証人として出廷したらしいな。なんか珍しいことがあったって、評判になってるぞ。なんでもあの鉄仮面が、バット振って暴れたとか」

「ああ、あの件か」

吉川検事の名は、警視庁内でも知れ渡っている。警察の捜査の不手際を徹底的に糾弾し、『鉄仮面』とあだ名される鬼検事のことを、よく思っていない警察官も多い。そのせいか、吉川検事が法廷内でバットを振ったという噂は、いろいろな部署を経由するうちに尾ひれがつき、面白おかしく脚色されていた。

「本当のところ、どうなんだよ。なにがあったんだ」

「いろいろな」

「いろいろって、なにさ」

「いろいろだよ」

井戸川は含み笑いで言葉を濁した。こうなったら、噂がどんな方向に暴走するのか見届けてみたい。

「なんだよ。教えてくれたって、いいじゃないか」

「そのうち話すさ……それより、例の件、どうなった」

松沼は不満そうにしながらも、脇に挟んでいた角形二号の封筒をテーブルの上に置いた。

「おまえ、こんなことをしているのがばれたら、やばいんじゃないか。あの事件はもう、うちのカイシャとしては幕引きってことになってるんだ」

「事件の幕引きは、真犯人を捕まえることだ。世間が騒いでるからって、とりあえず犯人を仕立てたところで意味はない」

井戸川は封筒からA４サイズの用紙を引き抜いた。目をしばたたき、老眼の焦点を合わせる。

用紙にまとめられているのは、指紋照合の結果だった。松沼は指紋照合係として、二十年のキャリアを誇るその道のスペシャリストだ。

「さすがに封筒の表面から指紋は出なかったが、ペーパーナイフで開封したのが幸いだったな。封をしたテープの内側に、わずかだが指紋が残っていた」

井戸川は『週刊パンチ』記者の若松から入手した封筒を、松沼に渡していた。封筒から指紋を検出し、榊龍臣殺害に使用された凶器より検出された指紋と照合するように依頼したのだ。もちろん個人的な、極秘裏の依頼だった。警察としては宇土健太郎が起訴された段階で、事件から手を引いている。

「やはりそうか……」

井戸川は顎を触った。松沼の出した結果は、井戸川の推理と符号していた。

そしてこの前の公判で明らかになった事実とも、一致していた。

犯人は、左バッターだ。

「その封筒の差出人は、わかってるのか」

「ああ、わかっている」

榊と不倫関係のあったA子の死亡が判明した時点で、若松はそれ以上の追跡を諦めたようだが、井戸川はそこからさらに奥深くにある真実を突き止めた。週刊誌のいち記者と刑事とでは、情報収集能力に雲泥の差がある。

「で……どうするんだ」

松沼が声に緊張を滲ませる。井戸川は書類を封筒にしまった。

「どうもしない。まさか、現在進行形の公判を止めるわけにはいかないだろう」

「それでいいのか」

「いいもなにも、現時点で宇土がもっとも犯人に近い存在であることに、間違いはないんだ。おれが動くとすれば、万が一、宇土に無罪判決が下るようなことがあってからだな」

そのためには、なんとしてもあの中垣という弁護士に、無罪を勝ち取ってもらう必要がある。

井戸川は、法廷でバットを構える中垣の姿を思い出した。自分の息子と言ってもいいぐらいの年齢の弁護士は、童顔もあいまって、ユニフォームを着ればそのまま高校球児と言っても通用しそうだった。

あんな若造が、『鉄仮面』に一泡吹かせるのか——。

「なににやついてんだよ」

松沼に指摘されて、自分の目尻に皺が寄っていることに気づいた。

「ああ、なんでもない」

「なんでもないってこたあ、ないだろう。教えろよ、『鉄仮面』がバット振り回したって噂の真相を」

「そんなのより、これからもっとおもしろいものが見られるはずだ」

宇土に無罪判決が下り、吉川検事が真っ青になる場面が。

そうなれば警察と検察の面子は丸つぶれだ。誤認逮捕事件として、世間の集中砲火を浴びることになるだろう。

だが井戸川は、そのときが来ることを願っていた。

16

ただ一人の男の登場が、球場全体の空気を変えた。

どよめきと歓声を浴びながら2回裏のマウンドに登った宇土は、6番から始まる長崎京明大付属の打線を、三者連続三振に斬って取った。3回表の島原北は三者凡退に倒れ、ふたたび流れが長崎京明大に傾きかけたかに思われたが、3回裏には宇土がまたも相手打線から三者連続三振を奪った。2回裏から実に六者連続三振の快投だ。2対0とリードを許してはいるが、試合の雰囲気としては完全に島原北ペースだ。

宇土の投球は、味方打線をも勢いづけた。

それまで完璧に抑え込まれていた相手のエース藤沢から、4回に1番梅崎が初ヒットを放つと、続く2番松田が送りバント。これが相手三塁手のフィルダースチョイスを誘い、ノーアウト一、二塁の好機を作った。3番森が送りバントを決め、4番河野のレフトへの犠牲フライで三塁ランナーの梅崎が生還、1点を返した。

その後は両投手の投げ合い、両チームの好守もあってしばらく膠着状態が続いたが、7回表に松田の公式戦初本塁打が飛び出し、ついに同点に追いついた。

そして8回表の攻撃。

島原北高のベンチには、期待と緊張が漲っていた。

先頭の宇土がツーベースヒット。1番梅崎の内野ゴロの間に宇土が進塁し、1アウト三塁。打席に入るのは、前の打席でホームランを放った松田だ。

カウントは1ボール1ストライク。

監督からは、スクイズのサインが出ていた。

相手投手の挙動に警戒を払いながら、じりじりと宇土が離塁する。松田は気合いの掛け声を発して、バットを構えた。一世一代の名演技だ。とてもこれからスクイズバントを仕掛けるようには見えない。

セットポジションに入った藤沢が、宇土と睨み合ったまま左腿を上げる。

その瞬間、宇土が地面を蹴った。

藤沢の投球は外角高めに大きく逸れた。

逸れたのではない。わざと外された。

スクイズを読まれていたのだ。

松田がバットを放り投げるようにして飛びつくが、ボールには届かない。立ち上がった大矢が捕球するころには、宇土はすでにホームベースの三メートルほど手前にまで達していた。

立ち止まるかに思われた宇土は、しかしスピードを緩めることなく、猛然と本塁に突入した。

狭殺プレーを予想していたらしい大矢は、三塁方向へスローイングの動作に入ろうとしていた。頭から飛び込んでくる宇土にタッチしようと、視線を落とし、一瞬だけボールをファンブルした。しかし素早く握り直し、腰を落として待ち構える。素手に握ったボールで宇土を殴るようにタッチにいった。

舞い上がった土ぼこりの中から、大矢と激突した宇土が転がり出る。

アウトか――中垣は落胆しかけたが、すぐに大矢の背後にボールが落ちているのに気づいた。

「落球！」

両手をメガホンにして叫んだ。宇土のホームインは不十分だ。ボールを拾い直した大矢からふたたびタッチされるより先に、ホームベースに触れなければならない。

うつぶせの状態から身体を起こした宇土が、ホームベースに向かって跳ぶ。ボールを拾い直した大矢が、宇土の手を弾こうと倒れ込む。

アウトか、セーフか。

息を飲んだ瞬間、主審が大きく両手を広げた。

「セーフ！　セーフ！」

ベンチの島原北ナインが抱き合い、雄たけびをあげ、こぶしを突き上げて思い思いに歓喜を表現する。

3対2。8回表にして、島原北高校がこの試合初めてのリードを奪った。

17

第四回公判日。

この日証言台に立ったのは、事件の起こる直前に現場方向へと歩く榊と宇土を見かけたという、目撃者の野島彰人だった。サイドを刈り込んだ短髪に健康的に日焼けした肌、背が高く胸板があるので、細身のスーツがよく似合う。

法廷で初めて野島を見たとき、中垣はまずいと思った。犯行時、凶器のバットを宇土が所有していなかったという事実の証明は、長山が法廷に姿を見せなかったことにより不完全に終わった。となると、野島が榊と宇土の二人を見かけたという時刻が鍵になる。だが野島のような爽やかなスポーツマンタイプは、その容姿だけで発言に説得力を持たせることができる。

吉川が主尋問を開始した。

「あなたは事件の発生した三月三十日の深夜一時ごろ、現場方向に向かって歩く被害者の榊さんと、被告人の宇士さんを見たそうですね」

「はい。はっきりと見ました」

野島は身体ごと検察官席を向いていた。はきはきと歯切れのいい口調は、弁護側とのいっさいの接触を拒み、警察まで呼んだ人物とは、とても信じられない。

「そのときの状況を、お話ししてもらえませんか」

「あの日は疲れていたので、午後十時ごろに就寝しました。しかし少し寝ると目が覚めてしまい、無理して寝ようとしても仕方がないなと思って、ベランダに煙草を吸いに出たんです。すると田園調布駅の方角から、榊さんと宇士さんが歩いてくるのが見えました。宇士さんは自転車を押していました。自転車と言えば、私も以前にルイガノのロードバイクに乗っていたことがあります。残念ながら盗難に遭ってしまいましたが、すごくいい自転車で――」

突如脱線する話に、吉川が虚を衝かれたような顔をした。

「野島さん、訊かれたことだけに答えてください」

「ああ……どうも、すいません」

野島が後頭部に手をあてると、傍聴席から笑いが起こった。

誠実な印象を受けていたが、そうでもないのかもしれない。ひょうきん者を通り越して、空気が読めない男という感じがする。野島は証言台に向かう際にも、一度証言台の前を通過して笑いを誘っていた。もしかしたらその点を突くべきなのかと、中垣は戦略を練った。

緩んだ空気を引き締めるような咳払いをして、吉川が質問する。

「榊さんとは面識があったのですか」

「はい。同じ町に住んでいますから、町内会のバザーなどで少しだけ会話をしたことがあります。それに、面識がなくとも榊さんの顔を知らない人なんて、ほとんどいないんじゃないでしょうか」

「裁判長のほうを向いて発言してもらえますか」

吉川が少し困惑した様子で、裁判官席を示した。

「ああ、すみません」

野島は頭をかきながら、身体を正面に向けた。

「宇土さんのほうは、ご存じだったのですか」

「宇土さんとは、直接面識があったわけではありません。ただ私は、子供のころからアストロズの大ファンで、ご縁があって榊さんのご近所になったということもあり、アストロズのファンクラブに入っていました。ですから毎年ドラフトで入団してくる選手の顔はよく知っていますし、動画サイトなどでアマチュア時代の投球を見たり、ときには二軍の球場まで足を運んで、試合を観戦することもありました。ですから宇土さんのことは、すぐにわかりました。素晴らしい投手でした。ストレートの伸びが抜群で、これは活躍するかなと――」

おほん、と諫めるような吉川の咳払いが響く。

「そうですか。そのとき、二人の雰囲気はどのような感じでしたか」

「いや、とくにどうという感じは。普通に歩いていました」

「会話の内容などは、聞き取れましたか」

「ぼそぼそと小声で話している様子でしたので、内容まではわかりませんでした」

「わかりました。榊さんとは面識があったのですよね。声をかけようとは思いませんでしたか」

「思いましたが、私は煙草を吸っていたものですから。榊さんはご自身が禁煙して以来、チーム全体にも禁煙令を出す嫌煙家になっていたことは、知っていましたし」

「なるほど。それでは田園調布駅の方角から来た榊さんと宇土さんは、どの方角に歩いて行ったのですか」

「そのときは、榊さんのご自宅の方角だと思いました」

「そのときは、ということは、今は違うのですか」

「はい。榊さんが殺された河川敷も、同じ方角にありますから。今はご自宅ではなく、その河川敷のほうに行かれたのかなと思っています」

「二人が立ち去った後、あなたはどうしましたか」

「煙草を吸い終えると、部屋に戻りました。そのときに時刻を確認したんです」

「時刻は何時でしたか」

「午前一時でした」

「間違いありませんか」

「間違いありません。私の部屋に取り付けてあるのは、直径三十センチほどの大きさのある時計です。部屋の電気も点けていました。翌日は六時起きの予定だったので、うんざりして、もう一時か、と独り言を言ったので、よく覚えています。これから眠れるかなと、憂鬱な気分になって。最悪なんですよ。うちの部長って」

またも話の筋道が逸れかけ、吉川が言葉をかぶせる。

「あなたが二人を見かけたという午前一時からおよそ二十分後、河川敷のほうに向かう榊さんと宇土さんが、コンビニエンスストアの防犯カメラに捉えられています」

「異議あり。防犯カメラの映像では、被告人は特定できていません」

中垣の異議を受けて、裁判長の梶本が言う。

「異議を認めます。検察官は発問を変えてください」

「わかりました。河川敷のほうに向かう榊さんと、自転車を押した誰かが、コンビニエンスストアの防犯カメラに捉えられていました。そのお店には、心当たりがありますか」

「ありますか。おそらくハッピーマート玉堤店ではないでしょうか」

「その通りです。あなたの自宅からハッピーマート玉堤店の前まで移動するのに、二十分という所要時間は、歩くのが早過ぎると思いますか。それとも、時間がかかり過ぎていると思いますか」

「早過ぎるとも、遅過ぎるとも思いません。普通に歩いたら、二十分前後じゃないでしょうか。うちからだと榊さんのご自宅の前を通過して、二十分後ぐらいにハッピーマートに着くと思います。ハッピーマートのデザートで、最近美味しいのが――」

「以上です」

吉川が強引に打ち切った。

「それでは弁護人、反対尋問をお願いします」

中垣は緊張を飲み込みつつ、立ち上がった。

18

初めてリードを奪って緊張したのか、8回裏の宇土の投球は全体的に球が高めに浮いていた。先頭打者に与えたストレートのフォアボールも珍しいが、次打者もフォアボールで歩かせた。二者連続フォアボールは、今大会に入って初めてのことだ。

宇土といえども、甲子園を目前にすると平静を保てなくなるものかと、中垣はライトの守備位置で考えていた。

三人目の打者もフルカウントになったが、最後はストレートで三振に打ち取った。球威は衰えていない。だが、昨日の準決勝から連投だ。しかも宇土はいったん島原に帰り、母親の死を看取っている。あまり眠れてもいないだろうから、ここにきて疲労が出たのかもしれない。

しかしそうではなかった。

次の打者を宇土がなんとかショートゴロのダブルプレーに打ち取ると、中垣はベンチに戻った。

するとベンチに下がった宇土の人差し指の先に、真奈が包帯を巻いていた。白い包帯に、赤い染みが浮き上がっている。

「怪我、したとか」

歩み寄ると、宇土は苦笑で振り返った。

「さっきホームに突っ込んだときに、爪の剝がれたらしか。死んでも最後まで投げ切るつもりやったけど、残念かな……」

と、いうことは――。

全身から血の気が引いた。案の定、背後から監督の声がする。

「中垣、最終回、おまえでいくけんな。宇土はライトに入れる」

「そういうことたい。おまえに任せたぞ」

宇土から真っ直ぐに見つめられ、それ以外のチームメイトからも視線が集中し、逃げ出したくなった。

最終回の長崎京明大の攻撃は、２番からの好打順だ。４番の大矢にもまわる。

中垣の脳裏に、初回に打たれたホームランの残像が甦った。

19

「甲十三号証の供述調書によると、あなたは二階のベランダから、榊さんと宇土さんを見かけた、ということですね」

「はい。そうです」

中垣の質問に、野島は前を向いたまま答えた。検察側の主尋問では注意された後もつい質問者のほうを向きそうになっていたのに、弁護側の反対尋問ではそれがない。どうやら相当な敵意を持たれているらしい。

「ベランダから、下の道路を通過する二人までの距離は、どれぐらいあったのでしょうか」

「三、四メートルといったところでしょうか」

「夜中の一時ということですが、あのあたりは閑静な住宅街で、その時間になるとかなり暗くなるのではないですか。あなたが見たのは、本当に榊さんと宇土さんだったのでしょうか」

「暗くなると言っても、東京ですよ。三、四メートル先の人間の顔が見えなくなるほど、暗くなるわけではありません。間違いなく、榊さんと宇土さんでした」

「榊さんについては面識があったようですが、宇土さんについては直接の知り合いというわけではありませんよね。宇土さんはプロ入り後六年間、ずっと一軍でプレーすることもなく、マスコミ露出もほとんどありませんでした。そのような人物の顔を、暗がりの中、一見しただけで、はっきりと認識できるものでしょうか」

野島の頬がぴくりと動く。

「だから先ほども言いましたよね。私はアストロズのファンで、新入団選手についてもすべてチェックしています。動画サイトを見たり、二軍の球場にも足を運んでいます」

「しかしあなたが見た宇土さんは、ほとんどがユニフォーム姿ですよね。帽子をかぶっている状態とそうでない状態では、人間の印象はだいぶ異なると思いませんか」

「そういうことも、あるかもしれません。ですが私は、私服姿の宇土さんを見かけたこともあります」

「具体的にいつどこで見かけたのか、わかりますか」

「三年ほど前の、アストロズの二軍戦です。球場入りするところを見かけました」

「そのとき、宇土さんがどんな服装をしていたのか、覚えていますか」

「そんなこと、いまさら思い出せるわけがないでしょう」

野島の顔が紅潮した。

「つまりあなたの記憶にある宇土さんの顔の記憶は、三年も前の、そのとき宇土さんがどんな服装をしていたのかすらも思い出すことができないような短時間の、薄い接触に基づくものだったということですね」

「たしかに、直接会ったのはそのときだけです」

「会った、のではなく、見かけた、だけですよね。あなたは三年ほど前に、アストロズ二軍球場の付近で、私服姿の宇土さんらしき男を、見かけたことがある。そのときの記憶だけをもとに、事件の夜、榊さんと並んで歩く人物が宇土さんであると判断した」

ほとんど苦し紛れの言いがかりだった。効果的な攻め手を見出せない。

「異議あり」

立ち上がる吉川は、呆れているようでも、憐れんでいるようでもあった。

しかし、そのときだった。

「同じことを何回も言わせるんじゃない！」

突然、野島が激昂《げっこう》した。

「おまえは馬鹿か？　さっきも話しただろうが！　なのに同じような質問をくどくど繰り返しやがって！」

「野島さん？」

吉川が怪訝そうに目を細める。

「証人は黙ってください」

裁判長の言葉も、耳に届いていないようだった。

「好きでこんなところ来てるんじゃないよ！　そいつが榊さんを殺したってことをさっさと認めれば、おれがこんなところに来る必要もないじゃないか！」

「証人は黙らないと退廷させますよ」

「うるせえっつってんだよ！」

裁判長にまで牙を剝く。

たまらず検察官席を飛び出した吉川が、野島をなだめた。

「野島さん！　静かにしなさい！　宇土さんが憎いのはわかる！　わかるが、あなたが冷静に話をしてくれないと……」

傍聴席が騒然となる。吉川に肩を何度か撫で下ろされて、野島はようやく落ち着いたようだった。

「失礼しました」

弁護人席と裁判官席に頭を下げた吉川が、スーツの襟を直す。

「証人は落ち着きましたか」

梶本に確認されて、野島が何度か頷いた。

「それでは弁護人、続けてください」

しかし中垣は呆然と立ち尽くしたまま、反応できなかった。

まさか……野島は――。

「弁護人？　聞こえていますか」

ふたたび呼ばれて、ようやく我に返った。

「続けてください」

「は……はい」

確信はない。だが、もしもそうならば、大逆転のチャンスになるかもしれない。

やるか、やってみるか……。

やるしかない――。

中垣は弁護人席を出て書記官の前に移動した。

「一つ、お願いがあるのですが……」

20

やるしかない。

宇土はもう投球できる状況ではない。

甲子園に行くには、自分が9回裏の2番から始まる長崎京明大付属打線を、抑えるしかないんだ——。

マウンドで投球練習を終えた中垣は、ユニフォームの胸もとをぎゅっと摑んだ。

上体を倒して覗き込むと、キャッチャーの古瀬が出すサインすら霞んで見える。何度かサインを交換して、外角低めへのストレートから入ることを決めた。

プレートに右足を置いたまま、左足を引く。グラブの中で、右手が震えていた。

身体をひねり、左腿を上げる。ホームベースの方向に体重をかけながら左足で地面を摑み、サイドからキャッチャーミットめがけて右腕を振り抜いた。

しまった——と、リリースした直後に蒼《あお》ざめた。

外角低めを狙ったはずの直球が、ど真ん中に入っていく。

相手打者がバットを振り抜いた。直後に鋭いライナーが、顔面めがけて飛んでくる。

思わず、顔をグラブで覆った。

その瞬間、一塁側スタンドから大歓声が沸き起こった。

気づけばピッチャー返しのライナーが、グラブに収まっていた。

まずは1アウト。

21

「それではこれから、あなたに甲二号証の証拠品を見ていただきます。被害者である榊さんのものと見られる腕時計で、犯人から殴打されたときに腕で防御しようとして、ベルト部分が破損してしまったのでしょう。遺体のそばに落ちていたものです」

中垣が説明すると、野島は小さく顎を引いた。まだ感情が収まりきらないといった雰囲気で、肩が上下する。

「それではご覧ください」

中垣は書記官に目配せをした。

法廷に完全な静寂が訪れる。

「まだですか」

じっと正面を見据えていた野島が、不機嫌そうに吐き捨てた。そのとたん、傍聴席がざわつき始める。

野島は顎を歪め、不機嫌そうに背後を見やる素振りをした。

「早くしてくれませんか」

苛立ったように言うと、傍聴席のざわめきがさらに大きくなった。

「ご覧になりましたか」

「なにを言っているんですか。まだ画面にはなにも映っていないでしょう」

野島が中垣の背後の壁に設置された、大型テレビの液晶画面に顎をしゃくった。

「ええ。こちらにはなにも映っていません。時計が映し出されているのは、そちらですよ」

検察官席を手で示す。驚愕の表情のまま固まった吉川の上にある画面には、甲二号証の証拠品が映し出されている。銀色に光る金属製の胴体に、青い文字盤を嵌《は》め込んだ高級腕時計だった。針が三時を指しているのは、警察が証拠品を撮影した時刻だろう。

中垣は書記官と裁判長にかけ合い、弁護人席の上のディスプレイ以外に、写真を表示させたのだった。

「左側が、見えなかったのですか」

「え、ええ……つい、ぼうっとしていて。すみません」

野島が身体ごと、腕時計の表示された画面を向いた。吉川による主尋問が始まった当初も、野島は身体ごと吉川のほうを向いていた。質問者のほうを向いて答えてしまう、証人にありがちな行動だと思っていたが、そうではなかった。野島には左側が見えていないのだ。だから質問者を視野に捉えようとして、つい左を向いてしまう。そして野島から見て右側から質問する弁護人のことは、正面を向いていても視界に入っているので、顔を動かさずに答えることができる。

「野島さん、視力は悪くないんですよね」

「はい。最近は検査をしていませんが、最後に測ったときには両目とも一・五ありました」

「それではあの時計の針が指す時刻が読めますか」

「もちろんです」

「では、読んでみてください」

「九時です」

傍聴席が騒然となった。いい歳をした成人男性が、三時を指した針を九時と読み違えたのだから、驚くのも当然だ。

しかし中垣に驚きはなかった。疑念が確信に変わった。

「傍聴人は静粛にしてください。騒ぐと退廷させますよ」

裁判長の言葉で静寂が戻る。しかし尾を引く興奮の余韻が、法廷を支配していた。

「それでは弁護人、続けてください」

「はい。野島さんにおうかがいしますが、最近……といっても、ここ数年の間、大きな事故に遭うなどして、入院した経験はありませんか」

吉川が思い出したように立ち上がった。

「異議あり。本件に関係のない質問です」

「いいえ。関係があります。証言の信憑性の根幹を担《にな》うような、重大な事実についての確認です」

法廷を軽視するかのようなとりとめのない会話、突如として感情を爆発させる奇行、左側に大きく表示された映像を認識しない、さらに腕時計の針が指す時刻を読み違えるなど、さまざまな異変を目の当たりにした裁判長は、すでに中垣の味方だった。

「異議を却下します。弁護人は続けてください」

22

相手にとっては不運な、しかし島原北高にとっては幸運な当たりで9回裏1アウトとすると、中垣は相手の3番打者に向き合った。

外角低め、ぎりぎりいっぱいのストレートでまずは1ストライク、相手の意表を突く大胆な内角攻めのストレートで2ストライクと追い込んだ。アウトを一つ取った安心感からか、すでに手の震えは収まっている。心にも余裕が出てきた。

そして三球目。中垣が投じたのは、得意球のチェンジアップだった。

リリースの瞬間に息を吸うイメージで。

ボールを指先で弾くのではなく、撫でるように。

サイドスローにしてから、変化球の切れは増している。

ふわりと浮き上がったボールが、ホームベース近くで外に曲がりながら落ちる。

完全に泳がされたスイングになった相手打者のバットが、波打ちながら空を切った。

一塁側スタンドがどっと沸いた。

2アウト。

あと、アウト一つ――。

23

「異議を却下します。弁護人は続けてください」

「ありがとうございます。どうですか、野島さん。ここ数年で、怪我をして入院された経験は」

野島は不審そうにしながらも、答えた。

「あります。私はバイクに乗りますが、一年ほど前に事故に遭い、三週間ほど入院していました」

「頭を強く打ちましたか」

「はい。しかし、外傷はさほどでもなく、すぐに治癒しました。むしろ脚の骨折のほうが、治るのに時間がかかったんです」

「高次脳機能障害という言葉をご存じですか」

「いえ。知りません」

「事故や脳卒中などで脳が損傷を受けたことにより表われる、一連の症状をそう呼ぶのです」

「私の脳に損傷が……？　この通り、ぴんぴんしているじゃないですか」

両手を左右に伸ばしてみせる野島に、かぶりを振った。

「肉体的に健康なので、高次脳機能障害は外からはわかりにくいものなのです。損傷を受けた部位によって表われる症状は異なりますが、記憶障害、注意障害、遂行機能障害、社会的行動障害などが起こると言われています。わかりやすく言うと、感情を制御できなくなり急に怒り出す、逆に物事にたいして無関心になる、物忘れがひどくなる、会話にとりとめがなくなる、一つのことに集中できなくなる、などです。全部が全部、症状として表われるわけではなく、どれか一つだったり、逆にすべてだったりするのです」

野島は口を半開きにしたまま、固まっていた。

「もっと具体的な例を示すと、視覚の一部が失認されて、見えているのに反応しなくなったり、衣服の前後がわからなくなったりします。あとは時計を読み違えたりも」

「あっ」と声を上げたのは、検察官席の吉川だった。鉄面皮が剝がれた顔は蒼白《そうはく》だ。

「高次脳機能障害は周囲の人にわかりにくく、また自覚症状も薄いため、『隠れた障害』と言われています。まわりの人から見ると、事故の後、急に性格が変わった、あるいは気難しくなったように受け取られ、それまでと同じような人間関係を築くのが困難になるのです。心当たりは、ありますか」

答えを聞くまでもなかった。絶句した野島の瞳は潤み、唇は震えている。やがて絞り出すような声がした。

「妻が……事故の後、妻が家を出ていきました。つい、怒鳴ってしまって……自分でも、抑えが利かなくて……」

中垣は裁判長のほうを向いた。

「裁判長、証人には高次脳機能障害の疑いがあり、そのせいで目撃証言の時刻を誤認した可能性が高いと思われます。専門の医師による診断を請求します」

我に返った吉川が声を上げる。

「い……異議あり！」

しかしそれを遮ったのは、裁判長の梶本だった。

「刑事訴訟法第三一六条の三十二によると、公判前整理手続に付された事件については、やむをえない事由によって請求できなかったものを除き、公判前整理手続終了後には証拠調べを請求することができないとなっています」

「しかしこの件は」

反論しようとする中垣に、梶本は手の平を向けた。

「証人野島彰人氏に障害のある恐れがあるという可能性は、警察検察の取調でも明らかになっておらず、同条の『やむをえない事由』に該当すると判断してよさそうですね。また、尋問の受け答えからもその疑いが認められ、それは証言の信用性に重大な影響を与えることです。よって弁護人の請求を、許可します」

事実上の弁護側全面勝訴とも言える裁判長の判断に、傍聴席がどよめいた。慌ただしく席を立ち、退廷するのは、マスコミ関係者だろう。

騒然となる法廷の中で、宇士は途方に暮れたように呆然としていた。

24

9回裏2アウトまで漕ぎつけて、迎えるバッターは4番キャッチャー・大矢だった。

ホームベースに背を向けて、両手を広げ、深呼吸をする。

二本指を立てて、野手陣にアウトカウントを確認した。

キャッチャー古瀬、ファースト梅崎、セカンド松田、サード河野、ショート矢加部、レフト酒井、センター森、そしてライトには宇土──。

仲間たちの顔を確認しながら、この光景をまぶたに焼きつけようと、中垣は思った。

こんな景色なのだ。多くの高校球児が目指しながら、辿り着けない場所は。こんな心境なのだ。甲子園という夢舞台に、あとアウト一つと迫ったときの気持ちは。抜けるような青空、期待と興奮が入り混じるようなスタンドのどよめき、土と汗の匂い。

きっと感謝しなければならないのだろう。考えてみれば、自分はこんなところに立てるような人間ではない。全員野球。たしかに野球は一人でプレーできるものではないが、それは綺麗ごとだ。たぶんチームメイト全員が理解している。

宇土の力だ。

宇土のおかげで今、ここに立っている。

試合に勝つ喜びも、ともするとするりと指の間から零《こぼ》れ落ちそうな夢を失うことにたいする恐れも、すべて宇土が与えてくれたものだ。

楽しめ、このスリルを。

楽しめ、この一球を。

中垣は最後にもう一度、宇土を見た。ライトの守備位置で中腰に構えた宇土が、おれのところに打たせろという感じで、グラブをひと叩きする。

ありがとうな、宇土――。

中垣は心で礼を言うと、打者に向き合った。

渾身のストレートを投げ込む。ボールゾーンには手を出さない強打者だ。逃げるつもりはない。ストライクゾーンで勝負する以外にない。

これが人生最大の勝負。

これから先、どんな人生を歩もうと、たぶんこれ以上にしびれる瞬間はない。恐怖と興奮の入り混じった、ひりつくような場面には出合えない。

投球動作に入った。

腕を振る。細かいコースを意識せずに、ただ腕を振り抜くことだけを意識した。

大矢のバットが投球を芯で捉えた。完璧なスイング。

レフト方向への大飛球を、中垣は目で追った。

飛距離は十分。しかしボールは大きく左に曲がりながら、ファウルゾーンに切れ、三塁側スタンドに飛び込んだ。相手チーム応援団の歓声が、ため息の合唱に変わる。

命拾いした。中垣はふうと肩を上下させる。

しかし同時に、腹の底から笑いがこみ上げた。楽しかった。

すごい、すごい。こんなにすごい才能と、対戦できるなんて。

審判が投げた新しいボールを受け取り、両手で入念にこねる。

いったん打席を外した大矢が何度か素振りをして、ふたたび左打席に入った。錐《きり》で刺すような鋭い視線で、睨みつけてくる。全身を駆け抜ける感情は紛れもない恐怖だ。だが恐怖すらもいとおしかった。こんな感情を、こんな瞬間を与えてくれる大矢にも感謝したい気持ちだ。

左足を引き、投球動作に入る。腰をひねって左腿を巻き込み、ぐっと溜《た》めを作る。バッター方向に倒れ込みながら左足を着地、膝、腰、肩、肘、手首、身体じゅうから集めた力を、ボールを弾く指先に伝えた。

そして、爆発。

くらえっ――。

ボールは古瀬のミットめがけて、真っ直ぐに伸びる。

外角高め、ストレート――ではなかった。ストレートとまったく同じフォームだが、ボールの握りが違う。ボールの縫い目に人差し指と中指を添わせる、ムービングファストボール――いわゆるツーシームだ。縫い目だけが空気抵抗を受けるこの変化球は、ストレートと同じフォームでありながら、打者の手もとで小さく変化する。

大矢が強引に引っ張るようなフルスイングで、ボールを叩いた。

ライト方向への大飛球。ツーシームの変化でわずかに芯を外されたはずだが、大矢のパワーのほうが勝っているのか。ボールはぐんぐん伸びていく。伸びる。伸びる。

ライトの宇土が、全力疾走でボールを追う。打球はフェンスを越える勢いだが、必ず失速すると確信しているような走り方だった。

そして打球は、本当に失速した。

宇土がジャンプ一番、身体を懸命に伸ばしてボールに食らいついた。グラブの先っぽがボールを掴む。そのままライトフェンスに激突し、跳ね返って仰向けに倒れ込む。

球場全体の時間が止まった。

捕球しているのか、落としたのか。

アウトか、セーフか。

天国か、地獄か。

宇土が倒れ込んだまま、左手を突き上げた。

グラブの中には、ボールが収まったままだった。

3アウト、試合終了。

降りそそぐ大歓声の中で、中垣は二つのこぶしを突き上げた。

25

廊下の先から足音が聞こえた。

背が高く、肩幅ががっしりとした逞《たくま》しい男が近づいてくる。男は中垣のそばに達すると、少しはにかんだように微笑んだ。

宇土だった。

中垣の請求を受けて、検察は野島に医師の診察を受けさせた。複数の専門医に診断を仰いだようだが、どの医師も高次脳機能障害という診断を下したらしい。その結果、検察は宇土の起訴を取り下げ、判決を待たずに公判は終了することとなった。

中垣は釈放される宇土を迎えに、東京拘置所を訪れていた。

「一人か……」

宇土が中垣の背後を気にする素振りを見せる。

「そんなわけないやろうが。野球部みんな、外で待っとるぞ」

中垣は段ボール箱を宇土に手渡した。家宅捜索で押収された証拠品を還付されたものだ。

「そうか」

宇土はうつむきがちに微笑む。

二人で玄関のほうに歩き出した。

「なんや、おいが一人で迎えに来たとやったら寂しかったか」

「いや……そういうわけじゃなか。なんか、照れ臭いやろうが」

「いまさらなにを言いよるとか」

玄関の扉が見えてきた。ガラス窓から差し込む陽光が、リノリウムの床に四角い陽だまりを作っている。

「みんな待ちくたびれとるけん、早よ行くぞ」

宇土の二の腕を摑み、前に押し出そうとした。が、抵抗された。

段ボール箱を両手に抱えた宇土が、立ち止まる。

「どげんした、宇土」

「みんな、外で待っとるとやろうが」

「そうたい。だけん早よ」

「じゃあ、今のうちに言うとくたい」

「なんな。あらたまって」

首をかしげて覗き込むと、宇土が伏し目がちに言った。

「すまんかったな」

きょとんとしていた中垣の表情に、じわじわと笑みが差した。

「おまえ、まさか六年も前のことば謝りよるとな」

「六年前のことも、ここ最近の裁判のことも、いろいろひっくるめて、すまんかった。おまえには……感謝しないといかんのに」

「なに言いよるか。感謝するとはおれのほうたい」

「ばってん――」

「よかよか。もうよかけん。そがん昔のこと、もう忘れた」

「中垣……」

「よかけん、早う行くぞ。さあ」

広い背中を何度か乱暴に叩いて、歩き出した。

駐車場に出ると、一瞬、視界が真っ白になるほどの強烈な日差しだった。

「どがんな、娑婆《しゃば》の空気は」

暑さに顔をしかめながら振り返る。

「東京の空気は美味くなか」

宇土は眩《まぶ》しそうに目を細めながら、笑った。

「これからはどこの空気も吸えるぞ。美味かとも、不味かともな」

両手を大きく広げて伸びをすると、遠くで車のドアを閉める音がした。いくつもの足音が駆け寄ってくる。

松田、河野、矢加部、古瀬、梅崎に大浦、そして真奈。

東京拘置所までは、大浦が指導する少年野球チームのマイクロバスでやって来た。あまりの暑さに、全員車内に避難していたらしい。

慌ただしく駆け寄ったくせに、近くまで来ると、皆距離を置いて立ち止まった。大浦と真奈以外は、六年ぶりに宇土と言葉を交わすことになる。どういう顔でどういう言葉をかけていいのか、戸惑っているようだった。

宇土は全員の顔を見回して、言った。

「みんな。待たせたな」

硬い空気が瞬時にほぐれ、笑顔が伝染した。

「なあに気障《きざ》ったらしいこと言いよるとかっ」

松田が先陣を切って体当たりをし、ほかのメンバーがわらわらと宇土を取り囲む。

六年前に故障し、行きつ戻りつを繰り返していた時計の針が、正確な時刻を刻み始めた。

笑顔の溢れた輪に、中垣は割って入った。

「待て待ておまえら！　喜ぶ気持ちはわかるけど、宇土はおまえらのものじゃなかぞ！」

宇土の肩に手を置いた。

「おまえのことば一番に考えて、ずっとおまえの無実ば信じ続けてくれた人のおるやろうが。その人のおかげで、今のおまえがあるとやろうが」

宇土の視線が横滑りし、ある一点で止まる。

そこには真奈がいた。

中垣は宇土から段ボール箱を預った。宇土が真奈に歩み寄る。

「ただいま。真奈」

笑顔で応えようとした真奈の頬が、不自然に揺れる。みるみる潤んだ瞳から一筋が頬を伝うと、もはや我慢できなくなったようだ。宇土に抱きつき、声を上げて泣き出した。

「怖かったと……もう健太郎さんに会えなくなるかもしれんって。本当に怖かったと」

「ごめんな」

宇土は真奈の髪を優しく撫で続けた。

「よかねえ。おいも早よ結婚しよ」

古瀬が人差し指を唇にあて、物欲しげな顔をする。

「その前にこの腹ばどうにかせな、いかんやろ」

梅崎が古瀬の腹の肉を摑み、揺さぶった。

「結婚なんて、そんないいことばかりでもないやろ」

矢加部はしたり顔で腕組みをしている。

「なんでおまえがそんなこと言えるとな。結婚したことないくせに」

古瀬が唇を尖らせ、大浦を向いた。

「大浦さん、どがんですか。結婚生活は」

「ノーコメント」

大浦が口の前で人差し指を重ね、×印を作ると、笑いが起こった。

「おまえさ」

中垣は松田に肘で小突かれた。

「なんべん失恋するつもりな。かっこつけよってから」

微苦笑で受け流すと、今度は反対側の河野に耳打ちされた。

「おいが女やったら、おまえば選ぶで」

「勘弁せえや。おまえが女やったら、どがん化け物になるとか」

中垣は清々《すがすが》しい気持ちで空を見上げた。濃い青で塗り固めた中心で、ぎらぎらと太陽が輝いている。

「今年は暑かったな」

手でひさしを作り、目を細めた。

青空に弧を描く白いボールが、見えたような気がした。

終章

1

三塁側スタンドの中ほどに、島原北高野球部ＯＢの面々が並んで座っているのを発見した。井戸川は階段を下りながら近づき、一番右端に座った中垣の隣に腰を下ろした。

「来たんですか」

中垣はちらりと視線を反応させたが、すぐにグラウンドのほうを向いた。一瞬たりとて見逃したくないという雰囲気だ。

グラウンドでは、試合前の守備練習が行なわれていた。いちおうプロということらしいが、選手たちが着ているユニフォームは、井戸川にとって見慣れない色使いだった。

「いや遠かったですな。飛行機と電車とバスを乗り継いで、東京から四時間ですよ」

そこは四国にある野球場だった。現在守備練習を行なっている野球チームの、フランチヤイズ球場らしい。全体的に古びている。井戸川の座ったベンチの座面も割れていた。

「大変だったでしょう。話なら電話でもよかったのに」

「いえ。私も久しぶりに野球を生観戦したかったんですよ」

「野球なら、東京でも観られるじゃないですか。独立リーグとは違う、日本で最高峰のプロ野球を」

「いろいろときな臭い裏事情を知ってしまいましたからね。これまでと同じようには楽しめません」

井戸川が頭をかくと、中垣は微笑した。

「きな臭い裏事情なんてどこにでもありますよ。高校野球だって裏金やら特待生制度やら体罰やらいじめやら、しょっちゅう問題が起こってるじゃないですか」

「そうですね。ですが純粋に野球を愛し、ひたむきに練習に取り組んでいる少年もいるでしょう。あなたたちが、そうだったんじゃないですか」

横顔が憂いを帯びる。

「栗林の初公判の日取りが、決まりました」

榊を殺害したのは、マルカワ製鉄野球部所属のドラフト候補・栗林龍之介だった。

井戸川が捜査したところによると、かつて榊と不倫関係を持ち、榊の子を堕胎したとされるA子は、実際には堕胎していなかった。ひそかに榊の子を出産し、すぐに姉夫婦のところへ養子に出したらしい。

栗林は自分が養子であることは知っていたものの、実の父母については知らされていなかった。A子の死により、初めて実の両親が誰なのかを知ったようだ。各マスコミに送付された日記も、A子の遺品整理の際に入手したという。

プロ野球選手になって実の父に近づこうとしていた栗林の心境は、愛憎半ばするものだったようだ。A子の存在をマスコミにリークしたのは、前年のドラフトで同じポジションの松岡が一位指名されることを知り、憤ったからだという。

そして父への複雑な思慕が、復讐心《ふくしゅう》へと完全に変貌するきっかけとなったのが、試合でデッドボールを受け、右目が弱視になったことだった。夢を失った絶望が、無言電話や投石による嫌がらせ、最終的には榊の殺害と、栗林の行動をエスカレートさせていった。

「知っています。僕もいちおう弁護士ですから」

「そうでしたな。いや、たしかにそうでした。私自身が、あなたから尋問を受けているんですものね」

「そんなことを話すために、わざわざここまで来たんですか」

「違います。本当のことを、知りたかったからです」

「本当のこと?」

「宇土は……」

そのとき、ちょうどベンチから宇土が出てきた。ブルペンに向かい、投球練習を開始する。

「宇土健太郎は……高次脳機能障害ですね」

中垣の眉がぴくりと上がる。しばらく無言でグラウンドを見つめていたが、やがて顔を寄せてきた。

「あの人たちに、聞こえないようにお願いしますよ」

小声で囁かれた。中垣が視線で示したバックネット裏には、スピードガンを手にした男たちが、グラウンドに熱視線を送っている。その中には、かつて聞き込みを行なった新藤の姿もあった。

「わかりました」

井戸川が顎を引くと、中垣は安心したように目を細めた。

「よくわかりましたね。そうならないように努力したんですが」

「最初に違和感を抱いたのは、第四回公判であなたが証人を即座に高次脳機能障害だと見抜いたときです。医事裁判を専門に扱う弁護士ならともかく、あなたは高次脳機能障害についていて詳し過ぎた。しかも知識を持っているだけではない。高次脳機能障害を持つ人間を、すぐさま見抜いた。なぜか……それは、あなたのごく身近に、高次脳機能障害の人間がいたからです」

中垣は顔の前で手を重ね、宇土の投球練習を静かに見つめている。

「そう考えるといろいろなことが腑《ふ》に落ちた。まずは宇土の素行です。たび重なる遅刻、サイン無視、判定に納得がいかず、審判に食ってかかる。マウンド上でほどけた靴ひもを延々結んでいたために遅延行為と注意され、審判に暴言を吐いて退場を宣告される。これらは生来の性格的な問題ではなく、高次脳機能障害の症状によるものですね。あれから書籍を読んで、調べてみました」

視覚失認により時計の時刻を読み間違い、遅刻する。同じ理由でサインが認識できず、無視したかのように振る舞う。感情が制御できなくなり、審判に食ってかかる。そして靴ひもを結ぶような複雑な手の動きは、高次脳機能障害の人間にとってかなりの難題らしい。

「それ以外にもあります。なぜ前任の弁護人を解任した宇土が……いや、正確には宇土の妻である真奈さんが――」

井戸川は何人かを挟んでグラウンドに顔を向ける真奈を、ちらりと見た。

「真っ先にあなたに弁護を依頼したのか。いくら優秀とは言っても、あなたはまだまだ経験の浅い、駆け出しの弁護士だ。身銭を切って本気で勝ちに行くのならば、もっとほかに適任はたくさんいるはずです……普通なら」

「たしかに、おっしゃる通りです。法曹の世界では、僕はまだまだひよっ子だ」

中垣がにこりと微笑む。

「私は最初、友情に基づく弁護依頼なのだと思っていました。旧い友人が真摯に取り組んでくれることを期待しているのだと。しかしそれは違った。真奈さんは無実を勝ち取った上で、なんとしても宇土に野球を続けさせたかった。たとえば宇土の素行の悪さを弁明するのなら、高次脳機能障害であることを明らかにすれば簡単に裁判官や裁判員を納得させ、同情を買うことができる。だが、それをすることによって、宇土のプロ野球復帰の道は、完全に閉ざされる。だからその事実を把握した上で、あえて弁護に利用することなく無罪を勝ち取ろうとする弁護士が必要だった。それが、あなたです」

中垣がふっと息を吐いた。

「絶対にこのことを、公にしないでくださいよ」

「ええ。わかっています。障害を隠しているだけだ。なんの罪にもならない」

「すべて井戸川さんのおっしゃる通りです。間違いありません。あと、付け加えて言うと、おそらく榊監督は、宇土の障害に気づいていたんでしょうね。どういう名前がつくどういう障害かまでは、ご存じなかったかもしれませんけど」

「だから榊さんは宇土に戦力外通告をした。そしてそれでも野球に執着する宇土にたいして、なにがあってもプロ復帰を許さないという態度をとった。『ピエロ』で宇土さんにかけた、榊さんの『もうやめろ、おれは知っているんだ』という言葉……それは嫌がらせを受けたことにたいしてではなく、高次脳機能障害の症状に気づいている、ということだった」

「その部分に関して明らかにするわけにはいかなかったので、大変でした。それだけを取っても、榊監督が宇土の症状に気づいていたと想像がつきますが、もっと単純に、そのことを証明する事実があります」

「榊さんが宇土に、打者転向を勧めなかったことですね」

「さすがだ。日本の警察は優秀ですね。たまに誤認逮捕をやらかすこともあるみたいですけど」

中垣は皮肉っぽく笑った。

「榊監督は当初、宇土のことを打者としても評価していました。自分が三〇〇号本塁打を放ったバットをプレゼントするぐらいですからね。宇土はプロ入り六年間で投手として芽が出ませんでしたが、それほど評価していたのなら、戦力外通告をする前に打者転向を勧めるはずです。しかしそれをしなかった。宇土の視覚失認に、気づいていたからでしょう」

「視野の一部が認識できないというのは、投手としてはまだ誤魔化しが利いても、打者としては致命的ですね」

「はい。だから宇土としても、榊監督から贈られたバットを返却することで、投手一本に懸ける決意を示した」

「なるほど。よくわかりました」

その後、二人はしばらく黙っていた。選手たちの掛け声と、バットの打撃音、ボールがミットを叩く音が聞こえていた。

ふいに井戸川が口を開く。

「あなた方が高校三年生のときの、島原北高校の試合のDVDを観ましたよ」

「懐かしいな。どの試合ですか」

「夏の地方大会決勝戦、長崎京明大付属高校との試合です」

中垣が複雑な表情をする。

「どうやって手に入れたんですか」

「地元テレビ局に問い合わせたら、ライブラリーから焼き増しして送ってくれました」

「なんだか怖いな。お金にもならないのに、すごい執念だ」

おどけたように肩をすくめた。

「すごい試合でしたな。あの試合での宇土の投球には、鬼気迫るものがあった。あの試合を観ていたら、そりゃプロ球団もドラフト指名したくなるでしょうね」

中垣は応えない。頬杖をつき、グラウンドを眺めている。

「あの試合で……最後に外野フェンスに激突したことが、宇土の高次脳機能障害の原因ですね」

ライトフェンスぎりぎりの大飛球をジャンピングキャッチして試合を終わらせた宇土だったが、その後は自力で起き上がることができなかった。最後は担架で運び出され、チームメイトと喜びを分かち合うことができないまま、球場を後にした。

「そうです……あの、僕らにとって、高校最後の試合がね」

「甲子園出場を決めたあなたたち島原北高校野球部は、その後ほどなく喫煙騒動を起こし、出場辞退に追い込まれた」

「まったく、若気の至りと言うやつですかね。すっかり調子に乗ってしまいまして」

苦虫を噛み潰したような顔になる。

「違うでしょう、中垣さん。あれは若気の至りなんかじゃない。宇土のプロ入りを後押しするために、わざとやったことだ」

中垣は弾かれたように振り向いた。

2

夏の地方大会優勝から四日後。

島原北高校野球部の部員たちは、狭い部室で車座になっていた。

中垣、松田、矢加部、河野、古瀬、梅崎という六人だった。

開け放った窓からは、風の代わりにけたたましい蟬の声が飛び込んでくる。だが空気が淀《よど》んでいるのは、風の流れが悪いせいではない。

「どうするよ」

壁に背をもたせかけた河野が、沈黙を嫌うように口を開いた。顔を左右に動かし、ほかの部員の意見を求める。

「どうするも、なにも……」

古瀬はもはや泣きそうな顔だった。

「どうするって、河野。なんにたいして、なにをどうするって言いよるとか。質問の意味がぜんぜんわからんぞ」

矢加部が眼鏡のつるを触りながら、口をへの字にした。

「いや、なんて言うかさ、どう思ったよ。宇土のこと」

「どうって……元気そうやったやっか」

梅崎が手でボールを弄ぶ。

「本当にそう思ったとか」

中垣が念押しすると、梅崎はむきになった。

「元気そうやったろうが。自分でも元気やって言いよったし、医者もそう思ったけん、退院させたとやろうが。甲子園開幕までには間に合わせるっても、言いよった」

「いや、おかしかった。あら、まるで別人たい。宇土じゃないみたいやった」

そう言う松田も、別人のように気の抜けた表情だ。

昨日、宇土の母の葬儀が行なわれ、野球部員全員で出席した。そのときに宇土に会った。

長崎京明大付属との決勝戦を終えた後も、宇土の救急搬送された長崎市内の病院に全員で駆け付けた。だがその時点では宇土の意識が戻っておらず、会話することができなかった。意識が戻ったと連絡を受けたのは翌日のことだ。矢加部が監督から電話を受けた。中垣はすぐに見舞いに行こうと提案したが、矢加部は監督から止められたらしかった。忌中だからという理由は、たしかにその通りだと思った。

そして葬儀の席で、中垣たちは宇土と四日ぶりの再会を果たした。

一見したところ、宇土は怪我の影響もなさそうだった。

ところがチームメイトを認めて、斎場の中からこちらに歩いて来ようとした宇土は、玄関にある三段の短いアプローチの前で立ち止まった。おろおろと手探りするような動きを見せた後、幼児がやるように一段ずつ、おそるおそる足を踏み出しながら階段をおりた。

冗談なのかと思い、しかし場所が場所なだけに、全員で笑っていいものかどうか顔を見合わせていると、最後の一段を踏み外した宇土が転倒した。とてもふざけて転んだふりをしているような転び方ではなかった。そのときに初めて、宇土の身体に異変が起こっていると思い至った。

衝撃の余韻が、部室に集う一同の表情を暗くしていた。

「とにかく、宇土が間に合うかどうかはわからんけど、もしも宇土が間に合わんかったら……中垣、おまえが頼りたい」

矢加部が眼差しに悲愴《ひそう》な決意を滲ませた。

「宇土抜きで甲子園に出るなんて、ありえんやろう」

中垣はかぶりを振った。

「なに頼りないこと言いよるとか。亡くなった宇土の母ちゃんのためにも、おまえが頑張らんでどうするとな」

梅崎の声から、弱気な二番手投手への非難が染み出す。

「それは結局、綺麗ごとじゃないとか。自分が甲子園に出たいけん、そう言い聞かせとるだけやろうが」

「なんて！」

立ち上がろうとする梅崎を、古瀬が抑えた。

「まあまあ、梅崎。落ち着かんね」

「でも中垣、宇土はおふくろさんのために甲子園を目指しとったとぞ」

矢加部は諭す口ぶりだ。

「そらたしかにそうや。でもそれは、宇土がおふくろさんのために勝手に誓ったことに過ぎん。おふくろさん自身は、別に勝ち負けなんてどうでもよかて言いよらした。野球は宇土にとっての言葉やけん、自分がいなくなっても、いつまでも野球を続けて欲しいってな」

「だけん、出場ば辞退するって言うとな」

河野が壁から背中を剥がした。

「たしかに、かりに宇土が間に合って……っていうか、無理やり間に合わせて、甲子園に出たとしても、まともなピッチングができんで、ドラフトにかかることもなくなるやろうな」

「えっ、なにその話。宇土、プロに注目されてるの」

松田は知らなかったらしい。確認するように、部員たちの顔をきょろきょろと見る。

「この前、監督さんのところに、アストロズのスカウトが挨拶に来たらしか」

矢加部が言う。

「それに挨拶までは来とらんけど、この前の決勝戦のピッチングば見て、何球団かが宇土をリストアップしたとかいうスカウトのコメントの、ネットに出とった」

梅崎が情報を補足した。

「本当に？　すごかね。そがんこと、ぜんぜん知らんかった」

　松田は開いた口が塞がらない様子だ。

　河野はあらためて中垣を向いた。

「おまえの言いたいことはわからんでもなかぞ。宇土は間に合わせるて言うとるけど、なんせ甲子園まであと二週間程度だ。さすがに無理たい。無理て言うより、無謀やな。甲子園のマウンドに宇土を立たせてやることは、できるかもしれん。でもそうなったらたぶん、宇土の野球人生も終わる。まともなピッチングができんで、プロのスカウトは宇土への興味ば失ってしまうやろうけんな。だからと言って、おまえが宇土の代わりに甲子園で投げるわけにもいかん。宇土が怪我でもしたかて疑われて、ドラフト候補から外れてしまうやろう」

「その通りたい。はっきり言うて、おいは全国レベルの投手じゃなか。そいはわかっとる。そんなおいが、宇土ば差し置いてマウンドに立ったら、宇土になにかあったとやないかって、普通は思うやろう。監督が宇土より、おいみたいなへぼピッチャーを使うべきやって判断したということなんやけん」

　中垣は率直に告げた。

「だけん……甲子園、出るのやめんか」

　全員が言葉を忘れたようだった。

「おまえ、本気で言いよるとか」

松田が目をぱちくりとさせる。

「ここまで頑張ってきて、そりゃないとやないか」

梅崎は眉を吊り上げた。中垣は言う。

「たしかに、おれら、頑張ってきたよ。でもさ、結局おれらって、宇土がいなけりゃここまで来られんかったやないか。おれらが頑張ったのだって、宇土が引っ張ってくれたからやろう。それは間違いなか。おれらに夢を見せてくれたのは、宇土たい。おいは、宇土に……夢の続きを見せて欲しか。あいつのためだとか、綺麗ごとを言うつもりはなか。おい自身が、あいつの活躍するところば、もっともっと見たいとたい」

膝を抱えていた古瀬が、おずおずと手を上げた。

「おいは……賛成。このまま甲子園に出たら、思い出にはなると思う。でも、そこに宇土がおらんとやったら、そがん思い出はいらん」

次に手を上げたのは、河野だった。

「古瀬の言う通りたい。おいなんてもともと、甲子園に行けるような選手じゃなかもんな」

松田が続く。

「たしかにそうたい。前に矢加部も、言いよったよな。野球は島北野球部全員でするもんやって。なら宇土の欠けた時点で、島北野球部での野球はできん。もう終わりでよか」

松田に促されるかたちで、矢加部も賛同した。

「おれらの野球は、せいぜい高校止まりやしな。もっと上で野球のできるかもしれん人間のおるとやけん、おれらが応援してやらんといかんよな。宇土への恩返ししたい」

最後に残った梅崎は、少し考え込んでいる様子だった。だがやがて自らを納得させるように頷いた。

「甲子園に出ても自慢になるけど、チームメイトがプロ野球選手になるというのも、十分自慢にはなるか。宇土ばプロ野球に送り込んでやったい」

「よし。じゃあ決まりだ」

中垣が頷くと、全員が手を下ろした。

「しかし中垣」

河野が腕組みをする。

「甲子園っていうのは、出るのやめるって言ったからって、簡単にやめられるものでもないとじゃないか」

「それについては、ちょっとアイデアのある」

中垣の手招きを合図に、全員が顔を寄せ合った。

「そこまでお見通しでしたか」

3

中垣は観念したように肩をすくめた。

「ええ。あの試合で宇土が高次脳機能障害になったのならば、今でこそ外見ではあまりわかりませんが、当初は相当なリハビリが必要だったはずです」

井戸川が目尻に皺を寄せる。

中垣は過去を懐かしむように目を細めた。

「外傷はほとんどなかったので、すぐに退院できましたけどね。最初はショックを受けました。あれだけの球を投げていたピッチャーが、テーブルのコップを取ろうとしてベッドから落ちるし、階段すら、まともに上り下りできない状態になったんですから。見た目が健康そのものなだけに、余計に衝撃も大きかった」

「肉体的には健康そのものなだけに、甲子園で宇土が投げなければ、プロのスカウトが不審に思いますよね。健康状態について、調査するかもしれない。高次脳機能障害であることがわかれば、その後は大学に進もうが、社会人に進もうが、ドラフト指名されることはなくなる。だが不祥事を起こして出場辞退となれば、プロのスカウトには県大会での鮮烈な投球内容だけが印象づけられる。その後は試合がないから、本格的なキャンプインまでリハビリに集中することもできる」

「リハビリに臨むあいつの姿勢には、本当に頭が下がりました。正直なところ、短期間のうちにあそこまで回復するとは、思っていませんでした。ただ、あいつのために扉を開いておきたい。その一心だったんです」

「あなたたちが目標を与えたから、頑張れたんでしょう」

「そうかな」

中垣は疑わしげに片眉を上げた。

「あいつはね、僕たちがいなくなったって、どんどん昇っていったと思いますよ。実際に、高校の卒業式以来、六年間も音信不通だったんだから。あいつは独りで……いや、塚田が支えていたとしたら二人かな、二人だけで、ずっと戦ってきたんです。高次脳機能障害を隠してね」

「そんなに長い間、音信不通だったんですか……そこまでは調べがつかなかった」

にっこりと笑ってから、中垣は言う。

「正直、あいつにとっては余計なお世話だったのかなって、ずっと考えてました。僕らが喫煙問題を起こして甲子園出場を辞退したと知ったあいつは、それこそ烈火のごとく怒り狂いましたからね。まあ、覚悟はしていましたけど」

「その怒りすらも、高次脳機能障害の症状による感情の爆発だったのではないですか」

「かりにそうだとしても、僕らがそこに理由を見出してはいけないんじゃないかな。あいつの怒りは本心じゃないと、都合よく解釈することになる。あいつには、僕らは必要ではなかったんだと……そう考えることにしていました」

「そんなことはなかったじゃないですか。宇土は、あなたの助けを必要とした」

「あいつが無実の罪を着せられる災難に遭ったからですよ。だからたまたま、弁護士をしていた僕が手を差し伸べる余地ができた。でもそれがなければ、あいつは勝手に、どんどん昇っていったはずです、きっとね」

「それは違うなあ」

若いなと、井戸川はかぶりを振った。

「なにが違うんです」

「起訴取り下げになった後、還付された押収品を確認していないんですか」

「僕のものではありませんし」

「あの中にあったんですよ。手帳に挟まっていたんです。司法試験合格者発表の官報が……もちろん、あなたが合格した年の、ですよ」

中垣は目を見開いた。

「わかりましたか。あなたが宇土の頑張りを励みにしているように、宇土だって、あなたの頑張りを励みにしていたんです」

「あいつ……」

中垣がブルペンを見る。

宇土の投球によるミットの音が、しだいに力強くなっていた。

「すごいでしょう……宇土の球」

「たしかに」

とても障害を抱えているようには見えない。これがリハビリの成果だとするなら、宇土に夢を託したくなるチームメイトの気持ちも、わかるような気がした。

ぱしん、とミットがひときわ大きな音を立てる。最後の一球だったらしい。チームメイトとともに、宇土がグラウンドに駆け出した。マウンドでの投球練習を開始する。

「一つ、訊いてもいいですか」

井戸川はマウンドに目を向けたまま言った。

「なんでしょう」

中垣もマウンドを注視したまま答える。

「高校時代に戻りたいと思うことはありますか。戻って、やり直したいと思うことは」

「難しい質問だな。一つだけ言えるのは、高校時代だろうと、今だろうと、あいつがプロ野球選手に戻れても、戻れなくても、僕らにとってあいつはずっとヒーローだってことです」

投球練習を終えた宇土が、スパイクでマウンドを削る。

宇土を見つめる中垣の眼差しは、野球小僧そのままだった。憧れの一流選手のプレーを見るように、きらきらと輝いている。

「何年経っても、どんな仕事に就いても、たぶん僕らには、あの夏以上に輝く夏は訪れない。そう思える季節を、僕らにくれたんです……あいつは」

主審がプレーボールを宣言する。

宇土が大きく両手を振りかぶった。

解説――佐藤青南《さとうせいなん》は戦略的である

作家　中山七里《なかやましちり》

作家の登竜門となる新人賞というのは、地方の文学賞まで合わせると三百近くあるそうだ。言い換えれば毎年三百人近くの新人作家が誕生している計算になるが、もちろんこの全員が作家として生き残れる訳ではない。どんな世界でも一緒だが、当然競争原理や自然淘汰《とうた》が存在し適応できない者は次々に脱落していく。作家の世界は尚更その傾向が顕著であり、私見によればその三百人のうち五年後まで生存できる確率は三パーセント程度ではないかと推測している。

ただのほほんと書いているだけの新人などニキビより簡単に潰れてしまう。生き残るためには当然のことながら戦略が必要である。

そして、明確な戦略を基に作品を生み出し続けている数少ない作家の一人が佐藤青南《さとうせいなん》である。

しかし佐藤青南の戦略はかつて例を見ないほど先鋭的である。いったい世の中に、自分の小説のＰＶを制作するような作家が何人いるだろうか。僕の知り得る限り、そんな作家は佐藤青南だけだ。彼はそのデビュー作からＰＶを作り続け、そのＤＶＤを書店に配布するという戦術を敷《し》いている。店頭でＰＶを流し来店客の購買意欲を刺激する——本来であれば映像化された作品のプロモートのために出版社が制作会社の力を借りて行うことを、この人はＤＩＹでやってしまっているのだ。俳優は全員知り合い、機材は全て自前。本書『ジャッジメント』の場合は撮影場所として何と版元である祥伝社のフロアを占拠し、その姿勢はあたかもインディーズ映画のそれを彷彿《ほうふつ》とさせる（彼に声を掛けられ、役者の一人として無理やり出演させられた同業者も少なくない。かく言う僕もその一人。本書を献本された際には、サインの隣に『今度ＣＭ出てください！』と記されていた。しかも最近では撮影機材がバージョン・アップし、もはや小説を売るためにＰＶを制作しているのか、ＰＶを制作するために小説を書いているのか分からない有様という。完全に本末転倒）。

また彼は、書籍購入者に掌編《しょうへん》のオマケをつけるというサービスも展開している。これも僕は寡聞《かぶん》にしてあまり前例を知らない。最近では同じ「このミス」大賞出身作家が同様のサービスをしており、佐藤青南の著作が順調に版を重ねていることからも彼の戦術の効果が証明された形だ。

そして作品自体にも戦略は明確に現れている。デビュー以来、彼が手がけてきたジャンルは心理捜査官であり、新米の女性消防士であり、女性白バイ隊員であり、電車オタクである。いずれも読者の興味を惹《ひ》いてやまないキャッチーなネタであり、闇雲に作家性のみを主張するような狷介《けんかい》さなど彼には微塵《みじん》もない。作者の主張はむしろ主人公の描き方にある。どんな作品、どんなテーマであっても佐藤青南の生み出したキャラクターたちは真面目で、そして己の正しいと信じていることを愚直に行なおうとする。その姿勢こそが読者に共感を呼び起こすのだ。

本書『ジャッジメント』にも、彼の戦略が随所《ずいしょ》に読み取れる。

プロ野球チームの榊龍臣《さかきたつおみ》が殺害され、その榊から戦力外通知を受けていた宇土健太郎《うとけんたろう》が逮捕される。彼の弁護に立ちあがったのは中垣拓也《なかがきたくや》、高校時代に宇土と野球部のチームメイトだった男。容疑を否認する宇土はしかし弁護人である中垣にも全てを語ろうとしない。材料不足のまま公判が迫る中、夏の県大会で繰り広げられた闘いと記憶が再び甦《よみがえ》る——。

本書のストーリーを構成しているのは高校野球と法廷。いずれもニーズが見込めるジャンルである。ただし作者はそこへ無造作に手を突っ込むような真似は決してしない。球児たちの試合中の駆け引き、そして法廷での実務など、やや愚直と思えるほど綿密に下調べをしている。接見から勾留理由開示公判、そして公判前整理手続と、ともすればストーリーの流れを遅滞させかねないシーンを丁寧に挿入していくが、実はこれが第四章のめまぐるしいカットバックの効果を倍加させることに寄与しているのだ。

あの十八歳の熱かった夏と、法廷の行方を交互に追いかける第四章。僕が初見時に唸《うな》ったのは、この構成の異質さだった。第一章から第三章まで、それぞれは十一のユニットで構成されているのだが、この第四章では実に二十五ものユニットに分かれている。言うまでもなく県大会決勝の試合中継と現代での法廷闘争を細かなカットバックで見せていくための構成だが、ただ単にシャッフルしている訳ではなく、グラウンドと法廷という場所の違いはあれ、やはり一つの絆《きずな》で結ばれた者同士が同じ目的のために闘っているという状況を効果的に描いているのだ。

これは読者が脳裏《のうり》に思い浮かべてみれば納得できる。短いシーンのカットバックは観る者にある種の緊張感をもたらす。小説もまた然り。読者はこの二つの異なる場面、酷似したシチュエーションがどんな結末を迎えるのか、固唾《かたず》を飲んで読み続けるしかない。作者は読者にこの緊張と興奮を提供するために、敢《あ》えてこの映画的手法を採用しているのだ。更に、この二つのシーンは試合に横溢《おういつ》する情熱と法廷を支配する論理を交互に描くことで、それぞれの情熱と冷静を際立たせる役割をも兼ねている。作者の計算が隅々《すみずみ》にまで行き渡っている証左の一つだ。

そしてまた本書は目配りの利《き》いたミステリでもある。詳述は避けるが、終章で告げられるたった二行の真相に多くの読者は括目《かつもく》するに違いない。ウサギを追っていたと思っていたのに、いきなり上空からタカに襲撃されたような驚きを覚えること請《う》け合いである。

書き忘れた。件のPV撮影の現場でメガホンを持つのはもちろん作者自身だが、正直言って撮影進行はかなりグダグダで、場当たり的な演出や準備不足が垣間《かいま》見られた。その人物がこと小説になるとこれほど計算し、かつ戦略的になるので意外な感に打たれたのを記憶している。

やはり佐藤青南は映像作家ではなく小説家なのだ。

（この作品『ジャッジメント』は、平成二十五年七月、小社から単行本で刊行されたものです）

一〇〇字書評

切り取り線

ジャッジメント

購買動機（新聞、雑誌名を記入するか、あるいは○をつけてください）

□（　　　　　　　　　　　　　　）	の広告を見て
□（　　　　　　　　　　　　　　）	の書評を見て
□ 知人のすすめで	□ タイトルに惹かれて
□ カバーが良かったから	□ 内容が面白そうだから
□ 好きな作家だから	□ 好きな分野の本だから

・最近、最も感銘を受けた作品名をお書き下さい

・あなたのお好きな作家名をお書き下さい

・その他、ご要望がありましたらお書き下さい

住所	〒				
氏名		職業		年齢	
Eメール	※携帯には配信できません	新刊情報等のメール配信を 希望する・しない			

この本の感想を、編集部までお寄せいただけたらありがたく存じます。今後の企画の参考にさせていただきます。Eメールでも結構です。

いただいた「一〇〇字書評」は、新聞・雑誌等に紹介させていただくことがあります。その場合はお礼として特製図書カードを差し上げます。

前ページの原稿用紙に書評をお書きの上、切り取り、左記までお送り下さい。宛先の住所は不要です。

なお、ご記入いただいたお名前、ご住所等は、書評紹介の事前了解、謝礼のお届けのためだけに利用し、そのほかの目的のために利用することはありません。

〒一〇一-八七〇一
祥伝社文庫編集長 坂口芳和
電話 〇三（三二六五）二〇八〇

祥伝社ホームページの「ブックレビュー」からも、書き込めます。
http://www.shodensha.co.jp/bookreview/

祥伝社文庫

ジャッジメント

平成28年 6 月20日　初版第1刷発行

著　者　佐藤青南《さとうせいなん》

発行者　辻　浩明

発行所　祥伝社《しょうでんしゃ》
東京都千代田区神田神保町3-3
〒101-8701
電話　03（3265）2081（販売部）
電話　03（3265）2080（編集部）
電話　03（3265）3622（業務部）
http://www.shodensha.co.jp/
印刷所　萩原印刷
製本所　ナショナル製本
カバーフォーマットデザイン　芥 陽子

 ISBN978-4-396-34215-9 C0193

祥伝社文庫の好評既刊

恩田　陸　象と耳鳴り

上品な婦人が唐突に語り始めた、象による殺人事件。少女時代に英国で遭遇したという奇怪な話の真相は？

恩田　陸　訪問者

顔のない男、映画の謎、昔語りの秘密——。一風変わった人物が集まった嵐の山荘に死の影が忍び寄る……。

桂　望実　恋愛検定

片思い中の紗代《さよ》の前に、神様が降臨。「恋愛検定」を受検することに……。ドラマ化された話題作、待望の文庫化。

加藤千恵　映画じゃない日々

一編の映画を通して、戸惑い、嫉妬、希望……不器用に揺れ動く、それぞれの感情を綴った八つの切ない物語。

貴志祐介　ダークゾーン（上）

プロ棋士の卵・塚田《つかだ》は、赤い異形《いぎょう》の戦士として、闇の中で目覚めた。突如、謎の廃墟で開始される青い軍団との闘い。

貴志祐介　ダークゾーン（下）

意味も明かされぬまま異空間で続く壮絶な七番勝負。地獄のバトルに決着はあるのか？　解き明かされる驚愕の真相！

祥伝社文庫の好評既刊

近藤史恵　カナリヤは眠れない

整体師が感じた新妻の底知れぬ暗い影の正体とは？　蔓延する現代病理をミステリアスに描く傑作、誕生！

近藤史恵　茨《いばら》姫《ひめ》はたたかう

ストーカーの影に怯《おび》える梨《り》花《か》子《こ》。対人関係に臆病な彼女の心を癒《いや》す、繊細で限りなく優しいミステリー。

近藤史恵　Shelter

心のシェルターを求めて出逢った恵といずみ。愛し合い傷つけ合う若者の心に染みいる異色のミステリー。

柴田よしき　ふたたびの虹

小料理屋「ばんざい屋」の女将の作る懐かしい味に誘われて、今日も集まる客たち……恋と癒しのミステリー。

柴田よしき　回転木馬

失踪した夫を探し求める女探偵・下澤唯。そこで出会う人々が、彼女の人生を変えていく。心震わすミステリー。

柴田よしき　竜の涙　ばんざい屋の夜

恋や仕事で傷ついたり、独りぼっちになったり。そんな女性たちの心にそっと染みる「ばんざい屋」の料理帖。

祥伝社文庫の好評既刊

祥伝社文庫　今月の新刊

中山七里
ヒポクラテスの誓い
遺体が語る真実を見逃すな！　老教授が暴いた真相とは？

渡辺裕之
欺瞞《ぎまん》のテロル　新・傭兵代理店
テロ組織ーSを壊滅せよ！　藤堂浩志、欧州、中東へ飛ぶ。

小路幸也
娘の結婚
娘の幸せをめぐる、男親の静かな葛藤と奮闘の物語。

南　英男
抹殺者《まっさつ》　警視庁潜行捜査班シャドー
検事殺しを告白し、新たな殺しを宣言した抹殺屋の狙いは。

梓林太郎
日光　鬼怒川《きぬがわ》殺人事件
友の遭難死は仕組まれたのか。茶屋の前に、更なる殺人が。

佐藤青南
ジャッジメント
法廷劇のスリルと熱い友情が心揺さぶる青春ミステリー。

北國之浩二《きたくにこうじ》
夏の償《つぐな》い人　鎌倉あじさい署
失踪した老女の贖罪とは。新米刑事が暴いた衝撃の真実。

夏見正隆
TACネーム　アリス
尖閣上空で国籍不明の民間機を、航空自衛隊F15が撃墜⁉

辻堂　魁
花ふぶき　日暮し同心始末帖
小野派一刀流の遣い手が、連続斬殺事件の真相を追う！

長谷川卓
戻り舟同心　夕凪《ゆうなぎ》
遺された家族の悲しみを聞け。腕利き爺の事件帖・第二弾。

佐伯泰英
完本　密命　巻之十三　追善　死の舞
あれから一年、供養を邪魔する影が。清之助、追慕の一刀。